Maryla Krüger

Ein schottischer Sommer

Wenn Ihnen dieses Buch gefallen hat, empfehlen wir Ihnen gerne weitere Titel aus unserem Programm. Schicken Sie einfach eine eMail mit dem Stichwort »PRINT: *Ein schottischer Sommer*« an:

lesetipp@dotbooks.de

Wir nutzen Ihre an uns übermittelten Daten nur, um Ihre Anfrage beantworten zu können – danach werden sie ohne Auswertung, Weitergabe an Dritte oder zeitliche Verzögerung gelöscht.

Über den Autor:
Maryla Krüger (1974 – 2019) schrieb mit zwölf Jahren ihre ersten Geschichten auf der alten, mechanischen Schreibmaschine ihrer Mutter. Nach der Schule wurde sie Bürokauffrau, widmete sich aber weiterhin ihrer Leidenschaft fürs Schreiben. Während ihrer Zeit als freie Autorin für ein Musikmagazin verlor sie die Angst vor dem eigenen schriftstellerischen Talent und eines Tages, in einem völlig verregneten Urlaub, begann sie ihren ersten Roman zu schreiben. Ihre große Sehnsucht galt den kargen Gebirgslandschaften und rauen Küsten Schottlands, in denen auch ihre Bücher angesiedelt sind.

Maryla Krüger

Ein schottischer Sommer

Roman

dotbooks.

Druckausgabe 2020

Redaktion: Sabine Thiele
Umschlaggestaltung: Wildes Blut –
Atelier für Gestaltung Stephanie Weischer unter
Verwendung mehrerer Bildmotive von
© shutterstock/nakhimova i/Reimar/biletskiyergeniy.com/
Mark Baldwin/AePatt Journey
Printed in the EU

ISBN 978-3-96148-541-3

Dieser Roman ist all den kleinen und großen Geistern in meinem Leben gewidmet.

Ich liebe euch, und ich bin glücklich, dass es euch gibt!

Maryla

„Mit der Geisterjagd ist es wie mit der Liebe, Miss Bergman", sagte der Professor mit einem Lächeln in der Stimme. „Es gibt drei Stadien, die man durchlaufen muss: Unglaube, Prüfung und Erkenntnis."

Prolog

Zum Auftakt

Schottland – Wester Ross – Caitlin Castle

An und für sich war es nur ein leises Klicken – als würde jemand auf der anderen Seite mit einem Kiesel gegen das Mauerwerk schlagen, sanft und beständig. Klick-klick …

Nachdem eine Woche zuvor die Abrissarbeiten am alten Lehmputz beendet worden waren, zog sich der durch Zufall entdeckte Rundbogen schließlich über knapp zehn Fuß an der Mauer empor und bestach nicht nur durch seine Größe, sondern ebenso durch die zahlreichen Verzierungen an den Seiten und vor allem durch einen in den Bogen eingravierten Aphorismus.

Selbst in den frühesten Bauplänen war nichts von einem weiteren Durchgang zu finden, doch die staunenden Gesichter der Anwesenden bestätigten seine Existenz. Es wurde spekuliert, erwogen und erörtert. Alle redeten durcheinander, und die verrücktesten Theorien wurden aufgestellt, was sich dahinter wohl verbergen mochte.

Bei der darauf folgenden Baubesprechung wurde einstimmig entschieden, den zugemauerten Rundbogen zu öffnen.

Als die ersten Lagen Lehmziegel abgetragen waren, bemerkten die Arbeiter, dass sich dahinter nur ein kurzer Hohlraum befand, als hätte man von beiden Seiten gleichzeitig den Durchgang vermauert, was wiederum zu wilden Spekulationen Anlass gab.

Einen Tag danach hatte der Meißel aus unerklärlichen Gründen seinen Geist aufgegeben, und zwei der vier Arbeiter mussten wegen einer akuten Diarrhö zu Hause bleiben.

Und nun das …

Die beiden Arbeiter hielten mitten in ihrem Lunch inne und blickten sich an. Der ältere räusperte sich und deutete mit seinem angebissenen Brot am Mauerwerk hinauf. „Is nun mal ein alter Kasten. Da ist's normal, wenn's knackt und knirscht.“

Der jüngere nickte, schien jedoch nicht ganz überzeugt. Er stand auf, ging langsam auf den Rundbogen zu und legte sein Ohr an die Ziegelmauer. Klick-klick.

„Ich weiß nicht, Mac“, sagte er. „Das scheint irgendwie von drüben zu kommen.“

„Das ist der Zahn der Zeit, der daran nagt, Kleiner. Mach dir keinen Kopf!“ Der Alte schaute dem Jüngeren ins Gesicht, legte schließlich sein Brot beiseite, rieb sich lächelnd die Hände und erhob sich von der Bank. „Weißt du, ich kenn da einen alten Reim. Den hat mir noch mein Großvater beigebracht. Soll ich?“ Er zwinkerte.

Das Gesicht des Jüngeren hellte sich merklich auf, und er nickte. „Leg los, Mac! Kann nicht schaden, denke ich.“

„Aye, also.“ Der Alte räusperte sich noch einmal, holte einen kleinen Flachmann aus der Hosentasche und stellte sich so gerade hin, wie es sein kaputter Rücken zuließ. Er hob die Flasche wie zu einem Toast und rief in der Mundart der frühen Schotten:

„Und wenn ich hier nun sterben sollt
Zwischen Heide, Moos und Stein
Wenn ihr Geister mich nun holt
Wird es nicht leicht für euch sein
Aye, ihr Teufel! Fangt an zu beten!
Denn des Whiskys brennend Geist
Wird euch in den Hintern treten.“

Beide Arbeiter brachen in haltloses Gelächter aus – bis das von fern erklingende, kaum wahrnehmbare Lachen eines Dritten mit einstimmte.

Die beiden Arbeiter verstummten. Sie blickten sich an und spürten eine Kälte, die ihnen plötzlich in den Hemdkragen kroch. Sie sahen, wie der Mörtel sich an einigen Stellen zu Staub auflöste.

Dann brach die gesamte Wand in sich zusammen.

Erster Teil

Unglaube

Glaube nicht, dass der Unglaube dir zu Hilfe kommen wird, wenn du den Tatsachen ins Auge sehen musst.

Ein Jobangebot

Es war ein geräumiges Vorzimmer mit zwei großen Fenstern, die einen herrlichen Blick auf den Park boten. Die Wände waren nur zum Teil tapeziert, ansonsten hatte man die alten Steinmauern naturbelassen. In anderen Räumen hätte dies wohl gemütlich gewirkt, doch hier hatte ich das Gefühl, dass dem Ganzen etwas Verschrobenes anhaftete. An den Wänden hingen vergilbte Fotografien von Männern mit langen Bärten und Zylindern, die seltsame Gerätschaften in die Kamera hielten. Darunter standen in der einen Ecke ein mannshoher Ficus, der unbedingt gegossen werden sollte, und daneben eine lange Reihe Vitrinen, die mit unzähligen Urkunden und Orden, weiteren obskuren Gerätschaften und Unmengen von Büchern gefüllt waren.

In der anderen Ecke blickte das gemalte und lebensgroße Abbild eines altertümlichen Schotten unter seiner keck bis auf das rechte Ohr geschobenen Mütze auf mich herab. Bei genauerer Betrachtung erweckte Braveheart den Anschein, als würde er schielen und einen Drall zur linken Seite haben – so als könne er jeden Moment aus dem Bild kippen. Ich fragte mich, ob das Modell, der Künstler oder alle beide betrunken gewesen waren, und verwandelte mein erheitertes Prusten diskret in ein Räuspern. Die ältere Dame hinter dem Schreibtisch blickte von ihrer Tastatur auf, schob ihre goldene Brille auf die Nasenspitze herab und lächelte mich an. Ich erwiderte das Lächeln, strich mir eine Haarsträhne aus den Augen und versuchte, einigermaßen seriös zu wirken, als mein Blick auf den Nachttopf fiel. Er stand im untersten Regal zwischen einer rostigen Öllampe und der bauchigen

Figur einer Schwangeren und war mit kleinen, nackten, tanzenden Teufeln bemalt.

Immer mehr hatte ich das Gefühl, in einer schlechten Folge von Versteckte Kamera mitzuspielen. Ich glaubte nicht an Geister und Spuk, und trotzdem hockte ich auf diesem Stuhl, klammerte mich an meine Ledermappe und blickte zum zehnten Mal auf das goldglänzende Türschild. Der Wortlaut blieb jedoch stets der gleiche.

The Royal Crookes Institut für paranormale Phänomene
Edinburgh, Schottland
Leitung: Prof. J. R. Sutherland

Auch die Tatsache, dass ich auf eine Einladung hin hier war, machte die ganze Sache in meinen Augen nicht besser.

Wann hatte ich eigentlich den Weg einer konstruktiven Berufslaufbahn verlassen und den Pfad hin zu einer zum Scheitern verurteilten Karriere eingeschlagen?

Früh!, sagte meine innere Stimme. *Sehr früh!*

Meine Mutter hatte damals recht gehabt, als sie sagte: „Kind, was willst du nur mit einem Philosophiestudium?"

In meinem jugendlichen Eifer hatte ich natürlich dagegengehalten, doch dreieinhalb Semester später hatte ich mich das Gleiche gefragt und das vierte kurzerhand in den Wind geschrieben. Ich war schon immer so. Meine armen Eltern verzweifelten fast an meinen ach so kurzlebigen Hobbys und Vorhaben: Klarinette spielen, Gitarre, Kontrabass, Ballettunterricht, Tennis, Curling, Mädchenfußball, ein Buch schreiben, Ärztin werden, Tierärztin werden, Kinderärztin werden, Sängerin, Schauspielerin, Popstar. Gemessen an all den Vorhaben, hielt die Absicht, Philosophin zu werden, ziemlich lange an.

Nach dem Abbruch meines Studiums fand ich mich allein in meiner Wuppertaler Einzimmerwohnung wieder, ohne Plan und Einkommen, und überlegte, was ich mit meinem Leben nun anfangen sollte. Ich hatte nicht vor, mich schon wieder von meinen spontanen Launen leiten zu lassen. Wenigstens einmal in meinem Leben wollte ich etwas Sinnvolles, etwas Großes und Bedeutendes tun. Da klopfte Linda an meine Tür und überredete mich dazu, für ihren Science-Esquire zu schreiben.

Wäre ich doch nur an jenem Tag nicht zu Hause gewesen.

Die kleine, unscheinbare Zeitschrift über Geister und Spuk hatte sie ein Jahr zuvor ins Leben gerufen, nachdem sie ihre zahnmedizinische Laufbahn an den Nagel gehängt hatte und aus Gründen, die mit einer funktionsgestörten Glühlampe und einer missglückten Beziehung zu einem Marihuana rauchenden Veganer einhergingen, in die Esoterik-Ecke abgedriftet war. Ich begann mit harmlosen Dingen: Botengänge erledigen, kurze Textpassagen schreiben und hin und wieder ein paar Leserbriefe beantworten.

Sechs Monatsausgaben lang lief auch alles glatt, bis Linda auf die grandiose Idee kam, mich ungefragt für diese Feldforschung anzumelden, die in den unterirdischen Gängen der Wuppertaler Ölstadt vonstattengehen sollte. Das Essay, das ich danach für den Science-Esquire schrieb, verbreitete sich wie ein verdammtes Lauffeuer und brachte mich hierher.

Plötzlich ging die Tür zu Professor Sutherlands Büro ein Stück weit auf, und eine sonore Stimme rief: „Und, zum Donnerwetter noch mal, seht zu, dass ihr unter die Dusche kommt!"

Leises Gemurmel und Gelächter folgten, und schlussendlich traten drei Männer nacheinander durch die Tür. Einer von ihnen trug etwas, das einer antiken Stehlampe mit gigantischem Schirm glich. Die anderen hatten Kameras umgehängt. Ihre Kleidung war mit Spinnweben behangen und so verdreckt und staubig, dass bei jeder Bewegung kleine Schmutzwolken aufstiegen und Sand auf den spiegelblanken Parkettboden rieselte.

„Das … war zu erwarten, Jungs“, sagte die Dame am Schreibtisch mit erhobenem Finger, schob ihre Brille auf die Nasenspitze und betrachtete die drei von oben bis unten. „So, wie ihr ausseht, könnt ihr froh sein, dass der Professor euch nicht schnurstracks von Harrison mit dem Gartenschlauch abspritzen ließ. Ihr wolltet ja nicht hören. Ich hatte euch gewarnt.“

„Das hatten Sie“, erwiderten die drei, lachten und schlugen sich gegenseitig auf die Schultern, wodurch noch mehr Dreck auf den Boden fiel.

„Herr! Lehre sie Demut, wo ich versagte“, meinte die Dame nur und schüttelte den steifgelockten Kopf.

„Letzter Tag heute, was, Ethel?“, fragte einer der drei und ging um den Schreibtisch herum. „Hätte nicht gedacht, dass das alte Schlitzohr Sie wirklich gehen lässt.“

„Ihm blieb nichts anderes übrig. Mein Pensionsanspruch ist schon seit drei Monaten durch, und nun gehe ich zu meiner Schwester nach Wales und überlasse euch eurem Schicksal.“

„Sie werden uns fehlen“, sagte ein anderer.

„Vielleicht schafft es ja meine Nachfolgerin, euch ein wenig Manieren einzubleuen.“

„Sind wir wirklich so schlimm?“

„Schlimmer!“, rief sie aus, blickte von einem zum anderen, und plötzlich wurden ihre Augen feucht. „Ach Jungs! Ich werde euch auch vermissen.“

Dann lachte sie auf, ließ sich zum Abschied von den Männern auf die Wangen küssen, und ich konnte sehen, wie sie trotz ihres Alters sanft errötete.

Die drei gingen an mir vorbei, ohne mich zu beachten, doch als sie das Vorzimmer verlassen wollten, blickte der mit der Lampe zurück und musterte mich. „Ist alles okay?“, fragte er.

Ich drehte mich um, ob er vielleicht mit jemand anderem gesprochen hatte, doch neben mir befand sich nur ein nackter Kleiderständer. Lächelnd wandte ich mich ihm wieder zu. „Ähm, ja. Warum?“

„Du siehst blass aus. Du musst keine Angst vor ihm haben, hörst du?“ Er wies mit einem Kopfnicken auf Professor Sutherlands geschlossene Bürotür. „Er ist zwar manchmal etwas exzentrisch, aber nach einiger Zeit lernst du, seine Marotten zu ertragen. Ethel hat es auch geschafft.“

„Ähm. Danke.“ Ich hatte keine Ahnung, wovon er sprach.

Der Lampenmann lächelte und nickte mir zu, was wohl aufmunternd wirken sollte. Einen Moment später schloss sich die Tür hinter ihm.

„Miss Bergman?“, fragte die Vorzimmerdame.

Ich löste meine Augen von der Tür und drehte den Kopf. „Ja?“

Sie lächelte mich an und sagte: „Sie können jetzt hineingehen. Der Professor erwartet Sie.“ Damit erhob sie sich von ihrem Stuhl und holte Handfeger und Schaufel aus einem Schrank.

„Und? Wie ist er so?“, war Lindas erste Frage, als ich sie wie versprochen am Abend anrief. Ich stand am Fenster und beobachtete, wie die Sonne glutrot hinter Edinburgh Castle versank, zuckte mit den Schultern, schob die Vorhänge zu und sagte: „Er erinnert mich an meinen Großvater.“

Linda schnaubte vor Entrüstung. „Jo! Dieser Mann ist eine Koryphäe!“

„Das war mein Großvater auch.“

„Ja, natürlich! Was hat er denn gesagt?“

„Wer?“, fragte ich, schob meinen Koffer beiseite und ließ mich auf das Bett fallen.

„Na der Professor, du Dummchen!"

„Er hat mir noch einmal zu dem Artikel gratuliert. Mir gesagt, dass ich die Kernpunkte von paranormalen Forschungen sachlich und prägnant erfasst habe. Dass ich wohl ein Händchen und ein Näschen für die Arbeit eines Ghosthunters hätte – und er hat mir einen Job angeboten."

Stille am anderen Ende der Leitung.

„Linda? Hallo?"

Ich schaute kurz auf das Display, aber die Verbindung bestand noch. „Linda, bist du da?"

„Über den Esquire hat er nichts gesagt?", fragte sie endlich und klang enttäuscht.

Oh, Mist! Ich biss mir auf die Unterlippe. „Ach, weißt du, er hatte nicht allzu viel Zeit."

„Hm."

„Hey! Dass er es bis hierher geschafft hat, ist doch schon ein Fortschritt", sagte ich und merkte erst dann, wie erbärmlich sich das anhörte.

In diesem Moment kam zu meiner Rettung ein zweiter Anruf herein. „Ähm, tut mir leid, Linda! Da klopft jemand an. Das könnte meine Mutter sein."

„Na gut!"

„Ich hab dich lieb. Und ärgere dich nicht so! Hörst du?"

„Du hast gut reden", nörgelte sie.

Ohne etwas darauf zu erwidern, drückte ich sie weg und sagte: „Hallo?"

„Miss Bergman! Gut, dass ich Sie noch erreiche. Ich weiß, es ist schon spät."

„Professor Sutherland!" Ich sprang aus dem Bett und versuchte gleichzeitig mein Haar zu ordnen und meine Kleidung zu richten. „Nicht doch!", rief ich. „Sie können mich jederzeit anrufen."

„Danke, Miss Bergman! Haben Sie schon über mein

Angebot nachdenken können?“

„Na ja, nein. Um ehrlich zu sein, ich glaube, ich stehe noch unter Schock.“

Sein Lachen war tief, warm und blieb einem noch lange im Ohr. „Meine liebe Miss Bergman!“, sagte er schließlich in väterlichem Tonfall. „Keine Sorge! Ich will nicht Ihre Seele. Mir geht es nur um Ihr Talent.“

„Das ist schön zu wissen.“

Er lachte erneut. „Wissen Sie … ich möchte Sie eigentlich nicht bedrängen.“ Er machte eine Pause und rückte schlussendlich doch mit der Sprache heraus: „Aber ich hätte gern, dass Sie mit dem Team nach Norden gehen.“

„Nach Norden?“, fragte ich.

„Ja. Wester Ross, um genau zu sein. Ist eine wirklich schöne Gegend da oben.“

„Wann?“

„Nun, das ist das Prekäre. Sie müssten sich schnell entscheiden. Der Flieger geht morgen früh um sieben Uhr zweiundvierzig.“

„Und können Sie mir sagen, was mich dort oben erwartet?“

„Sie erfahren alles Nötige auf dem Flug. Nur so viel: Es ist eine alte Burg, die Sie aufsuchen werden. Haben Sie keine Angst! Ich verlange nichts Unmögliches von Ihnen. Sehen Sie es als Einladung zu einer Hospitation. Und wenn es Ihnen gefällt, reden wir danach noch einmal über mein Jobangebot.“

„Das klingt fair.“

„Denken Sie darüber nach, und wenn Sie sich entschieden haben, dann finden Sie sich morgen früh am Flughafen ein. Ein Ticket ist dort für Sie hinterlegt, und Ryan erwartet Sie am Gate.“

„Danke, Professor!“

„Ich habe zu danken, meine Liebe! Gute Nacht!“

„Ach, Professor?“

„Ja?“

„Warum ich?“

Er lachte wieder, diesmal jedoch leise und so, als hätte seine Heiterkeit mehr als einen Grund. „Sagen wir, es ist nicht so leicht, Geisterjäger zu finden, die nicht an Geister und Gespenster glauben. Doch das ist in meinen Augen eine der wichtigsten Voraussetzungen für diesen Job.“

„Diese Voraussetzung kann ich erfüllen.“

„Ich weiß“, sagte er, und der gewisse Unterton klang erneut mit. „Gute Nacht, Miss Bergman!“

„Gute Nacht, Professor!“

Ich legte auf und registrierte erst im Nachhinein, was er gesagt hatte. Wenn Sie sich entschieden haben …

Anscheinend war sich der Professor ziemlich sicher.

Ich hatte die halbe Nacht wachgelegen und hin und her überlegt. Auf der einen Seite war Linda, meine beste Freundin seit Kindertagen, die viel Vertrauen in mich gesetzt, die mir Arbeit gegeben hatte und stets mit Rat und Tat an meiner Seite war und der ich nun etwas zurückgeben konnte – Loyalität. Auf der anderen Seite war da ein unentdecktes Gebiet, das es zu erobern galt. Loyalität gegen Abenteuerlust. Und während ich noch all die Dinge aufzählte, die Linda und ich gemeinsam durchgemacht hatten, sah ich mich schon in alten, von Gold, Geschmeide und Gespenstern wimmelnden, unterirdischen Gängen umherkriechen.

Die Highlands

Daher war es eigentlich nicht weiter verwunderlich, dass ich mich am nächsten Morgen ziemlich müde und mit einem Kaffee in der Hand vor der Anzeigetafel des Flughafens von Edinburgh wiederfand. Inverness also. Zumindest stand dies auf dem Ticket. Ich blickte hoch – Gate zwölf –, drehte mich um mich selbst auf der Suche nach dem fraglichen Terminal, nahm einen Schluck von meinem Kaffee und machte mich auf den Weg in mein erstes vielleicht richtiges Abenteuer.

Ich hoffte sehr, dass dieser Ryan wusste, wer ich war oder wie ich aussah, denn ich hatte keine Ahnung, an wen ich mich wenden sollte. Doch als ich am Terminal ankam, musste ich zwar zweimal hinsehen – zumal ich ihn so attraktiv nicht in Erinnerung hatte –, doch ja, da stand der Lampenmann an eine Säule gelehnt und blickte mir freundlich lächelnd entgegen.

„Und ich hatte gedacht, du bist die neue Ethel", sagte er und reichte mir seine Hand.

„Nein, tut mir leid. Ich bin nur Jo."

„Hi, Jo! Ich bin Ryan. Das sind Finn und Lucas."

Was Wasser und Seife doch so alles bewirken können, dachte ich und betrachtete die drei, die nun wie aus dem Ei gepellt vor mir standen. Sie waren alle größer als ich – was nicht weiter schwer war bei meinen knapp einen Meter fünfundsechzig – und ein wenig älter, aber irgendwie strahlten sie etwas Jungenhaftes aus. Ich vermutete, dass dies an ihren Jobs lag, denn ein reifer Erwachsener würde sicher nicht sein Geld mit der Jagd auf Gespenster verdienen.

Als ich jedoch die Uhr an Ryans Handgelenk entdeckte, staunte ich nicht schlecht. Immerhin schien die Geisterjagd in Schottland doch recht einträglich zu sein.

„So! Du bist also die mit dem Essay", meinte Finn kopfnickend. „Nicht schlecht, Kleine! Wie war das noch?" Er runzelte die Stirn. „Und vom philosophischen Standpunkt aus gesehen, liegt die Vermutung, dass in der Ölstadt Geister umgehen, in der abgeklärten Geschichte des Stadtteils begründet und dem tief in uns verwurzelten Wunsch, Geister der Vergangenheit nicht nur in uns selbst zu finden.“

„Du kannst mich zitieren“, stellte ich fest.

„Keine Kunst“, erwiderte Lucas unbeeindruckt. „Finn hat ein fotografisches Gedächtnis. Er ist unsere Rettung, wenn die echten Kameras über den Jordan gehen. Nur mit dem Blitzlicht hapert es noch.“ Lucas blinzelte wie eine geisteskranke Eule, was mich zum Lachen brachte.

„Ladies und Gentlemen! Gäste des Fluges Neun-Zwei-Vier nach Inverness bitte zum Gate zwölf. Vielen Dank!“, sagte da die Lautsprecherstimme, und Ryan hob den Kopf.

„Sie machen auf. Hast du alles?“, fragte er.

„Ja, habe ich.“

„Dann lasst uns gehen.“

Der Flug nach Inverness dauerte nur eine Dreiviertelstunde und war wegen des kleinen Fliegers und des böigen Windes alles andere als entspannend, doch schließlich landete das Flugzeug wohlbehalten auf einem knapp bemessenen Rollfeld, und Ryan lächelte erleichtert.

„Fliegst du nicht gerne?“, fragte ich.

„So könnte man das auch nennen“, meinte Lucas einen Sitz vor uns. „Eigentlich leidet er mehr unter einer primitiven Phobie gegen alles, was sich nicht über Land fortbewegt.“

„Schiffe?“, warf ich ein und lachte, als Ryan mir einen Blick zuwarf, den Kopf beinah unmerklich schüttelte und rote Ohren bekam.

„Seine Lordschaft geht lieber zu Fuß“, erklärte Finn und klang dabei, als hätte er einen Stock im Hintern, doch ich stolperte nicht über den Sarkasmus in seinen Worten, sondern über die Worte selbst.

„Seine Lordschaft?", fragte ich leise, doch Ryan lächelte nur und zuckte mit den Schultern. „Nicht so wichtig", meinte er und erhob sich aus seinem Sitz. „Komm! Nichts wie raus hier."

Vor dem Flughafengebäude erwartete uns eine junge Frau, die sich als Lori Innes vorstellte und Ryan die Schlüssel für einen großen, grünen Landrover in die Hand drückte.

„Der Tank ist voll", sagte sie. „Und der Professor hat eben noch mal angerufen und gesagt, dass ihr nicht zum Hotel fahren sollt. Ihr könnt wohl auf der Burg übernachten."

„Na wunderbar!", rief Lucas und zwinkerte mir zu. „So bekommt Jo gleich den richtigen Einstieg."

Ryan, Finn und Lucas hatten mir während des Fluges nur kurz berichtet, was es mit der von Professor Sutherland erwähnten Burg auf sich hatte. Angeblich sollte es dort spuken, nachdem Arbeiter eine Wand eingerissen hatten.

Ich hielt mich und meine Meinung über eventuelle Gespenster geflissentlich zurück, um nicht unversehens gegen eine Mauer aus verletztem männlichen Stolz zu rennen, doch mir kam das alles vor, als befände ich mich mitten in einem John-Sinclair-Roman, daher betrachtete ich das Ganze auch als nicht allzu ernstzunehmendes Schaustück.

„Wie weit ist es eigentlich?", fragte ich, als wir unser Gepäck im Kofferraum verstaut hatten und Finn nebenbei bemerkte, dass ich es mir ruhig gemütlich machen sollte.

„Knapp drei Stunden", kam die Antwort, woraufhin ich noch schnell mein Wasser und ein Buch aus dem Rucksack nahm und mich auf den Rücksitz setzte. Ryan hatte endlich wieder eine gesunde Gesichtsfarbe und übernahm mit einem befreiten Lächeln das Steuer. „Alle da? Alle bereit?"

„Nun mach schon! Ich will hier keine Wurzeln schlagen",

rief Lucas, der sich neben mir niederließ und fröhlich sein zweites Bier an diesem Morgen öffnete.

Die Landschaft um Inverness herum war durchzogen von geradlinig angelegten Kornfeldern, dichten, dunkelgrünen Wäldern und in mehreren Farben leuchtenden Berghängen. Ich hatte es mir nicht so schön vorgestellt. Je weiter wir nach Nordwesten fuhren, umso mehr veränderte sich die Landschaft; Kornfelder und Wälder wurden nach einiger Zeit von immer neuen riesigen Bergketten abgelöst, hinter denen langgestreckte, tiefblaue Seen auftauchten. Zum ersten Mal dachte ich: Wenn es denn Geister und Gespenster geben sollte – was natürlich nicht der Fall sein konnte, aber wenn–, dann war es nicht weiter verwunderlich, dass es sie hier gab. Die Gegend selbst wirkte fast gespenstisch, jedoch keineswegs im gruseligen Sinne, nein, eher wie die gespannte Erwartung als Kind, wenn der Weihnachtsmann vor der Tür stand.

„Du warst noch nie in Schottland, oder?"

Ich wandte mich um und sah, dass Lucas mich mit leicht geneigtem Kopf betrachtete. Ich lächelte. „Nein. Es ist wirklich schön hier."

„Ja, das ist es. Ich bin in den Lowlands aufgewachsen. Als ich das erste Mal hier oben war, wusste ich gleich, dass ich für immer bleiben würde."

„Es hält einen schon irgendwie gefangen, das muss ich zugeben. Wo kommst du her, Finn?"

„Meine Mutter ist Irin, mein Vater Isländer. Ich bin in der Nähe von Reykjavík groß geworden. Aber ich lebe schon fast zehn Jahre hier in Schottland. Bei uns gibt's nur Feen und Elfen, und die stehen unter Staatsschutz."

„Staatsschutz?", fragte ich und bemühte mich, nicht zu lachen.

„Genau. Eine Lizenz, um sie zu jagen, ist schwer zu bekommen.“

„Hey, Jungs!“, meinte ich. „Mal ehrlich! Ihr glaubt doch nicht wirklich an all dieses Zeug, oder?“

Ich sah, wie Ryan mir im Rückspiegel einen ernsten Blick zuwarf, während Lucas und Finn Stein und Bein schworen, nichts von alldem zu glauben.

„Gegenfrage“, sagte Ryan. „Warum glaubst du nicht daran?“

„Ist die Frage ernst gemeint?“

„Aye.“

„Na gut!“, entgegnete ich und strich mir eine Haarsträhne aus den Augen. „Es gibt keinen zuverlässigen Beweis für die Existenz von Geistern.“

„Da hast du recht. Es gibt aber auch keinen Beweis, dass es sie nicht gibt.“

„Ja, schon, aber ich bitte dich – Gespenster?“

„Glaubst du an Gott, Jo?“

„Ich bin religionslos.“

„Das ist keine Antwort auf meine Frage.“

Mir wurde klar, dass auch er mein Essay gelesen hatte und anscheinend nicht nur einmal, denn meine versteckte Anspielung auf die mögliche Existenz eines Gottes gemeinhin war nicht auf Anhieb zu entdecken.

„Ich glaube nicht an Gott im Speziellen, nein“, sagte ich, „ich glaube an – etwas. Der Gedanke, dass wir tatsächlich auf uns allein gestellt sind, behagt mir nicht.“

„Es gibt keinen zuverlässigen Beweis, dass es etwas gibt, das dafür sorgt, dass wir nicht allein auf uns gestellt sind.“

„Scherzkeks“, sagte ich, und Lucas fing an zu lachen.

„Und der Gewinner ist …“, rief Finn und vollbrachte mit den Fingern auf dem Armaturenbrett einen Trommelwirbel.

„Seine Lordschaft, Ryan der Dritte.“

Ryan warf mir noch einen Blick im Rückspiegel zu, diesmal jedoch tanzte der Schalk in seinen Augen.

Eine halbe Stunde später war Lucas fast eingeschlafen, Finn wippte mit dem Kopf zum Takt der Musik, während er an einer seiner Kameras herumbastelte, und Ryan lenkte den Landrover mit stoischer Gelassenheit über die teils engen Straßen. Ich hatte endlich ein wenig Zeit, meinen eigenen Gedanken nachzuhängen und meine Weggefährten unauffällig genauer zu betrachten.

Lucas war der Kumpeltyp, mit leichtem Bierbauch und leuchtend rotem, kurzem Haar. Seine Jeans hing etwas zu tief, so dass stets etwas von seinen karierten Boxershorts zu sehen war. Er strahlte Gemütlichkeit aus wie ein Teddybär.

Finn war das absolute Gegenteil. Etwa einen Meter neunzig groß, gertenschlank, mit dunklen, etwas längeren Haaren und betont eleganter Kleidung. Er sah gut aus, allerdings wusste er das auch, und durch seine Art, dies nicht zeigen zu wollen, unterstrich er es noch. Doch sein frisches, unkompliziertes Gemüt machte ihn zu einem angenehmen Kerl, und ich war mir seltsamerweise absolut sicher, dass er ein sehr ehrlicher Mensch war.

Ryan gab mir einige Rätsel auf. Er trieb dieselben, teilweise derben Scherze wie Finn und Lucas, und trotzdem hatte ich das Gefühl, dass in seinem Inneren ein überaus ernsthafter Charakter steckte, und er hatte, da war ich mir wiederum sicher, ein paar Geheimnisse. Vielleicht schlug er sich mit den Geistern seiner Vergangenheit herum, so wie es viele von uns tun müssen. Er war genauso groß wie Finn; vielleicht noch einen Tick größer, jedoch breiter, kräftiger in der Figur, wie ein Schwimmer, und er war von Kopf bis Fuß schwarz gekleidet, was im Gegensatz zu seinem dunkelblonden, leicht verwuschelt aussehenden Haarschopf stand. Es schien mir so weich zu sein, dass ich dem Bedürfnis, ihm durchs Haar zu streichen, nur mit

Mühe widerstehen konnte. Seine Augen waren leuchtend grün. Ich bekam einen leichten Schreck, als ich diese Augen erneut im Spiegel fand, und schaute schnell aus dem Fenster.

„Sag mal, *mo charaid*." Lucas beugte sich etwas vor und ließ seine leere Bierflasche vorsichtig zwischen den Knien zu Boden gleiten. „Kannst du dich noch an das *Dobhran òr Inn* erinnern? Da haben wir damals Halbzeit gemacht, als wir hoch nach Ullapool mussten. Weißt du noch – die kleine, blonde Kellnerin?"

„Aye, warum?", fragte Ryan.

„Warum? Ich habe Hunger, verdammt!"

„Frühstück wäre eine gute Idee", sagte Finn und drehte sich halb zu mir um. „Was meinst du, Jo?"

„Ja, klar! Gerne!"

Ryan blickte kurz auf seine Uhr und nickte. „Okay. Lasst uns was essen."

Das Gasthaus lag idyllisch auf einem Hügel, umgeben von Zwergbirken und einem kleinen Bach. Es bestand komplett aus Feldsteinen, die wie abgesägt und poliert wirkten, die Fenster hatten Sprossen und braune Läden, und das Dach war mit Schindeln gedeckt. Über der Eingangstür schwang ein rostiges Schild im Wind, auf dem *Dobhran òr Inn* stand. Lucas hatte mir gesagt, dass der Name „Gasthaus zum goldenen Otter" bedeutete – und solch ein goldiges Tierchen aus grün angelaufenem Kupfer hockte auf der Treppenstufe und war mit dicken Eisenstiften durch die Pfoten diebessicher an den Zement genagelt. Vier Schornsteine thronten auf dem First, zwei davon schickten Rauchschwaden in den wolkenverhangenen Himmel. Das einzig Moderne, das in Sichtweite zu finden war, war unser Landrover und ein kleiner *John-Deere*-Traktor, der an der Seite eines ehemaligen Heuschobers stand. Drinnen war es genau so eingerichtet, wie der Anblick von außen es versprach. Tische und Bänke aus guter alter Eiche und kupferne Lüster an der Decke und den Wänden, die trotz der Helligkeit des Tages nur ein heimelig wirkendes Halblicht verströmten. An den weiß verputzten Wänden befanden sich mindestens zwanzig Kupferstiche, und über dem Kamin hing ein weiterer riesiger, ausgestopfter Otter.

Zu Lucas' Leidwesen war nichts von einer kleinen, blonden Kellnerin zu sehen, was ihm allerdings nicht den Appetit verdarb; er ging einfach die Frühstücksliste von oben nach unten durch. Ich beließ es bei Toast und Orangenmarmelade, während Finn sich Eier und Speck bestellte und Ryan bereits an einem Porridge löffelte.

„Wie lange brauchen wir noch? Was meinst du?", fragte ich ihn.

„Hast du es so eilig?"

„Nein, ich bin nur neugierig."

Er lächelte. „Am Anfang ging es mir auch so", sagte er. „Mir ging es nie schnell genug. Ich war so voller Tatendrang, dass ich nicht daran dachte, dass die Gespenster ja alle Zeit der Welt hatten."

„Wie lange machst du das schon?", wollte ich wissen, und Ryan kniff beim Kauen die Augen zusammen. „Drei – nein, vier Jahre", antwortete er einen Moment später.

„Und was hast du vorher gemacht?"

Er lachte leise. „Du bist wirklich neugierig."

„Ja, tut mir leid!", meinte ich und griff nach meiner Tasse.

„Muss es nicht. Ich war in Oxford." Er nahm wieder einen Löffel Porridge und kaute gemächlich vor sich hin.

Ich schnaubte. „Sag mal, muss man dir wirklich jedes Wort aus der Nase ziehen?"

Er schluckte und grinste.

„Ich war schon mal in Hamburg und in Berlin", sagte Finn und setzte sich mit einem gut gehäuften Teller mir gegenüber.

„Hab da mit einer Band auf zwei kleinen Festivals gespielt. Berlin hat mir besser gefallen, muss ich sagen. Ist eine schöne Stadt. Kommst du von dort?"

Ich schaute zu Ryan und bemerkte: „Das waren sechs Informationen in fünf Sätzen, und das, ohne einmal Luft zu holen."

Mit Müh und Not schaffte er es, nicht seinen Porridge quer über den Tisch zu spucken. Er griff nach der Papierserviette und wischte sich den Mund ab. „Finn verfügt ja auch über die Mitteilsamkeit eines Radioweckers", krächzte er und hustete in die Serviette.

„Worum geht's?", fragte Lucas, der sich nun auch endlich mit seinen zwei Tellern zu uns gesellte.

„Jo wollte uns gerade erzählen, wo sie herkommt", sagte Ryan, versteckte das Grinsen hinter seiner Tasse, schob die leere Porridgeschüssel zur Seite und nahm sich einen Speckstreifen von Lucas' Teller.

„Ich komme aus einer Kleinstadt in der Nähe von Wuppertal", erwiderte ich. „Das liegt ziemlich weit im Westen Deutschlands. Nichts Besonderes. Ich habe drei Semester Philosophie studiert und dann aufgegeben."

„Warum?", fragte Finn.

„Tja, wenn ich das wüsste, wäre ich vielleicht nicht hier."

„Und wie bist du auf die Idee gekommen, in die Geisterjagd einzusteigen?"

„Das war gar nicht meine Idee. Meine Freundin hat mich einfach rekrutiert."

„Ins kalte Wasser geworfen zu werden ist manchmal nicht die schlechteste Art und Weise, einen neuen Weg einzuschlagen", sagte Ryan und hob die Teetasse zum Mund.

„Bei dir war es fast genauso, nicht wahr?" Lucas wies mit seiner Gabel auf Ryan und nickte, in Gedanken bereits wieder bei seinem Frühstück.

„Aye, ähnlich", murmelte Ryan mit einem Seitenblick in meine Richtung. „Esst auf! Wir müssen weiter."

„Hey!", sagte Finn leise auf dem Weg zum Wagen zu mir und legte mir den Arm um die Schultern. „Er ist in einigen Dingen ein bisschen eigen. Lass ihm Zeit, in Ordnung?"

„Ich bin manchmal wirklich taktlos. Ich hoffe, er nimmt es mir nicht übel."

„Tut er nicht, Kleines." Finn lächelte und öffnete mir galant die Wagentür. „Ihre Kutsche, Madam!"

„Vielen Dank, Sir!"

Als wir losfuhren, nahm ich mein Buch, um ein wenig zu lesen und um meine Gedanken in andere Bahnen zu lenken.

Doch der Blick aus dem Fenster fesselte mich zusehends. Die Landschaft hatte sich wieder verändert, war nun fast ausschließlich von gigantischen kargen Felswänden und moorigen Schluchten durchzogen, wirkte wie verlassen und strahlte dabei doch eine Schönheit aus, die einen beinahe melancholisch werden ließ. Es musste wohl ein traurig-schönes Liebeslied gewesen sein, das die Natur dazu gebracht hat, diesen Landstrich zu erschaffen. Sie war wie Ryan, überlegte ich, ein bisschen eigen. Plötzlich wurde mir klar, dass er hier zu Hause war.

Etwa eine Stunde später zog an meinem Fenster ein großes Schild vorbei: Caitlin Castle & Gardens – drei Meilen.

Caitlin Castle

Schottland – Wester Ross

Die Straße führte in sanften Serpentinen einen Hang hinauf, und als wir den Gebirgskamm überquerten, lag vor uns eine märchenhafte Schlucht. Mächtige, verschleierte Bergspitzen ragten in den Himmel. Sonnenstrahlen drangen durch die Wolkendecke, trafen in geneigtem Winkel auf einen fjordähnlichen See und entfachten an der Wasseroberfläche ein hellsilbernes Flimmern. Vom Ufer des Sees aus zog sich die bunte Vegetation eines botanischen Gartens wie ein Teppich bis ans andere Ende der Schlucht. Inmitten dieses Farbenspiels thronte ein gewaltiges dunkles Bauwerk, dessen eine Seite in den See hineinragte und schon von weitem Legenden und Geschichten vorausahnen ließ. Caitlin Castle.

Eine schmale Schotterstraße führte über eine Steinbrücke, unter der ein kleiner Wildbach dahinrauschte, und durch einen Teil der Gartenanlagen, dessen Anblick einen an undurchdringliche Waldränder erinnern ließ. Auf die dicht stehenden Bäume folgten Büsche und Wildsträucher, an deren Wurzeln Kräuter und Gräser gediehen. Die leuchtenden Farben von Klatschmohn und Dotterblumen loderten wie kleine Flammen durch das Grün der Farne und des Efeus, der den Erdboden mit seinen Ranken und Blättern bedeckte und an den Stämmen von Ahorn- und Eichenstämmen hinaufkletterte.

„Jo?"

Ich wandte den Blick mühsam von all der grünen Pracht ab und traf auf Ryans Augen im Rückspiegel.

„Schau!", sagte er.

Am Ende der Straße ragten plötzlich die dunklen Mauern der Burg auf.

Sie war eindrucksvoll, wirkte jedoch auf den ersten Blick nicht sehr bedrohlich auf mich, obwohl mir Lucas gerade anschaulich schilderte, wie blutig die Kämpfe um die Burg und die Ländereien früher gewesen waren.

„… und dann hat der Laird dem Mann einfach den Kopf abgeschlagen und ihn vorne ans Torhaus gehängt."

„Wie konsequent von ihm", meinte ich und warf durch das Fenster einen ersten Blick auf unseren zukünftigen Arbeitsplatz. Nicht schlecht, dachte ich und schmunzelte.

Caitlin Castle bestand aus drei gewaltigen viereckigen Wohntürmen, deren Dächer von Wehrgängen und zinnenbewehrten Brüstungsmauern eingefasst waren. Sie waren über Anbauten miteinander verbunden, der größte Burgfried verfügte über vier Stockwerke. Graue Schindeln bedeckten die Satteldächer der beiden Nebengebäude, aus denen zierliche Spitztürmchen herausragten wie runde Dachgauben. Die Außenfassade bestand aus grauem Bruchstein, die Fenster waren klein, wahrscheinlich undicht und hatten Sprossen. An einer Seite waren die dicken Mauern von Efeu bewachsen, der bis an die Fenster im dritten Stock heranreichte.

„Sieht doch sehr idyllisch aus", sagte ich und stieg aus dem Wagen. Direkt vor uns ragte das von Lucas erwähnte ehemalige Torhaus empor: zwei Rundtürme, die sich an die Mauern eines Seitenflügels schmiegten, fast bis zum Dach reichten und dort über eine Brustwehr miteinander verbunden waren. Allerdings verfügte das Torhaus weder über eine imposante Zugbrücke noch über ein prächtiges Portal. Zwischen den beiden Türmen befand sich, unter einem kleinen, eingefassten Balkon, nur eine für die Ausmaße der Burg recht klein geratene und schmucklose Holztür. Aus dieser trat nun nacheinander ein livriertes Empfangskomitee. Ich zählte auf die Schnelle vier Frauen und drei Männer – die Frauen in schneeweißen Blusen und karierten Röcken und die Männer in braunen Hosen und karierten Jacketts. Eine Frau in mittleren Jahren löste sich lächelnd aus der Versammlung. Sie war klein und rundlich und erinnerte mich spontan an meine Großtante Marta.

Ryan schien sie bereits zu kennen, denn er ging mit offenen Armen auf sie zu. „Milly MacDonald!", sagte er grinsend. „Halten Sie hier immer noch den Marschallstab in der Hand?"

„Euer Lordschaft sind noch genauso vorlaut wie früher", erwiderte die Frau, legte ihre Hände an sein Gesicht, zog ihn zu sich herab und küsste ihn vor allen Augen herzhaft auf die Wangen. „Meine Güte!", rief sie aus und lachte. „Wollt Ihr dem lieben Gott die Füße kitzeln, oder warum wachst Ihr so in die Höhe?"

„Milly, Sie wissen doch, die Kirschen ganz oben sind immer die süßesten. Ich glaube, wir sind etwas spät dran, oder?"

„Das kann man wohl sagen. Die Herrschaften erwarten Sie alle in fünfzehn Minuten zum Lunch. Die Zimmer sind vorbereitet."

Als wäre dies ein versteckter Befehl, setzte sich plötzlich die stumme Phalanx hinter ihr in Bewegung. Die Frauen und Männer steuerten den vollgepackten Landrover an und schienen zu allem bereit. Ich drehte mich ebenfalls zum Wagen, als Finn gerade die hintere Klappe öffnete, dann seine Kameras vom Vordersitz holte und mit Lucas in der Burg verschwand. Da der Kofferraum bis unter die Decke mit allem Möglichen vollgestopft war und ich zwei gesunde Beine und Arme hatte, machte ich mich daran, meine Sachen selbst zu tragen. Auf der Suche danach, holte ich ein Gepäckstück nach dem anderen hervor, das mir augenblicklich vom Hauspersonal förmlich aus den Händen gerissen wurde.

Als ich endlich meinen eigenen Rollkoffer herauszog, stand auf einmal Ryan neben mir. „Was wird das?“, fragte er und betrachtete stirnrunzelnd mein Tun. Neben ihm stand ein schmächtiger junger Mann, der den gleichen Gesichtsausdruck trug.

„Was meinst du?“, fragte ich.

„Du musst dich nicht mit dem ganzen Gepäck beladen, Jo. Michael hier wird dir sicher helfen.“

„Ach was, das geht schon“, winkte ich ab, schulterte meinen Rucksack, griff nach dem Rollkoffer und hängte mir Handtasche und Laptop um. Als die beiden jedoch keinen Zentimeter von meiner Seite wichen, blickte ich entnervt auf. „Was ist?“

„Stell dich auf ein Bein und sag: ‚Peter Piper picked a peck of pickled peppers.‘“

„Warum?“

„Weil ich sehen will, wie schnell du außer Atem gerätst.“

„Peter Piper picked a p-p-pe…“ Ich fing an zu lachen.

„Siehst du?“, sagte Ryan. „Dein Zimmer befindet sich dort oben.“ Er zeigte mit dem Daumen irgendwo in Richtung Dach. „Gib mir deinen Rucksack, Jo! Michael? Nimmst du ihren Rollkoffer?“

„Natürlich, Sir!“, sagte dieser dienstbeflissen.

Ich funkelte Ryan noch einen Moment lang an.

„Hier gibt’s keinen Fahrstuhl, Jo“, betonte er drohend.

„Okay, ihr habt gewonnen!“, rief ich und ließ den Rucksack zu Boden gleiten.

Als ich endlich in meinem Zimmer angelangt war, war ich heilfroh. Ich hatte die Stufen zwar nicht gezählt, aber bei dem Gedanken, diese öfter hinauf- und hinabklettern zu müssen, wurde mir schwindlig.

„Mein Zimmer ist gleich neben deinem“, sagte Ryan und stellte meinen Rucksack vor einem großen, antiken

Holzschrank ab. „Lucas' und Finns Zimmer sind auf der anderen Seite. Sie haben eine Verbindungstür."

„Und das soll gutgehen?", fragte ich, setzte mich erschöpft auf einen Stuhl und pustete mir eine Haarsträhne aus dem Gesicht.

„Das wird schon. Alles okay mit dir?"

„Klar doch!", meinte ich. „Und zu deiner Information – ich hätte es auch mit Rucksack und Koffer hier herauf geschafft."

„Aye, sicher", sagte er und strich mir mit der Hand die störrische Strähne erneut aus dem Gesicht. Als er hinausging, pfiff er ein Liedchen vor sich hin. Wir hatten „*Annie Get Your Gun*" in der zwölften Klasse aufgeführt. Ich kannte das Lied.

Alles, was du kannst, kann ich viel besser …

Das hier war definitiv keine Dachkammer. Sie befand sich zwar unter dem Dach, aber das war auch schon alles. Es gab zwei Fenster, ein etwas größeres und ein kleines, das in einem dieser Spitztürmchen eingelassen war, die ich vom Wagen aus schon gesehen hatte. Vor diesem Fenster befand sich ein stufenförmiger Unterbau, so dass man wie auf einer Fensterbank sitzen und hinausschauen konnte.

Eine Seite des Raumes war mit Stofftapeten in dunkelroten Tönen bedeckt, wo auch ein pompöses Himmelbett aus dunklem Holz stand, dessen Draperien denselben Farbton aufwiesen. Ich hatte noch nie in so einem Bett geschlafen. Die anderen Wände des Zimmers bestanden aus blankem Ziegelwerk und waren mit silbernen Wandlampen, Gobelins und Gemälden geschmückt. Gegenüber vom Bett war ein Kamin in der Wand eingelassen, in dem ein gemütliches Feuerchen brannte, und daneben stand ein robuster kleiner Holzhocker. Vor dem Kamin lag ein dicker Teppich, auf dem ein farbenfroher Sessel nebst passendem Fußbänkchen plaziert war. Die

Beine des Sessels waren allerdings so verschnörkelt und grazil, dass ich ihre Standfestigkeit bezweifelte. Rechts befanden sich ein wunderschöner Sekretär mit Aufsatz und eine Stehlampe mit riesigem, seidenem Schirm und auf der anderen Seite eine Kommode. Jedes einzelne Möbelstück in diesem Zimmer sah aus, als hätte man es aus einem Museum entnommen. Als ich den Kopf hob, sah ich, dass die Zimmerdecke weit in das Dach hineinragte und von dunklen Holzbalken durchzogen war. „Euer Gemach, Mylady!", murmelte ich, und Vorfreude machte sich in mir breit.

Während die Jungs mit Hilfe des Personals unser Equipment in einen eigens dafür vorgesehenen Raum schafften, hängte ich meine Sachen in den Schrank und blickte nebenher aus dem Fenster. Die Aussicht war atemberaubend. Vor meinen Augen breitete sich eine Bergkette aus, und zwischen den im Osten gelegenen Berghängen erkannte ich das tiefe Blau des Sees, der auf der anderen Seite der Burg bis an die Mauern heranreichte. Große, blühende Rhododendren säumten den Weg, der von der Burg in den Garten führte. Ich beschloss, mir das alles anzusehen, wenn sich etwas Zeit dafür erübrigen ließ.

Mein Blick blieb plötzlich an einem Mann hängen, der aus dem Park kam. Selbst aus der Entfernung erkannte ich, dass er sehr groß war. Er hatte glattes, dunkles Haar, das ihm bis über die kräftigen Schultern reichte und in der Sonne wie Seide glänzte. Der Mann blieb mitten auf dem Vorplatz stehen und schaute an der Burg hinauf bis zu meinem Fenster. Ich wich erschrocken zur Seite. Mein Herz klopfte aus unerfindlichen Gründen wie ein zu schnell gehendes Uhrwerk, und erst nach ein paar Atemzügen spähte ich seitlich am Fensterrahmen hinunter, doch der Mann war fort.

„Was machst du da?", fragte Ryan, und ich wirbelte mit einem leisen Schrei herum.

„Musst du mich so erschrecken!", keuchte ich und griff mir ans Herz. „Himmelherrgott!"

„Wir sind kaum hier, und du drehst schon durch?"

„Ich drehe nicht durch", erwiderte ich und machte die Tür meines Schranks zu. „Ich habe nur gerade die Aussicht bewundert."

Ryan hatte die Stirn in Falten gelegt. „Hey!", sagte er, kam auf mich zu und legte mir sanft eine Hand auf die Schulter. „Wenn du möchtest, fahre ich dich sofort zum Hotel. Es ist nicht sehr weit."

„Nein. Es geht mir gut!"

„Sicher?"

Ich nickte. „Sicher."

„Dann lass uns runtergehen, der Herr des Hauses erwartet uns."

Ich ließ mich von ihm hinausbegleiten, jedoch nicht ohne noch einmal einen Blick auf den nun menschenleeren Vorplatz zu werfen.

Der Herr des Hauses war der Duke of Torridon, ein Mann um die fünfzig, mit gutmütigen Augen und Lachfalten im Gesicht. Er trug einen eleganten Anzug, der wohl maßgeschneidert war, und stand aufrecht wie ein Zinnsoldat. Er lächelte mich freundlich an und hob die Hände zur Begrüßung. „Und Sie sind bestimmt die junge Frau aus Deutschland, von der Professor Sutherland gesprochen hatte. Er hat Sie in höchsten Tönen gelobt, mein Kind."

Ich überlegte, ob ich nun einen Knicks machen sollte, und fluchte innerlich, weil keiner der Jungs mir gesagt hatte, dass wir hier einem waschechten Duke vorgestellt wurden.

„Johanna Bergman", sagte ich und versuchte mich an einer Bewegung, die eher wie ein Zusammenzucken ausfiel. „Ich habe bisher noch kein Lob verdient, glaube ich."

„Bescheiden sind Sie auch noch, meine Liebe!"

Ich spürte, wie sich meine Gesichtsfarbe veränderte, und hörte, wie Finn ein Lachen in ein Husten übergehen ließ.

„Danke, Eure – Ihre, ähm – Lordschaft."

„Gnaden", flüsterte Ryan neben mir.

„Euer Gnaden", wiederholte ich und wünschte mich ganz weit weg.

Der Duke lächelte, neigte sich zu mir und sagte leise: „Ich gebe Ihnen einen Tipp, Miss Bergman. Wenn Sie nicht so genau wissen, wie Sie jemanden anreden sollen, sagen Sie einfach Sir oder Ma'am, damit machen Sie nichts verkehrt."

„Vielen Dank, Sir!"

„Nun, mein Lieber!", rief er, ließ zu meiner Erleichterung von mir ab, legte Ryan einen Arm um die Schultern und ging mit ihm in den angrenzenden Raum. „Wir haben uns schon eine Weile nicht mehr gesehen. Wie geht es deinem Vater?"

„Sehr gut, Sir!"

Als ich mich wieder unter Kontrolle hatte, drehte ich mich zu Finn und Lucas um. Sie hatten sichtlich Mühe, ihre Heiterkeit zu verbergen.

„Ihr hättet mich ruhig vorwarnen können", fauchte ich.

Finn räusperte sich in seine Faust. „Sorry, Kleines!", sagte er. „Aber du hast dich wacker geschlagen."

„Außerdem haben wir auch erst vorhin erfahren, dass er hier ist. Oh Mann, riecht das gut!" Lucas leckte sich die Lippen und machte sich an die Verfolgung von Ryan und dem Duke.

„Der muss mich für einen Volltrottel halten", knurrte ich.

„Ach was! Zerbrich dir nicht dein hübsches Köpfchen!" Finn legte einen Arm um meine Taille und schob mich vorwärts. „Wenn du beim Essen nicht rülpst, ist alles vergeben und vergessen."

Bei Tisch lernte ich den Rest der anwesenden Familie kennen. Malcolm, der Sohn des Hauses, machte ein Gesicht, als würde er auf einer Zitrone herumkauen. Er war schätzungsweise etwas jünger als ich, nicht besonders groß, dunkelblond und hager wie ein Besenstiel. Das Auffallendste an ihm war eine unschöne Narbe, die sich vom rechten Nasenflügel bis zum Mundwinkel zog. Olivia, seine Schwester, war noch ein Teenager. Sie war hübsch, mit langen, blonden Locken und kornblumenblauen Augen; sie fand Finn wesentlich appetitlicher als den Lachs, der in Butter und Gemüse gegart auf uns wartete.

„Nein, nein", antwortete der Duke auf eine Frage von Ryan, die ich nicht gehört hatte. „Wir werden heute Nachmittag noch abreisen, zurück nach London. Meine Frau richtet dort eine dieser Wohltätigkeitsveranstaltungen aus. Eigentlich sollten wir schon gestern fahren, aber da mir der Professor sagte, dass du kommst, haben wir noch einen Tag gewartet."

„Haben Sie die Nächte hier verbracht, Sir?", fragte Lucas. Der Duke schüttelte den Kopf. „Nein, mein Freund, unter diesem Dach schläft seit Wochen niemand mehr."

Ich stutzte. „Niemand?"

„Wir sind doch nicht verrückt", sagte Olivia.

Der Duke warf seiner Tochter einen Blick zu und lächelte. „Nun, was meine Tochter damit meint, ist, dass es nachts etwas laut hier werden kann." Er hob eine Hand. „Wohl nicht jede Nacht, wie man mir versicherte, aber ich hielt es für das Beste, im Jagdhaus zu nächtigen. Rupert und Milly bewohnen das ehemalige Gutspfarrhaus, und das Personal stammt größtenteils aus der Gegend hier." Er machte eine vage Handbewegung und fuhr fort. „Ihr werdet also die Ersten sein, die seit dem Vorfall hier die Nächte verbringen. Ich habe Rupert dahingehend bereits instruiert. Bis zum Saisonanfang

und den Spielen in vier Wochen ist die Angelegenheit hoffentlich geklärt. So lange steht euch die gesamte Anlage zur
Verfügung, seht es bitte als euer vorübergehendes Zuhause
an!“

„Wann können wir mit den Bauarbeitern sprechen?“, wollte Ryan wissen und schien der Tatsache, dass dieses Gemäuer
Lärm machte, keinerlei Bedeutung beizumessen.

„Ich habe die Adressen in meinem Büro“, entgegnete der
Duke. „Ich kann sie dir später geben. Die beiden sind noch
ziemlich angeschlagen. Einer hat ein paar gebrochene Rippen
und der andere eine Oberschenkelfraktur. Ansonsten sind sie,
soweit ich weiß, wohlauf.“

„Wie, ähm … wie äußert sich der Lärm nachts?“, fragte ich.
„Ich meine, hört es sich an wie das Knarren von morschem
Gebälk oder eher wie das Aufbrechen von altem Putz?“

Der Duke blinzelte ein paarmal, als hätte er mich nicht
richtig verstanden, doch dann legte er seine Gabel beiseite
und blickte mich freundlich an. „Nun, Miss Bergman, weder
noch“, sagte er. „Es ist ein Lachen.“

„Ein Lachen?“, wiederholte ich.

„Ja“, hauchte Olivia. „Es hört sich an, als ob jemand durch
die Wände geht und lacht.“

Der Fisch schmeckte plötzlich bitter, und ich schluckte den Bissen, an dem ich grade kaute, mit Mühe hinunter.
Immer wenn es hieß, dass es irgendwo spukt, hatte ich mir
das typische Knarren von Dielen vorgestellt oder vermutet,
dass der Spuk sich in flackerndem Licht äußerte, was ohne
viel Mühe auf völlig normale Gründe zurückzuführen sei,
aber – Lachen?

Selbst die Lichterscheinungen und Schattenbilder, die ich in
den Wuppertaler Kellergängen gesehen hatte, waren für mich
nichts als Reflexionen und Schlagschatten der Taschenlampen
und Gürtelschnallen meiner Begleiter gewesen.

Ryan warf mir einen Blick zu, und ich las in seinen Augen erneut das Angebot, mich zu einem Hotel zu fahren, was ich auf einmal ziemlich verlockend fand. Doch nein! Ich riss mich zusammen. Auch ein Lachen war sicherlich irgendwie auf sehr gewöhnliche Ursachen zurückzuführen.

„Aha!“, sagte ich nur und stach meine Gabel beherzt in den Fisch.

Ich spürte, dass Ryan mich weiterhin musterte, doch als ich seinem Blick begegnete, ein Schulterzucken andeutete und mit vollen Backen lächelte, verzogen sich seine Mundwinkel nach oben, und er wandte sich wieder dem Duke zu. „Sir!“, setzte er die Unterhaltung fort. „Sagen Sie, wer könnte uns durch die Burg führen, ach ja, und die Baupläne bräuchten wir, wenn es möglich wäre.“

„Rupert wird euch nachher alles zeigen, und ich habe Alec MacPherson angerufen. Er ist sozusagen der Bauleiter. Du kannst dich getrost mit allen Fragen, was die Restaurierung angeht, an ihn wenden.“

„In Ordnung“, erwiderte Ryan und nickte.

„Ich w-will hier blei-bleiben“, stotterte plötzlich der Sohn und legte sein Besteck neben den Teller. „B-Bitte!“

„Nein, Malcolm, wir hatten das doch besprochen. Deine Mutter besteht darauf, dass wir alle nach London kommen.“

„Ich ka-kann hier helfen.“

„Und was soll ich deiner Mutter sagen? Dass du keine Lust hast, deine gesellschaftlichen Verpflichtungen mit der Familie zu erfüllen und stattdessen lieber auf Geisterjagd gehst? Das kommt gar nicht in Frage.“

Der Sohn ließ den Kopf hängen.

„Nun, Sir, wenn Sie gestatten“, sagte ich. „Ich halte es für durchaus erforderlich, dass jemand von der Familie hier vor Ort ist. Nach meinen Erkenntnissen verbessern sich die Resultate einer paranormalen Forschung, wenn ein Mitglied des Hauses sich den Untersuchungen anschließt."

Ryan, Lucas und Finn starrten mich an, als hätte ich gerade Materie definiert.

„Sind Sie sich sicher, Miss Bergman?", fragte der Duke und warf seinem Sohn einen skeptischen Blick zu.

„Ich denke, Professor Sutherland würde mir da zustimmen. Was sagst du?" Ich sah Ryan eindringlich an, und ich konnte mich auch irren, aber ich glaubte, beinahe so etwas wie Bewunderung in seinen Augen zu sehen. Er holte Luft und sagte: „Ich vertraue voll und ganz auf Miss Bergmans Urteil, Sir."

„Nun, wenn das so ist", meinte der Duke, „dann vertraue ich Ihrem Urteil natürlich auch. Du kannst bleiben", gestattete er seinem Sohn.

Dieser hob den Blick von seinem Teller, ein kleines, dankbares Lächeln überzog sein Gesicht. Ich schlug die Augen nieder und widmete mich voll und ganz meinem Essen.

„Das war nett von dir", sagte Ryan leise, als wir den Speisesaal verließen, und stieß mich vertraulich an.

„Danke, dass du mitgespielt hast", erwiderte ich, stieß zurück und lächelte.

„Das habe ich gern getan. Malcolm ist in Ordnung. Ich kenne ihn schon lange und kann ihn verstehen. Diese blöden Anlässe haben ihm schon immer zu schaffen gemacht. Kein Wunder. Sein Handicap kommt nicht bei jedem so gut an."

„Du scheinst dich mit diesen blöden Anlässen auch auszukennen."

Sein Lächeln wurde breiter. „Ich bin ein Niemand, Jo", sagte er, doch sein ganzes Gebaren während des gesamten Tages entlarvte die Äußerung als Lüge.

Eine Stunde später, während der ich mit Finn und Olivia in der langgestreckten Ahnengalerie einen amüsanten

Spaziergang unternommen hatte, reiste der Duke mit seiner Tochter und der halben Belegschaft ab, und wir trafen uns mit Malcolm und Rupert in der Vorhalle.

Ich war überrascht, hatte ich doch den Mann, den ich vom Fenster aus gesehen hatte, für Rupert gehalten, doch dieser war graubärtig, klein und etwas rundlich.

„Ich würde sagen", brummte er mit unerwartet tiefer Stimme, „wir fangen hier an, gehen in den Ostflügel, über beide Galerien bis hoch in den alten Bedienstetentrakt, von dort in den Westflügel, durch die Privaträume und die Bibliothek zurück. Erst zum Schluss nehmen wir uns die alten Wirtschaftsräume vor."

„In welchem Teil befindet sich der eingestürzte Rundbogen?", fragte Ryan und drehte den Plan in den Händen.

„In den Wirtschaftsräumen. Unten, neben dem Weinkeller", entgegnete Rupert, und Malcolm beugte sich über den Plan und wies auf einen Punkt der Skizze. „Da."

„Okay, danke, Malcolm! In Ordnung, Rupert! Auf geht's!" Er warf Finn einen Blick zu und nickte unauffällig in meine Richtung.

Als Finn sich kurz darauf scheinbar ohne Absicht an meine Fersen heftete, sprach ich ihn darauf an.

„Was meinst du denn?", sagte er. „Pass auf! Stufe."

„Na, eure wortlose Absprache eben." Ich folgte den anderen in den breiten Säulengang. „Hat er Angst, dass ich mich hier verlaufe oder dass ich in einen Kaminschacht falle?"

Ich blickte hoch in Finns Gesicht und erkannte, dass ich richtig geraten hatte – in beiderlei Hinsicht.

„Kleinkarierter Provinzschotte!", knurrte ich und durchbohrte Ryans Rücken mit einem bösen Blick.

Finn lachte. „Sei nicht sauer, Darling! Er hat nun mal einen Narren an dir gefressen." Er legte seine Hand beschützend in

meinen Rücken, und ich überlegte, was dieser Spruch wohl
zu bedeuten hatte.

42

Hundert Flure

Auf Caitlin Castle schien die Vergangenheit noch immer Gegenwart. Es war wie eine Reise durch die Zeit. Ich hätte mich wahrlich kaum gewundert, wenn irgendwann einer dieser Schotten, die allgegenwärtig waren – auf Gemälden, Gobelins oder in mannshoher Plastik –, in voller Montur um die nächste Ecke gebogen wäre. Überall traf man auf die Geschichte der Menschen, die hier gelebt hatten, und der Staubsauger, der in einem der vielen Korridore verlassen im Weg lag, wirkte geradezu futuristisch.

„Caitlin Castle steht seit vielen Jahren in dem Ruf, eine der sagenumwobensten Burgen in den Highlands zu sein", erzählte uns Rupert auf dem Weg durch den alten Bedienstetentrakt. „Die berühmteste Legende erzählt von *Annella'bán*. Sie soll hier vor fast zweihundert Jahren gelebt haben. Sie war eine Selkie."

„Was ist ein *Selkie*?", fragte ich.

„Eine Silkie, wie wir hier in den Highlands sagen, Jo, ist ein Seehund", erklärte Ryan. „Ein verzauberter Seehund, der sein Fell ablegt und sich in eine schöne Frau verwandelt."

„Oh! Tatsächlich?" Ich grinste.

„Sie sind prächtige Ehefrauen, Miss Jo, und wundervolle Mütter", fügte Rupert kopfnickend hinzu. „In frühen Zeiten galt es als Segen, eine *Silkie* zu heiraten."

„Aye!" Ryan lächelte. „Man musste nur ihr Fell gut genug verstecken."

„Warum?"

„Na ja, weißt du", sagte Ryan und legte mir den Arm um die Schultern. „Es liegt in der Natur einer *Silkie*, dass sie verschwindet, wenn sie ihr Fell wiederfindet. Legenden von *Silkies* endeten meistens tragisch für die Männerwelt."

„Seht ihr, da haben wir eine von ihnen", sagte Rupert und

blieb vor einem großen Gemälde stehen.

Es zeigte eine schöne, schlanke Frau mit langen, glatten schwarzen Haaren. Sie ruhte splitterfasernackt auf einem Felsen. Ein großes, grauschwarzes und fast silbrig glänzendes Fell lag neben ihr, bedeckte ihren Schoß, und die kugelrunden toten Augen in dem Gesicht des Seehunds schienen dem Betrachter des Gemäldes überallhin zu folgen.

„Wer hat das Bild gemalt?", fragte ich beeindruckt.

„John Fallon Fraser, ein Highlandschotte", erwiderte Ryan. „Er hat viele solcher Bilder gemalt, war fast besessen von den *Silkies*."

„Es ist wunderschön."

„Aye, das ist es", bestätigte Rupert und trieb uns mit ausgebreiteten Armen vor sich her. „Kommt weiter!"

Die Burg war größer, als es von außen den Anschein hatte, und verdammt weitläufig. Als wir endlich die Wohnräume des Dukes und seiner Familie im Westflügel verlassen hatten und durch noch einen der gefühlten hundert Flure – die für mich alle gleich aussahen – die große Bibliothek betraten, sah ich von einem Fenster aus, dass die Sonne bereits langsam hinter den Bergen verschwand. Der Himmel hatte die Farbe von reifen Aprikosen angenommen.

„W-wird schon dunkel", sagte Malcolm, der sich irgendwo zwischen dem Musikzimmer und den Mansarden an meine Seite geschlichen hatte.

„Ja, sieht der Himmel nicht wundervoll aus?"

„M-manchmal h-hat er die g-gleiche Farbe wie das Heidekraut."

„Das blüht erst im Herbst, oder?"

„Ja, aber ich habe F-fotos."

„Die musst du mir einmal zeigen."

„Heute A-Abend?“

„Ja, nach dem Essen. Das wäre toll.“

Malcolm lächelte mich an. Die dicke Narbe verunstaltete sein knochiges Gesicht, doch seine Augen waren tiefblau, und das Licht der Kristalllampen leuchtete in ihnen.

„Hey, ihr zwei!“, rief Ryan von der Tür aus. „Ihr könnt euch später immer noch kennenlernen. Kommt jetzt!“

„Manchmal benimmt er sich wie ein kleiner Tyrann, findest du nicht auch?“

Malcolms Gesichtszüge verzogen sich zu einem spitzbübischen Grinsen, das ihn plötzlich um Jahre jünger erscheinen ließ, und ich fragte mich, wie alt er tatsächlich sein mochte.

Von der Bibliothek aus ging es über die knapp vier Meter breite Haupttreppe zurück in die Vorhalle und von dort über einen der Torhaustürme hinab in die Kellergewölbe.

Ich war enttäuscht. Es waren keine unterirdischen, nur von Fackeln erleuchteten, modrigen Gänge, wie ich sie erwartet oder vielmehr erhofft hatte. Der gesamte Kellerbereich war von kaltem Licht aus Leuchtstoffröhren dermaßen erhellt, dass ich erst einmal die Augen zukneifen musste, als Rupert den Schalter umlegte.

„Wenn hier einer spukt“, murmelte ich vor mich hin, „dann erkennen wir ihn entweder daran, dass er blind ist oder eine Sonnenbrille trägt.“

Alle drehten sich zu mir um, und ich sah, wie Finn und Lucas sich anschauten und sofort den Blick zu Boden richteten.

Ich lächelte. „Na ja, ganz schön hellhörig hier, was?“

„Jo?“, fragte Ryan. „Möchtest du deine Erkenntnisse vielleicht lieber oben durchdenken?“

„Nein, nein, alles gut! Nur weiter!“, meinte ich, drehte mich zur Seite, um den Blicken zu entgehen, und begutachtete einen Dienstplan von 1865, der dort an der Wand hing.

Dolores hatte Küchendienst an jenem Tag.

„Warum gibst du deine geistigen Ergüsse nicht in deiner eigenen Sprache zum Besten? Immerhin würde sie dann wenigstens keiner hier verstehen.“

Ich drehte mich um. Ryans Nase war keine zehn Zentimeter von meiner entfernt, und seine Nasenflügel bebten.

„Du bist sauer“, sagte ich verdattert.

„*Aig Sealbh tha brath*!“, fauchte er.

„Ähm, Ryan? Ich kann kein Gälisch.“

„Aye! Ist auch besser so!“ Dann knurrte er: „Lieber Gott, bewahre mich vor rationalen Frauen!“, und stolzierte wie ein gereizter Truthahn davon.

Als sich kurz darauf alle wieder in Bewegung setzten, beeilte ich mich, Lucas und Finn einzuholen. „Äh, Lucas?“, flüsterte ich und bemühte mich, mit ihm Schritt zu halten. „Sag mal, was heißt ey–sef–ta–bra?“

„*Aig Sealbh tha brath*? Weiß der Himmel!“

„Danke“, murmelte ich und wurde wieder langsamer.

Die Decke über der eingestürzten Wand war mit Eisenträgern, Balken und Drehsteifen gesichert und machte eigentlich einen verlässlichen Eindruck, doch bei dem Gedanken, dass sich über uns die große, aus festem Stein gebaute Haupthalle befand, wurde mir trotzdem mulmig.

„Die Arbeiter haben alles so gelassen, wie es war“, erklärte Rupert. „Ich musste noch nicht einmal etwas sagen. Keiner hat es seit dem Einsturz gewagt, hier auch nur einen Stein anzufassen.“

Der ehemalige Rundbogen, der sicherlich beeindruckend gewesen war, war völlig zerstört und lag über mehrere Meter rundherum verteilt am Ende eines langen und breiten Ganges. Ich konnte Verzierungen erkennen sowie Buchstaben auf einigen Steinen: p, n und t.

„Trug der Bogen eine Inschrift?", fragte ich.

„Ja, etwas Lateinisches." Rupert nickte und blätterte durch die Zettel in seinen Händen. „Wo war das … Ach, hier! *Mutus permane*. Keine Ahnung, was das heißt."

„Verbleibe still!", erklärte Ryan und drehte einen der beschrifteten Steine mit dem Fuß in seine Richtung.

Lucas kratzte sich am Kopf. „Vielleicht ein Bannspruch?"

„Gut möglich!"

„Nein", sagte ich und betrachtete den Stein, den Ryan zu sich gedreht hatte. Er trug den Buchstaben o. „Es ist kein Bannspruch. Es heißt: Ich verbleibe still. Lateinische Grammatik ist manchmal etwas schwer zu begreifen, aber ich bin mir sicher; es ist eine Aussage, möglicherweise ein Schwur. Und es handelt sich um einen Mann. *Mutus* – das ist männlich dekliniert. *Mutus permaneo* – ich verbleibe still."

„Nicht schlecht, Miss Bergman!", lobte Finn und lächelte mich an. „Gar nicht schlecht!"

Ryans Miene wechselte von Überraschung zu leiser Bewunderung. „Nun", sagte er. „Ich denke, wir sollten den Rundbogen, so gut es geht, wieder zusammensetzen. Jo? Schaffst du das?"

Ich lächelte Ryan zu und nickte. „Natürlich."

„In Ordnung. Finn?"

„Au! Ja, ich bin hier." Er tauchte hinter einer Ansammlung von Steinen auf, klopfte sich Staub vom Ärmel und blickte auf ein kleines Messinstrument. „Die Luftfeuchte ist ziemlich hoch, aber okay."

„Sehr gut! Lucas, nimmst du noch ein paar Proben mit?"

„Bin schon dabei", entgegnete der, hockte bereits zwischen den Trümmern, und sein knapp bedecktes Hinterteil glänzte blassrosa im Licht der Leuchtstoffröhren.

Als wir aus dem Souterrain zurückkamen, war es kurz

vor acht, und über den Bergen war die Nacht hereingebrochen. Ein satter Schimmer aus den Wandlampen erhellte das Vestibül, wodurch die Wandteppiche und Draperien kantenlos wirkten, als würden sie mit ihrer Umgebung zu einem zweidimensionalen Bild verschmelzen.

Ich blickte durch die beiden von Glas durchbrochenen Türen auf den Burginnenhof. Irgendetwas daran kam mir seltsam vor, doch ich konnte beim besten Willen nicht sagen, was es war.

„Alles in Ordnung?“, fragte Ryan.

„Ja, alles okay. Das Licht hier drin ist nur komisch.“

„Alte Burgen sind immer komisch, wenn es dunkel wird“, sagte Finn, lachte böse und verschwand mit Lucas im östlichen Turm.

„Hör nicht auf ihn! Komm, ich bringe dich auf dein Zimmer. Du willst dich bestimmt frisch machen. In einer Stunde gibt es Abendessen, und wir sollten Milly besser nicht warten lassen.“ Ryan lächelte endlich wieder und wies mit dem Kopf in die Richtung, in der Finn und Lucas verschwunden waren.

Wir durchquerten die Halle und betraten die Stufen des Ostturmes.

„Übrigens, das hast du gut gemacht“, sagte er auf halber Höhe. „Das mit der Inschrift, meine ich.“

„Danke! Und hey! Tut mir leid, das im Keller.“

„Ist schon okay, Jo.“ Er lachte auf. „Du hast eine dunkle Gruft erwartet, oder?“

„Ja, ich war überrascht, dass es so aufgeräumt war, und diese weiß gestrichenen Wände – na ja.“

„Es ist ziemlich lange her, dass die Gänge da unten als Kerker und Waffenkammern genutzt wurden. *A Diah*! Riechst du das? Milly scheint das Kochen nicht verlernt zu haben.“

„Wo essen wir eigentlich?“, fragte ich und sah im Spiegelbild des Turmfensters, wie Ryan seine Nase in den Duft hielt, der von der Küche aus den gesamten Turm durchzog.

„Im Speisesaal", sagte er. „Der Duke hat uns die gesamte Burganlage zur Verfügung gestellt, solange wir hier sind."

„Warte mal!" Ich blieb stehen und drehte mich um.

„Was ist denn?", fragte Ryan und runzelte die Stirn.

„Ich muss wieder runter."

„Wie bitte?"

„Ich weiß jetzt, was komisch war!", rief ich und rannte an ihm vorbei, die Stufen wieder hinab, bis ins Vestibül.

Die alten, mit prächtigen Intarsien verzierten Holztüren hatte man als Schmuckrahmen links und rechts belassen. Die eigentliche Öffnung zum Burghof hin bestand nun aus zwei großen, schlichten Glastüren, mit einem Rahmen aus weiß gestrichenem Holz. Ich blieb etwas entfernt stehen und konnte mein verdattertes Gesicht im Glas sehen.

„Kannst du mir mal erklären, was das soll?", fragte Ryan, als er mich erreichte.

„Die Türen", sagte ich nur.

„Was ist damit?"

„Das Glas darin ist nicht entspiegelt, oder?"

Ryan blickte von mir zu den Türen, und ich konnte im Spiegelbild sehen, dass er die Stirn runzelte. „Sollte es das sein?"

„Na ja, vorhin war es das."

„Jo, ich …"

„Hör zu! Als wir aus dem Keller zurückkamen, konnte ich von hier aus den Innenhof sehen, doch jetzt nicht mehr."

„Bist du dir sicher?"

„Natürlich bin ich mir sicher!"

„Entschuldige!", sagte er, ging auf die Türen zu und blickte hinaus. „Was genau hast du gesehen?"

„Einen Brunnen. Einen großen Brunnen mit einer Statue.“

„Ähm, Jo? Da ist keine Statue.“

„Wie bitte?“

Er drehte sich zu mir und winkte mich heran. „Komm her, und sieh es dir an! Da befindet sich zwar ein Brunnen, aber von einer Statue ist nichts zu sehen.“

Als ich mich nicht von der Stelle bewegte, wandte er sich erneut den Türen zu und öffnete sie. Kalter Wind traf mich im Gesicht, und der Mond beschien silbern eine einsame Zisterne. Keine Statue.

„Ryan, ich …“

Lächelnd schloss er die Türen und kam zu mir.

„Weißt du“, sagte er. „Einen guten Geisterjäger zeichnet es aus, dass er die Dinge erst einmal so nimmt, wie sie sind. Denk nicht allzu lange darüber nach, Jo. Speichere sie in deinem Kopf, und wenn die Zeit reif ist, rufst du sie wieder ab.“

„Irgendwo hier muss ein Projektor versteckt sein.“ Ich kniff die Augen zusammen und musterte die Gemälde und Gobelins.

Ryan atmete tief durch. „Genau, Jo“, sagte er. „Bestimmt.“ Dann verpasste er mir einen leichten Schlag auf die Schulter und stapfte in Richtung Turm davon. „Komm jetzt! Ich habe Hunger.“

Wir kamen gerade noch rechtzeitig zum Essen. Milly MacDonald stand schon Gewehr bei Fuß und strahlte dabei eine Autorität aus, die einem Feldwebel gleichkam. Kaum hatten wir uns hingesetzt, schoss sie ihre gesamte Flakbatterie auf Ryan ab.

„Nein, keine Widerrede! Sie haben schon als kleiner Junge nur im Essen herumgepickt wie ein Spatz. Ich kann mich noch sehr gut erinnern.“

„Ich nicht“, murmelte Ryan, und als sie mit der Kelle zum

zweiten Mal ausholte, hielt er beide Hände schützend über seinen Teller.

Milly MacDonald schnaubte aufgebracht und wandte sich Lucas zu. „Sie sehen so aus, als ob Sie meine Kochkünste zu schätzen wüssten, mein Guter."

„Aber immer, Ma'am!", entgegnete er und schenkte ihr ein breites Lächeln.

Ich hatte Mühe, meine Heiterkeit im Zaum zu halten, und richtete beiläufig mein Besteck im rechten Winkel zur Tischplatte aus.

„Na, meine Liebe?", fragte sie, als sie neben mir stand. „Ich hoffe doch, dass Sie keine Vegetarierin sind."

Ich hob den Kopf, lächelte sie an und wollte gerade höflich verneinen, als ihr Blick brach. Ihre Augen wurden leer und starrten durch mich hindurch.

„Mrs. MacDonald?" Ich griff nach ihrer Hand. So schnell, wie es gekommen war, war der Anfall auch vorbei. Sie zuckte zusammen, ihre Augen klarten auf, und sie wurde rot bis zu den Ohren.

„Wie bitte?" Sie blinzelte vor Verwirrung.

„Hatten Sie grade einen Blackout, Mrs. MacDonald?"

„So ein Unsinn!", rief sie und tat mir eine großzügige Portion Püree auf den Teller. „Blackout! Pah!"

Sie senkte den Kopf und verschwand mit wehendem Rock durch die Tür.

„Entschuldigt mich kurz", sagte Rupert, erhob sich von seinem Stuhl und folgte ihr.

Wir Zurückgebliebenen schauten uns an.

„D-das macht sie sch-schon seit T-Tagen."

„Was genau?", wollte Ryan wissen.

„Sie schaut s-sich f-fest." Malcolm hielt die Hand vors Gesicht und schaute an seinen Fingern vorbei, um uns zu verdeutlichen, was er meinte.

„War sie schon beim Arzt?", fragte ich.

Malcolm zuckte mit den Schultern. „W-weiß nicht."

Es dauerte nur ein paar Minuten, bis Rupert zurückkam. „Es geht ihr gut", erklärte er und setzte sich auf seinen Platz. Kurz danach kam auch Milly wieder. „Ihr habt ja noch gar nichts angerührt!", schimpfte sie und stellte einen duftenden Schokoladenkuchen in die Tischmitte. „Nun mal los! Bevor es kalt wird."

„Mrs. MacDonald!", sagte ich. „Sie sollten wirklich einen Arzt konsultieren! Mit so was ist nicht zu spaßen."

„Der Meinung bin ich auch, Milly!", pflichtete Ryan mir bei.

„Ach, papperlapapp!", rief sie und setzte sich auf ihren Stuhl. „Esst! Esst auf!"

Ryan und ich wechselten noch einen Blick und folgten schließlich ohne Widerspruch ihrer Anordnung.

Den Rest des Abendessens über zeigte sich Milly MacDonald von ihrer besten Seite. Sie überhäufte uns alle mit Essen und Aufmerksamkeit, lachte viel und erzählte uns Anekdoten aus alten Zeiten, die sie nach eigenen Angaben irgendwo aufgeschnappt hatte. Nichts deutete mehr auf das hin, was zu Beginn des Essens geschehen war. Vielleicht war es ja auch nichts, dachte ich, schloss die Augen und ließ mir den Schokoladenkuchen auf der Zunge zergehen.

Nach dem Abendessen wanderte ich allein in das angrenzende Zimmer, ließ mich in einem der Sessel am prasselnden Kaminfeuer nieder, legte die Füße auf einen dieser unvermeidlichen Holzhocker und genoss das Gefühl, gesättigt, zufrieden und träge zu sein. Die Jungs waren mit Rupert irgendwohin verschwunden, doch leises Gelächter, Gläserklirren und ein feines Aroma von brennenden Zigarren sagten mir, dass sie nicht allzu weit weg waren.

„Jo?“

Ich öffnete die Augen. Malcolm stand schüchtern vor mir und hielt ein großes Buch mit schwarzem Einband in den Händen.

„Oh ja, die Fotos!“, sagte ich und setzte mich auf.

„Du b-bist müde, oder?“

Eigentlich war ich sogar ziemlich zerschlagen, doch ein Blick in sein Gesicht genügte, um den Gedanken an mein Bett auf unbestimmte Zeit zu verschieben.

„Nein, setz dich!“, antwortete ich und musste über das plötzliche Leuchten in seinen Augen lächeln.

„Ist n-nur ein Band“, sagte er, legte mir das Buch in den Schoß und holte sich einen Sessel heran. „M-mach auf!“

Ich schlug den Deckel um.

Auch wenn ich gewiss kein Profi in solchen Dingen war, erkannte ich auf Anhieb, dass Malcolm über ein sehr talentiertes Auge verfügte. Ich hob den Blick in sein vor Aufregung gerötetes Gesicht. „Malcolm! Die sind großartig!“, sagte ich und blätterte weiter. „Wunderschön!“

Jetzt hielt es ihn kaum mehr auf seinem Sessel. „W-weiter!“, drängte er. „Da, schau!“

Es waren zumeist Landschaftsfotografien, eine prächtiger als die andere. Auch das Bild, von dem er mir erzählt hatte, fand sich inmitten der Aufnahmen, und der Himmel darauf leuchtete tatsächlich in demselben Ton wie das Heidekraut, das sich wie ein hellvioletter Teppich an einen Berghang schmiegte. Das Herz wurde mir schwer, als ich aufblickte.

Auch wenn Malcolm selbst alles andere als schön war, hatte er ein so ausgesprochen feines Gespür für die Schönheit der Natur, dass man einen Kloß im Hals hatte, sobald man die Augen von den Fotos löste und dem jungen Mann ins verunstaltete Gesicht blickte.

„Du bist sehr talentiert“, sagte ich und lächelte ihn an.

„Vater sagt, das ist H-humbug.“

„Ich verrate dir mal was, Malcolm. Eltern wissen nicht immer, was gut ist für ihre Kinder. Lass dir dieses Talent nicht von ihnen nehmen, hörst du? Geh deinen Weg! Und wenn es dieser Weg ist“, erwiderte ich und legte meine Hand auf die Fotos. „Dann bist du, glaube ich, schon auf dem richtigen.“

Malcolm atmete tief durch und lächelte. „D-danke, Jo!“

„Gerne!“, entgegnete ich und blätterte die letzte Seite um.

Es war der Burginnenhof aus derselben Perspektive. Die Türflügel wirkten auch hier wie ein Rahmen auf dem Bild, aber …

„Schade, d-dass m-man den alten Br-brunnen abgerissen hat.“

Ich hob den Blick. „Heißt das, da war mal ein anderer Brunnen?“

Er nickte. „M-mit einer St-sta…“

„Mit einer Statue?“ Meine Finger begannen zu kribbeln.

Malcolm nickte erneut.

„Warum hat man ihn abgerissen?“, wollte ich wissen.

„W-weiß nicht. Ist l-lange her.“

„Wie lange?“

Er zuckte mit den Schultern. „Sehr l-lange. Es gi-gibt ein Gemälde.“

„Weißt du, wo es hängt?“

„In der Pi-Pinakothek.“

Ich lächelte zufrieden, schlug das Buch zu und reichte es ihm zurück. „Das sind wirklich tolle Fotos, Malcolm. Du kannst stolz darauf sein.“

Er schien fast beschämt bei diesen Worten, doch die Art und Weise, wie er mit den Händen über den Einband strich, bewies, dass er sie gerne hörte.

„Weißt du, Malcolm“, sagte ich und gähnte in meine Faust. „Ich glaube, ich sollte wirklich langsam in mein Bett.“

„S-soll ich dich raufbringen?"

„Nicht nötig. Das schaffe ich schon." Ich erhob mich aus dem Sessel. „Gute Nacht, Malcolm!"

„Schlaf gut!"

„Du auch." Ich lächelte ihm zu und ging.

Ein kleiner Spaziergang vor dem Schlafengehen konnte eigentlich nicht schaden, zumindest nicht, wenn ich mich in diesen Gängen nicht verlief.

Vor dem Speisesaal blieb ich stehen, blickte den Flur hinauf und hinab und überlegte, welche Richtung ich einschlagen sollte. Es gab zwei Bildergalerien. Die große Ahnengalerie befand sich im Erdgeschoss, gleich neben dem Vestibül. Die etwas kleinere Pinakothek befand sich genau ein Stockwerk höher; beide waren im Ostflügel zu finden. Wenn ich also den Gang in Richtung Treppenturm nahm, ins Vestibül hinunter- und den anderen Turm hinaufging, müsste ich genau in dem Flur herauskommen, wo diese grauenvolle Statue mit den Hörnern stand, die sich, soweit ich mich erinnern konnte, vor der Pinakothek befand – oder? *Mist!* Ich überlegte noch immer, als Ryan am Ende des Flures um die Ecke bog, und meine innere Stimme sagte mir, dass er mein Vorhaben nicht gerade mit Begeisterung aufnehmen würde, zumindest nicht um diese Uhrzeit.

„Willst du ins Bett?", fragte er, als er näher kam und eine Wolke aus Whisky und Zigarren hinter sich herzog.

Ich nickte. „Ja. Der Tag war ziemlich lang."

„Na komm! Ich bringe dich rauf", sagte er und legte seine Hand in meinen Rücken.

Ich wich ihm aus und lächelte. „Das ist wirklich lieb von dir, Ryan, aber das musst du nicht. Ich finde den Weg schon allein."

„Ich möchte es aber", erwiderte er und schob mich vorwärts.

„Die Jungs werden dich vermissen!"

„Die sind damit beschäftigt, Ruperts Whiskyreserven zu vernichten. Außerdem bin ich auch müde. Na los!"

Am Turm angekommen, biss ich mir auf die Unterlippe und warf den Stufen, die nach unten führten, einen Blick zu.

„Was ist?", fragte er.

„Ach, nichts", murmelte ich und ging nach oben.

Auf halber Höhe zu den Mansarden machte er mir noch einen Strich durch die Rechnung. „Bleib bitte heute Nacht in deinem Zimmer", sagte er. „Egal was passiert, hörst du?"

„Was, wenn ich es nicht tue?"

„Ich möchte dich ungern einsperren, glaub mir, aber ich würde es tun."

Ich blieb stehen und drehte mich zu ihm um. „Du würdest mich tatsächlich in meinem Zimmer einschließen?"

„Wenn es dich davon abhält, nachts allein durch das Schloss zu streifen – ja." Er sah mich an und zuckte noch nicht mal mit der Wimper.

„Du meinst das wirklich ernst."

Er nickte. „Ich bitte dich, in deinem Zimmer zu bleiben, Jo. Also tu das auch, aye?"

„Ich kann es dir nicht versprechen, aber ich werde mein Bestes geben, in Ordnung?"

„Musst du eigentlich immer deinen Kopf durchsetzen?"

Ich zuckte mit den Schultern, drehte mich wieder um und stieg die restlichen Stufen hinauf. „Bislang bin ich damit ganz gut durchs Leben gekommen."

Als wir endlich an meinem Zimmer ankamen, öffnete ich die Tür und blickte Ryan fragend an.

„Was ist? Willst du noch nachsehen, ob da ein Gespenst unter meinem Bett sitzt?"

Ryan lachte laut auf. „Oh, *Joanna*!", sagte er in breitem schottischen Dialekt. „Wenn da ein Gespenst unter deinem Bett sitzt, dann kann ich es nur bedauern."

Im nächsten Moment wünschte er mir eine gute Nacht, küsste mich flüchtig auf die Wange, schob mich in mein Zimmer und schloss kopfschüttelnd die Tür.

Puzzlespielen

Als ich wach wurde und die Augen öffnete, blitzte bereits Tageslicht durch den Spalt zwischen den Vorhängen, und mir wurde sofort klar, dass mein Plan nicht aufgegangen war.

Nach meinem ersten Fluchtversuch, in dessen Verlauf ich Ryan, der gerade aus dem Bad kam, buchstäblich in die Arme gelaufen war, hatte ich mich wieder in mein Zimmer begeben, mich aufs Bett gesetzt und fest vorgehabt, so lange zu warten, bis aus dem Nebenzimmer nichts mehr zu hören war.

Nun ja, zumindest war es gut geplant, auch wenn es an der Ausführung haperte.

Morgendliche Geräusche drangen durch meine Tür und bewiesen mir endgültig, dass ich nicht nur meinen nächtlichen Streifzug in die Galerie, sondern offensichtlich auch alle nur erdenklichen Spukgeschichten einfach verschlafen hatte.

Ich erkannte Finns Stimme, die merklich unter den Einwirkungen von Whisky und Zigarren gelitten hatte, und Ryans leises Gelächter, der sich vermutlich über Finns Zustand amüsierte. Alles beim Alten, dachte ich.

Nur die Kälte an diesem Morgen – die war neu. Es wunderte mich fast, dass mein Atem nicht in kleinen Wolken aufstieg. Ich schlug das Federbett beiseite, unter das ich irgendwann in der Nacht gekrochen sein musste, und schob die Beine aus dem Bett. Der Dielenboden war so ausgekühlt, dass sich meine Zehen vor Schreck krümmten. So schnell ich konnte, huschte ich hinüber zum Kamin und entfachte ein Feuer. Als es endlich brannte, schaute ich mich um und entdeckte unter dem Fenster einen alten Röhrenheizkörper. Ich lief hinüber und legte meine Hände darauf. Nichts. Obwohl – wenn ich die Augen schloss und mich völlig auf das Metall unter meinen Händen konzentrierte … Ja, doch, sie war an.

„Schottland“, murmelte ich und nahm mir fest vor, zwar nicht wieder in meinen Sachen zu schlafen, aber auf jeden Fall mit Strickjacke und Socken ins Bett zu gehen.

Mit Schwung zog ich die Übergardinen beiseite, blickte hinaus in den strömenden Regen und erinnerte mich spontan an den Mann am Flughafen in Edinburgh, der beim Anblick des Regens dort etwas von „*Pissin Dunn*“ gemurmelt hatte – was auch ohne große Sprachkenntnis leicht zu übersetzen war.

Was soll’s, dachte ich. Wahrscheinlich würde ich sowieso kaum Zeit für einen Streifzug durch den Park finden. Ich schlang die Arme um mich, überlegte kurz, ob man hier noch vor der Dusche einen Kaffee bekommen könnte, hielt dies jedoch für ebenso aussichtslos wie die Chance auf Sonne und Wärme und schnappte mir schließlich meine Waschtasche, den Bademantel und meine wärmsten Socken.

Auf dem Gang vor meinem Zimmer wühlte eine junge, rothaarige Frau, die mit dem Rücken zu mir stand, in einem Schrank voller Handtücher und Bettwäsche.

„Guten Morgen!“, sagte ich, und sie erschrak so sehr, dass sie sich den Kopf an einem Regalboden stieß.

„Ach, herrje!“ Ich lief zu ihr und nahm ihr den Stapel Handtücher ab, da er sich bedenklich zur Seite bog. „Tut mir leid! Ich wollte mich nicht anschleichen.“

„Das können Sie aber ganz gut“, erwiderte sie und rieb sich schmunzelnd den Kopf.

„Wirklich? Vielen Dank!“ Ich lächelte und reichte ihr die Hand. „Hi, ich bin Jo.“

„Guten Morgen! Ailsa. Ich meine, so heiße ich.“

„Schöner Name. Hat er eine Bedeutung?“

Sie zuckte mit den Schultern. „Ja, die, dass meine Mum eine unverbesserliche Romantikerin ist. Willst du ins Bad? Ich bin gleich fertig.“

„Keine Eile. Sag mal, bin ich eigentlich die Letzte?“

Ailsa lächelte und nahm mir die Handtücher ab. „Sieht so aus“, sagte sie und verschwand im Bad.

Ich folgte ihr bis zur Tür und lehnte mich gegen den Rahmen.

„Bist du hier …“ Ich suchte nach einem etwas moderner klingenden Begriff, doch sie kam mir mit dem banalsten Ausdruck zuvor.

„Das Dienstmädchen?“, fragte sie. „Ja, so in etwa. Milly ist meine Tante, und ich verdiene mir hier ein bisschen was dazu. Ich studiere Kunst in Glasgow, habe gerade Semesterferien. Und du? Bist du auch eine Geisterjägerin?“

Ich lachte. „Als solche würde ich mich nicht unbedingt bezeichnen. Ich bin da eher die Kritikerin.“

Sie drehte sich zu mir und blickte mich an. „Du glaubst nicht an Geister?“

Ich schüttelte den Kopf. „Nein.“

„Da bist du hier am richtigen Ort.“

„Warum?“

„Weil man seine Überzeugungen jederzeit ändern kann“, sagte sie und trat aus der Tür. „So, jetzt bin ich weg. Wenn du Frühstück möchtest, meine Tante hat es im Speisesaal vorbereitet. Ich glaube, der Tee ist noch warm. Oder möchtest du lieber Kaffee?“

„Kaffee wäre großartig!“, erwiderte ich, und Ailsa lächelte.

„Na, mal sehen, was ich machen kann.“ Sie nahm den Wäschekorb auf ihre Hüfte und lief den Gang hinunter zum Westturm.

Als ich später den Speisesaal betrat, war nur noch Milly MacDonald anwesend, die bereits die Teller und Tassen wieder abräumte.

„Guten Morgen, Miss Bergman! Der junge Lord und seine

Freunde sind schon unten", sagte sie, und es klang wie ein Tadel in meinen Ohren.

„Guten Morgen", murmelte ich. „Tut mir leid, dass ich so spät bin. Ich habe einfach viel zu gut geschlafen."

Sie stellte den Tellerstapel auf einen Servierwagen, richtete sich auf und sah mich an. Dann winkte sie ab. „Ach, das macht nichts. Was möchten Sie essen? Viel ist zwar nicht mehr übrig, aber ..."

„Bitte machen Sie sich keine Umstände!" Ich hatte aus dem Augenwinkel schon die Kaffeekanne entdeckt, aus deren Tülle verlockender Dampf aufstieg. „Ich habe alles."

Ihr Blick folgte meinem. „Ja, die Kanne hat meine Nichte hergebracht", sagte sie und hielt kurz inne. Dann lächelte sie gutmütig. „Na, setzen Sie sich erst mal! Ich bringe Ihnen noch frischen Toast. Butter und Marmelade sind hier."

„Wirklich, Mrs. MacDonald. Das ist nicht nötig."

„Doch, doch, *a laoigh*. Frühstück ist die wichtigste Mahlzeit des Tages." Damit öffnete sie die Tür und schob den Servierwagen hinaus.

Ich schenkte mir Kaffee ein, setzte mich an den Tisch und betrachtete die reich verzierte Stuckdecke.

„Morgen, Schlafmütze!" Ryan steckte den Kopf zur Tür herein und sah aus, als ob er schon seit Stunden auf den Beinen war.

„Ich wollte dich gerade aus dem Bett jagen."

„Nein, danke!", entgegnete ich und musste meinen Ärger darüber, dass er mir den Ausflug in die Galerie vermasselt hatte, unterdrücken. „Ich bin schon eine Weile auf."

„Habe ich was angestellt?", fragte er.

„Warum?"

„Du hörst dich an, als ob ich dir den Kaffee versalzen hätte."

„So, Miss Bergman!", rief Milly, trat hinter Ryan durch die Tür und stellte einen kleinen Toasthalter auf den Tisch.

„Guten Appetit! Ich räume das später ab. Lassen Sie es einfach hier stehen.“

„Danke, Mrs. MacDonald!“, sagte ich und lächelte sie an.

Sie nickte und verschwand wieder durch die Tür.

Ryan hatte die Brauen zusammengezogen und betrachtete mich.

„Was ist?“, fragte ich und griff nach dem Toast.

„Hm …“, meinte er. „Also, wenn du mir das, was ich getan habe, verziehen hast, komm bitte runter. Malcolm hat schon angefangen.“ Er drehte sich um, schüttelte den Kopf, knurrte was von Frauen und ging hinaus.

„Sei nicht so nachtragend, Jo!“, murmelte ich. „Eigentlich kann er ja nichts dafür.“

Von *wegen*!, sagte meine innere Stimme.

In den Kellergewölben sah es aus wie auf einem Set für einen Horrorfilm. Der Hohlraum, der durch den Einsturz des Rundbogens nun freigelegt war, maß etwa zwei mal drei Meter und wurde rundherum von großen Strahlern erhellt. Der Begriff Krypta kam mir in den Sinn, als ich ihn in diesem Licht betrachtete. Die Seitenwände bestanden aus demselben grauen Bruchstein, mit dem auch die Gänge hier unten gemauert waren, wodurch es den Anschein erweckte, dass der Gang einstmals viel weiter verlief und irgendwann einfach mittendrin zugemauert wurde. Dicke Spinnweben überzogen die Steine, und an einigen Stellen sah es aus, als ob sich das Erdreich einen Weg durch die Spalten und Risse gesucht hätte. Kleine Wurzelenden hingen herab wie die Kabel einer Wandlampe. Am Ende dieser Krypta stand eine aus Lehmziegeln gemauerte Wand, die bis auf ein paar Risse ansonsten intakt aussah. Finn schien das Mauerwerk einer gründlichen Untersuchung zu unterziehen.

Wie ich sehen konnte, hatten sie die Steine, die zum

Rundbogen gehörten, bereits zu einem Großteil aussortiert.

„Morgen, Jo!", sagte Lucas grinsend und lief mit einer Kiste voller Steine an mir vorbei den Gang zurück in Richtung Treppe, während er lauthals den Refrain von James Browns *I Feel Good* schmetterte.

„Wo will er damit hin?", fragte ich und blickte ihm nach.

Finn drehte sich um. „In die Haupthalle", antwortete er und kam zu mir. Er sah aus, als hätte er den Whisky mittlerweile verdaut, nur seine Augen waren noch ein bisschen rot unterlaufen. „Wir haben beschlossen, ihn dort zusammenzusetzen. Hier unten ist nirgendwo genügend Platz, und kalt ist es auch. Spürst es ja selbst."

Erleichterung kam in mir auf. Ich hatte zwar nichts gesagt, aber der Gedanke, den ganzen Tag in dieser Kälte und in Gesellschaft dieser Spinnweben zu verbringen, hatte mir nicht gerade ein „I Feel Good" auf die Lippen gezaubert.

„Wo ist Ryan eigentlich?", fragte ich.

„Der ist oben und justiert mit Malcolm die Anlage. Jo, wir haben leider keine Vorlage für den Rundbogen. Denkst du, du schaffst das trotzdem?"

„Ich werde es versuchen. Soll ich auch eine Kiste mitnehmen, wenn ich hochgehe?"

Finn lachte auf, als hätte ich einen Scherz gemacht. „Nein, Jo! Die sind nicht aus Styropor. Geh ruhig! Du kannst sie oben entgegennehmen. Und viel Spaß beim Puzzeln!"

„Danke!", sagte ich schulterzuckend und machte mich auf den Weg in die Haupthalle, wo Rupert gerade dabei war, alte Jutesäcke auf dem Boden zu verteilen.

Zwei abgebrochene Fingernägel und drei kleine Schrammen später saß ich noch immer umringt von Steinen auf dem Fußboden der Haupthalle und fragte mich, welcher Teufel mich geritten hatte, diese Aufgabe zu übernehmen.

Es war wahrhaftig ein Puzzle, und die hatte ich noch nie gemocht. „Blauer Himmel auf blauem Hintergrund", murmelte ich, hielt einen der Steine in der Hand, drehte ihn nach allen Seiten und hatte keinen blassen Schimmer, an welche Stelle er gehörte.

Mittlerweile ging es auf Mittag zu, und ich konnte gerade mal einen halben Meter vom rechten Rand vorweisen, drei, nein vier Steine vom linken, gut die Hälfte des Spruches und meine Hautabschürfungen.

„Alles in Ordnung?", fragte Lucas, der endlich die letzte Kiste neben mir abstellte und sich prustend aufrichtete.

„Nein." Ich hob die Arme und streckte mich. „Wie sieht es unten aus?"

„Wir sind fertig", sagte er und betrachtete den Stein in meiner Hand. Dann nahm er ihn mir ab und plazierte ihn an der rechten Seite des Bogens. „Du hast noch nicht oft gepuzzelt, oder?"

„Nicht oft ist untertrieben", antwortete ich und staunte. Der Stein passte genau.

„Ach, das wird schon." Lucas lächelte und hielt mir seine Hand hin. „Was ist? Kommst du mit zum Lunch?"

„Ja!", sagte ich, froh über die Ausrede, für einen Moment desertieren zu können, und griff zu.

Als Ryan beim Essen erfuhr, dass ich im Puzzeln keine große Leuchte war, amüsierte er sich kurzzeitig auf meine Kosten und stellte mir dann Malcolm und Lucas für den Nachmittag zur Seite. Innerhalb von nur vier Stunden hatten wir den kompletten Rundbogen in all seiner Pracht auf den Jutesäcken ausgelegt, und ich saugte zufrieden an einer neuen Schramme.

„Keltischer Knoten oder auch der Faden des Lebens", sagte Ryan. „Bei den alten Druiden bedeutete er die Verbindung zwischen Geburt, Tod und Wiedergeburt. Das Spiralmuster drückt die verschlungenen Pfade aus, die ein Mensch betritt, und dort, wo sich der Faden mit sich selbst kreuzt, findet der Mensch zu sich selbst."

„Das ist ein Faden?", fragte ich und betrachtete das Knotenornament. „Ein einzelner, meine ich?"

„Aye." Ryan nickte und zeigte auf den rechten unteren Stein. „Wenn du da anfängst und mit deinem Finger der Linie folgst, landest du irgendwann genau wieder dort an diesem Punkt."

Finn hockte oberhalb des Bogens und fuhr mit seiner Hand nachdenklich über den Spruch. „Wenn, wie Jo sagte, Mutus permaneo eine Aussage ist, verstehe ich nicht ganz, warum er sie zusätzlich mit Schutzsymbolen überladen hat. Schau mal, Ryan! Hagalaz-Runen zu beiden Seiten, *Triskill* in den Ecken. Und der Spruch selbst ist auch noch flankiert von Pentagrammen. Wenn ich es nicht besser wüsste, würde ich sagen, dieser Bogen fungiert als Wall. Als eine Art Schutzwall, um das, was sich dahinter verbirgt, dort für immer festzuhalten."

„Ist das Pentagramm nicht das Zeichen für Satan – oder Satanismus?", fragte ich.

„Nein, ganz und gar nicht", erwiderte Finn. „Aber das denken viele. Das Pentagramm – der Drudenfuß – ist ein heidnisches Schutzsymbol. In der griechischen Antike war es das Zeichen für die Göttin Venus. Es war ein Symbol für die Templer, die Rosenkreuzer, die Freimaurer, die Kirche und so weiter. Ein Amerikaner namens Levey beziehungsweise LaVey hat es vor etwa fünfzig Jahren erst zu einem Symbol Satans und seiner Church of Satan gemacht, und der hat es übernommen von einem Mann namens Éliphas Lévi, der einen Dämon namens Baphomet kreiert und mit dem Drudenfuß verziert hat. Allesamt haben sie dem Pentagramm nach und nach eine andere Bedeutung gegeben, als wenn man ein Stück Knete durch hundert Hände wandern ließe." Finn erhob sich und kratzte sich am Kinn. „Irgendwas befindet sich hinter der Mauer. Das spüre ich."

„Möglich", meinte Ryan. „Aber bevor ich nicht weiß, was es ist, wird die Mauer nicht angerührt."

„Okay." Finn nickte. „Du hast recht."

„Wir sollten nach alten Aufzeichnungen suchen", sagte Ryan und blickte von einem zum anderen. „Alles, was ihr finden könnt. Briefe, Tagebücher, Chroniken. Lucas, was glaubst du, wie alt ist das Mauerwerk?"

Lucas schob mit dem Fuß einen der Steine zurecht und zuckte mit den Schultern. „Schwer zu sagen", meinte er. „Einige Ziegel sind knapp zweihundertfünfzig Jahre alt, andere sind fast dreimal so alt. Aber ich habe ein paar Tests mit dem Mauermörtel durchgeführt, und ich schätze, man hat beides vor etwa hundertfünfzig bis zweihundert Jahren hochgezogen. Genauer geht es leider nicht. Er ist ziemlich verdreckt, und die Umgebung da unten gab ihm den Rest."

„Neunzehntes Jahrhundert also", verkündete Ryan.

„Ich habe gedacht, wir legen uns nachts mit Kameras auf die Lauer. Und nun sollen wir in der Geschichte herumstochern? Ich dachte, ein Geisterjäger jagt Geister", schaltete ich mich ein.

Ryan lächelte mich an. „Meinst du nicht, dass, wenn man jemanden jagen will, man erst wissen sollte, wer es ist?"

„Ja, schon, aber es hört sich an, als ob du von einem Menschen redest."

„Das ist er doch auch, oder glaubst du etwa an Gespenster?"
Finn und Lucas lachten.

„Klugscheißer", sagte ich und musste nichtsdestotrotz schmunzeln.

Ryan lächelte mich gutmütig an. „Du bekommst schon noch dein *Halali*, meine kleine Jägerin. Erst mal heißt es aber

Bücher wälzen. Malcolm, dein Vater hat mir gestern von alten Handschriften erzählt, die vor Jahren im Bedienstetentrakt hinter einem Wandpaneel gefunden wurden. Weißt du was davon?"

„N-nein." Malcolm zuckte mit den Schultern.

„Hm, na gut. Ich rufe ihn nachher an. Jo, du gehst mit Finn und Malcolm in die Bibliothek. Schaut euch da bis zum Abendessen mal etwas um. Vielleicht finden wir ja einen Anhaltspunkt."

Der blutrünstigen Vergangenheit nach, die in diesen Mauern stattgefunden hatte, war Caitlin Castle selbst ein einziger Anhaltspunkt. Das wurde mir klar, als ich nach dem Abendessen damit begonnen hatte, die Chronik des Clan McDonnell of Glen Monadail zu lesen, der bis Mitte des achtzehnten Jahrhunderts hier seinen Hauptsitz hatte. Dies war zwar nicht die von Ryan vorgeschriebene Zeitspanne, aber die Geschichte fesselte mich wie ein Bestseller – und kam mir auch genauso irreal vor. An einem Tag brachte der eine den anderen um, und am nächsten Tag gebar eine Stute ihr Fohlen, wobei Letzteres durchaus mehr Papier und Tinte beanspruchte. Überhaupt … Viehdiebstahl und kleinere Scharmützel unter den Clans waren quasi an der Tagesordnung und schienen eher ein Hobby als ein Verbrechen gewesen zu sein. Ebenso Brautklau. Ich fragte mich, ob der legendäre Raub der Sabinerinnen nicht vielmehr auf das Konto von Schotten ging, und schüttelte entrüstet den Kopf. „Dass die damals noch Zeit hatten, ihre Felder zu bestellen, ihre Tiere zu füttern und Kinder in die Welt zu setzen, wird mir auf ewig ein Rätsel bleiben", sagte ich und unterdrückte ein Gähnen.

„Tja, die guten alten Zeiten", meinte Lucas fast träumerisch.

Mittlerweile zeigte die Uhr halb eins.

„Jungs! Ich kann nicht mehr!", stöhnte ich und rieb mir die Augen. „Ich sehe die Buchstaben schon doppelt."

Lucas gähnte und streckte sich. „Mir geht's genauso. Ich glaube, ich muss ins Bett."

Ryan schlug sein Buch zu und nickte. „Aye, es ist spät. Ich glaube auch nicht, dass wir heute noch was finden. Wir müssen warten, bis der Duke uns die Handschriften besorgt. Vielleicht findet sich dort was. Finn?"

Leises Atmen war die Antwort. Finns Kinn war auf die Brust gesunken, die sich in tiefen Zügen hob und senkte. Seine Beine ruhten auf einem Hocker, und das Buch, in dem er gelesen hatte, lag aufgeschlagen auf seinem Schoß.

„Feuer!", brüllte Lucas und krümmte sich vor Lachen, als Finn erschrocken vom Stuhl kippte. Wütend rappelte dieser sich auf und bedachte Lucas mit diversen derben Flüchen. Eine Minute später jedoch wanderten sie bereits wieder Schulter an Schulter aus der Bibliothek.

Ich lächelte, schlug den dicken Folianten zu und hievte ihn auf den Tisch. Dort lagen auch die Jahrbücher der Burg, die nach dem Krieg, der 1746 das Land verwüstet hatte, begonnen wurden. Der Clan McDonnell of Glen Monadail wurde, wie so viele andere auch, per königlichem Dekret entmachtet und aufgelöst – einfach so, und alles, was mit dem Clan und seinen Traditionen verbunden war, wurde verboten. Familien wurden auseinandergerissen und stückweise nach Amerika verschifft. Caitlin Castle fiel wie eine Kriegstrophäe in die Hände eines englischen Lords, und diese Aufzeichnungen wurden von seinen Verwaltern geschrieben, die verbissen gegen Hungersnöte und den langsamen Verfall der Burg ankämpften. Erst im Jahre 1895 wurde die Burg vom damaligen designierten Clanchief Alistair McDonnell, Lord of Monadail, zurückgekauft und in dem Glanz umgebaut, in dem es heute noch erstrahlt. Ich wusste nicht, was mich dazu brachte, noch einmal nach diesen Aufzeichnungen zu greifen, eigentlich konnte ich kaum noch die Augen offen halten, und doch tat ich es. Als ich die lose zusammengerafften Blätter zu mir auf den Schoß zog, fiel ein Blatt zu Boden. Es war der letzte Absatz eines Briefes, den ich laut vorlas.

„Vor zwei Tagen habe ich dem Verwalter aufgetragen, dieses Ding und alle Aufzeichnungen darüber dem Feuer zu übergeben. Alles umsonst. Ich weiß mir keinen Rat mehr, mein Freund. Henderson schwört, dass er meinem Befehl Folge geleistet hat. Mir bleibt keine andere Wahl.“

„Was hast du da?“, fragte Ryan und beugte sich über meine Schulter. „Was zum Teufel ist das?“ Er nahm es mir aus der Hand und las es noch einmal.

„Ich weiß nicht“, sagte ich und blickte zu ihm auf. „Hört sich an wie ein Geständnis, findest du nicht?“

„Alistair McDonnell“, murmelte Ryan, ging zu seinen Unterlagen und zog einen Stammbaum aus dem Stapel. „Das war der Urgroßvater mütterlicherseits.“

„Von wem? Von unserem Duke?“, fragte ich, und Ryan nickte in Gedanken versunken. „Ja“, sagte er und hob den Kopf. „Gute Arbeit, Jo!“

„Hast du Tomaten auf den Augen? Da steht, er hat alles verbrannt.“

„Aye, und was sagt uns das?“

Ich zuckte mit den Schultern. „Dass wir nichts finden werden?“

„Exakt!“, rief er, setzte sich zu mir und legte eine Hand auf meinen Aktenstapel. „Hast du beim Durchsehen der Unterlagen auf die Datierungen geachtet?“

„Mehr oder weniger“, erwiderte ich, und schließlich fiel der Groschen. „Du meinst …“ Ich starrte den Papierberg an. „Wenn wir wissen, welcher Zeitpunkt hier fehlt, wissen wir auch, wann, hm …wann was?“ Ich hob den Kopf.

„Das weiß ich noch nicht", antwortete er und lehnte sich im Stuhl zurück. „Aber ich verwette meinen Hintern, dass da der Durchgang zugemauert wurde."

„Du gehst recht leichtfertig mit deiner Anatomie um."

Er lächelte mich an. „Keine Sorge, Jo. Meine Anatomie bleibt dir erhalten." Ryans Augen verweilten lange auf meinem Gesicht. So lange, bis ich verlegen den Blick abwandte. Ich hörte, wie er tief Luft holte und sich bewegte. „Lass uns morgen weitermachen", sagte er, legte seine Hand auf meine und lächelte. „Du siehst nämlich so aus, als ob du auch gleich vom Stuhl kippst."

Nickend erwiderte ich sein Lächeln. „Ja, das könnte gut passieren."

„Na komm!" Er zog mich hoch und führte mich in aller Ruhe hinaus.

Weiß Gott, der Tag steckte mir bleischwer in den Knochen. Wie ferngesteuert setzte ich einen Fuß nach dem anderen auf die Stufen des Turms – mit dem tröstlichen Wissen, dass ich, wenn die Stufen aufhörten, im richtigen Stockwerk angelangt war. Als mein Fuß dann tatsächlich ins Leere trat, hob ich den Kopf und blinzelte. Angekommen.

„Übrigens", sagte ich, als wir vor meiner Tür zum Stehen kamen, unterdrückte ein Gähnen und drehte mich zu ihm. „Entschuldige, dass ich heute früh so unleidlich zu dir war."

„Sagst du mir auch, warum?"

„Ja, sicher. Morgen."

Ryan lachte leise, hauchte: „Gute Nacht, Jo!", und gab mir wieder einen Kuss auf die Wange. Doch diesmal verweilte er einen Moment, so dass ich seinen Atem auf meiner Haut spürte.

Das zweite Gesicht

Der nächste Tag begann mit der Neuigkeit, dass jemand über Nacht einige Steine des Rundbogens vertauscht hatte.

Natürlich legte niemand ein Geständnis ab.

Woraufhin Ryan Milly und ihre Brigaden damit beauftragte, alles Wertvolle entweder wegzutragen oder abzudecken, und mit Lucas und Finn die Steine des Bogens wieder an ihre richtigen Stellen plazierte. Kurz danach schleppten alle drei eine Art Mini-Schneekanone an und puderten das gesamte Kunstwerk sowie den halben Saal großzügig mit einer Schicht Kreidestaub ein. Gegen Mittag sah der Saal aus wie eine Schneelandschaft. Ich fragte mich zwar, wer das alles wieder säubern sollte, sagte aber nichts, weil Milly MacDonald gerade voller Mordgelüste neben mir stand.

Ein Blick in die vor Begeisterung leuchtenden Augen von Finn, Lucas und Ryan ließ mich an einen Satz von Immanuel Kant denken. „Das Schattenreich ist das Paradies der Phantasten", murmelte ich und verdrückte mich schleunigst.

Den Rest des Tages verbrachte ich fast ausschließlich in der Bibliothek, was angesichts des steten Regens, der gegen die Fensterscheiben prasselte, nicht unangebracht war. Ryan hatte am frühen Nachmittag endlich die Nachricht vom Duke bekommen, dass sich die Handschriften, bei denen es sich angeblich um Briefe einer Dienstmagd handeln sollte, in einem Archiv in Edinburgh befanden. Die große Standuhr zeigte halb fünf. Ryan hing somit seit geschlagenen zweieinhalb Stunden am Telefon, um das richtige Archiv herauszufinden. Es gab wohl mehrere.

„Die haben sie verschlampt!", rief er empört, als er nach seinem Telefonmarathon mit stark zerrauftem Haarschopf in der Bibliothek aufkreuzte. „Was für ein Saustall ist das?"

Ich schmunzelte. „Wie ich sehe, warst du erfolgreich."

Er fuhr sich mit der Hand durch die Haare – was es noch verschlimmerte – und ließ sich mit einem befriedigten Seufzer in den Ledersessel fallen. „Ja", sagte er und lächelte endlich. „Ein nichtsnutziger Archivar hat sie vor seiner Entlassung, die anscheinend mehr als nötig war, in der untersten Schublade gewissermaßen vergraben. Vor zwei Monaten hat man sie durch einen Zufall entdeckt, aber da niemand wusste, woher sie stammten, hat man sie zwischen einen Stapel gewöhnlicher Korrespondenzen erneut verräumt. Ignorante Stümper!"

„1858 bis 1863", sagte ich, um ihn auf andere Gedanken zu bringen, was mir mit Bravour gelang.

„Du hast es?", fragte er mit großen Augen.

„Ich habe es. Es fehlen zwar auch die Jahre 1833 und 1834, aber da im Jahre 1833 der Verwalter an Diphtherie verstarb, liegt das Fehlen wahrscheinlich daran, dass kein Nachfolger gefunden werden konnte, außerdem hören die Aufzeichnungen im Jahre 1858 viel zu abrupt auf."

„Wie abrupt?", fragte er, stand auf und setzte sich zu mir.

„Gewissermaßen mitten im Satz. Sieh her! Hier ist eine Liste, die der Verwalter angelegt hat, um das Personal aufzustocken. Ich bin vielleicht keine Expertin auf diesem Gebiet, aber man stockt das Personal doch nur auf, wenn …"

„… man Besuch erwartet", vervollständigte Ryan meinen Satz.

„Eben", sagte ich. „Und bei jenem Besuch handelt es sich einwandfrei um den Sohn des damaligen Eigentümers. Die Burg gehörte zu der Zeit einem Lord Norrington. Hier ist ein Brief seines Sekretärs, in dem steht, dass Lord Norringtons Sohn Samuel auf Anordnung seines Vaters fortan auf Caitlin Castle residieren solle. Mir scheint, er hat seinem Sohn eine ziemlich unorthodoxe Art von Hausarrest erteilt."

„Was hat der gute Sam denn angestellt?"

„Sich mit den falschen Leuten eingelassen", erklärte ich und lachte über Ryans verblüfften Gesichtsausdruck.

„Woher weißt du das?", fragte er.

„Ich habe es gelesen." Ich suhlte mich förmlich in meinem Stolz, während ich den Zeitungsausschnitt hervorzog. Ich hatte ihn, zugegeben durch Zufall, in einem Stapel vergilbter Gazetten entdeckt, den ich auf der Suche nach Todesanzeigen durchgeblättert hatte, und fächelte mir jetzt damit graziös Luft zu. „Anstatt sich auf sein juristisches Examen vorzubereiten", verkündete ich, „hat Sam sich lieber einem dieser realitätsfernen Geheimbünde angeschlossen, fröhlich Rituale abgehalten und Dämonen heraufbeschworen – bis dabei ein junges Mädchen ums Leben kam und die ganze Sache aufgeflogen ist."

Ryan riss mir fast die Zeitung aus den Händen. Ich ließ ihn huldvoll gewähren, lehnte mich zurück und hatte irgendwie das Gefühl, im Rausch des Triumphes eine Zigarre rauchen zu wollen. Ryan las den Artikel und hob den Kopf. „Respekt, Miss Bergman!"

„Vielen Dank!", sagte ich und deutete eine Verbeugung an.

„16. April 1858", murmelte Ryan daraufhin. „Wann hat dieser Sekretär seinen Brief geschrieben?"

„Am 3. Juni", erwiderte ich. „Allerdings wissen wir nicht, ob Samuel seinen Vater nicht doch noch umstimmen konnte."

„Ich habe einen Freund in Oxford, der arbeitet bei dieser uralten Zeitung, und die haben ein Archiv, in dem man auch was findet, wenn man etwas sucht. Ich wette mit dir, dass es in Samuels Fall nie zu einer Anklage gekommen ist, sondern dass man den Vorfall fein säuberlich unter den Teppich gekehrt hat."

„Was ist diesmal dein Einsatz?"

Ryan ließ die Zeitung galant auf den Tisch segeln, erhob sich lässig und sagte: „Such dir was aus, Bergman! Ich gehe telefonieren."

Recherchen, Nachforschungen … Tja, wer hätte das gedacht. Ich musste zugeben, dass es sich gut anfühlte. Sogar richtig gut. Endlich hatte ich etwas gefunden, was mir anscheinend wirklich lag. Es war zwar zeitraubend, teilweise hatte ich das Gefühl, ich könnte die Tinte schon schmecken oder es wäre alles für die Katz, und zwischendurch hatte ich durchaus das Bedürfnis, alles hinzuschmeißen, aber schlussendlich hatte sich meine Beharrlichkeit doch ausgezahlt. Vielleicht hätte ich Archivarin werden sollen oder Privatdetektivin. Ich lächelte. „Wie kann ich Ihnen helfen, Mister? Oh! Sie glauben, Ihre Frau betrügt Sie? Nun, das werde ich herausfinden“, murmelte ich mit tiefer Stimme und lachte über mich selbst.

Ich betätigte die Wasserspülung und zog mir die Hosen hoch.

Während ich mir die Hände wusch, blickte ich in den Badezimmerspiegel. Dafür, dass ich den ganzen Tag über alten Handschriften und Zeitungen gebrütet hatte, sah ich geradezu frisch aus. Ich hatte sogar leicht gerötete Wangen. Vor lauter Euphorie zwinkerte ich mir selbst im Spiegel zu und verließ das Bad. Auf dem Korridor traf ich Milly MacDonald, die an einem Fenster stand und hinausblickte. „Hallo, Mrs. MacDonald! Falls Sie Ryan suchen, der ist … Mrs. MacDonald?“ Ich stellte mich neben sie und blickte sie von der Seite an. Sie sah zwar aus dem Fenster, aber ich war mir sehr sicher, dass sie dort nicht das Gleiche wahrnahm wie ich. Es war, als würde sie mit offenen Augen schlafwandeln – und es war das zweite Mal in meiner Gegenwart. Wer weiß, wie oft das mittlerweile tatsächlich vorkam. Ihr Blick war beängstigend leblos und entrückt.

„Milly?“, fragte ich leise und berührte sie sanft an der Schulter. „Milly, ist alles in Ordnung? Hören Sie mich?“

„Die Brüder sind uneins“, flüsterte sie.

„Wie bitte?“

„Geh nicht weiter!“

„Milly, ich …“

„Die Brüder sind uneins.“

Ich hatte irgendwann einmal gelesen, dass es gefährlich sein konnte, Schlafwandler mit Gewalt ins Hier und Jetzt zurückzuholen. Doch ich konnte sie unmöglich hier stehen lassen. Ich nahm sie bei der Hand und drehte sie ganz langsam zu mir. „Kommen Sie, Milly!“, flüsterte ich. „Setzen Sie sich!“ Ich führte sie an die andere Seite des Korridors, drückte sie sanft auf einen der Stühle, die dort standen, und ließ mich neben ihr nieder, ohne ihre Hand loszulassen. Wieder und wieder rief ich sanft ihren Namen und streichelte ihren Handrücken. Mit einem Mal regte sich etwas in ihren Augen. Ich atmete erleichtert auf. Sie kam wieder zu sich. Am Ende des Korridors tauchten Ryan und Finn auf, und ein warnender Blick von mir genügte, dass sie ihre unüberhörbare Ausgelassenheit drosselten. Leise eilten sie heran, und Ryan ging sofort neben mir auf die Knie. „Milly!“, rief er sanft und nahm erstaunlich behutsam ihre andere Hand. Endlich klarten Millys Augen auf, und sie blickte verstört von Ryan zu mir und wieder zurück. Dann dämmerte es ihr anscheinend.

„Oh!“, sagte sie und zog die Hände an die Brust, als hätte sie sich an uns verbrannt. „Was ist denn los?“

Ryan schüttelte den Kopf. „Milly! Ich bringe Sie jetzt ins Pfarrhaus, und danach rufe ich Doktor Ross an.“

„Was reden Sie da für einen Unsinn?“

„Können Sie sich an irgendetwas erinnern?“, fragte ich.

„Natürlich! Ich bin doch nicht verrückt. Ich war gerade auf dem Weg in den Speisesaal, um Ailsa zu sagen, dass sie das silberne Fischbesteck polieren soll.“

„Nein, äh, das meinte ich nicht. Sie sagten: Die Brüder sind uneins.“

„Warum sollte ich so etwas Komisches sagen? Sie haben sich bestimmt verhört.“

„Nein, Milly. Sie haben die Worte sogar wiederholt.“

Auf einmal glänzten Tränen in ihren Augen. „Ich bin nicht verrückt!“, rief sie händeringend aus. „Im Leben nicht.“

„Natürlich nicht!“, versicherte ich ihr. „Aber wir müssen herausfinden, warum Sie so … abwesend sind in manchen Momenten.“

Was Sie in seinen Bann zieht, wollte ich eigentlich sagen, wobei ich noch nicht mal wusste, woher dieses kam. Es war unsinnig zu denken, etwas würde sie vorsätzlich in diesen Trance-Zustand versetzen. Ryan blickte mich an, als hätte ich meine Gedanken laut ausgesprochen. Seine Augenbrauen zogen sich fragend zusammen, und ich schaute ertappt weg. „Keine Sorge, Milly!“, sagte ich hoffentlich überzeugend. „Es ist bestimmt nichts. Sie sind sicher nur etwas überanstrengt.“

„Manchmal – manchmal, da sehe ich … Dinge“, sagte sie mit gedämpfter Stimme und blickte in die Runde, als hätte sie eine Obszönität von sich gegeben. „Ich weiß nicht, warum das so ist, und bis jetzt konnte ich mich auch nie daran erinnern.“

„Bis jetzt?“, fragte Ryan. Milly nickte und brach explosionsartig in Tränen aus. Ihr Körper wurde von Weinkrämpfen geschüttelt, und jedes tröstende Wort prallte an ihrer Verzweiflung ab.

„Kannst du Rupert herholen?“, wandte ich mich an Finn, doch er schüttelte den Kopf. „Rupert ist mit Malcolm nach Broch Monadail gefahren. Vor dem Abendessen kommen die beiden nicht wieder.“

Ratlos schaute ich Ryan an.

„Hol Ailsa!“, sagte er. „Sag ihr, sie soll ein Zimmer für Milly fertig machen. Wir behalten sie im Auge.“

Ich nickte und machte mich auf die Suche nach Ailsa, während Millys Worte mich im Geist verfolgten.

Wir hatten Milly schließlich in eines der Gästezimmer gebracht und sie dort, unter Aufbietung unseres gesamten Repertoires an gutgemeinten Worten, einer gehörigen Standpauke von Ailsa und der Androhung von Meuterei ins Bett stecken können. Doktor Ross, ein Mann mit freundlichen Augen und einem Zwirbelbart, hatte sie untersucht und ihr ein beruhigendes Medikament verabreicht. Spät am Abend schaute ich noch einmal nach ihr. Doch sie war in guten Händen.

Ich warf noch einen letzten Blick auf die beiden Köpfe, die sich vertraut einander zuneigten, und schloss die Tür leise hinter Milly und Rupert.

„Du glaubst, das hat was mit dem zu tun, was hier vor sich geht, nicht wahr?“

Langsam drehte ich mich um. Ryan stand mit verschränkten Armen am Fenster und blickte mich neugierig an.

„Ich weiß nicht, was du meinst“, sagte ich und ging an ihm vorbei.

„Oh doch, mein kleiner verkappter Freigeist! Du weißt genau, was ich meine“, konterte er und folgte mir. „Du suchst nur gerade wieder nach einem deiner logischen Schlüsse. Hast du schon einen gefunden?“

„Doktor Ross sagte, dass es sich um eine vorübergehende Störung des somatischen Nervensystems handeln könnte, ähnlich dem Schlafwandeln und hervorgerufen durch Stress. Du hast es selbst gehört.“

„Und du glaubst ihm?“

Ich drehte mich zu ihm um und zuckte mit den Schultern. „Ja! Nein. Ach, was weiß ich denn?“, rief ich und hob frustriert die Arme.

Ryan lächelte. „Willkommen im Reich der Unwissenden.“ Er legte mir den Arm um die Schultern und schob mich sanft vorwärts. „Komm, *m’eudail!* Ich glaube, du könntest heute mal einen Schlaftrunk vertragen.“

„Denkst du …“ Ich wagte es kaum laut auszusprechen. „Oder hältst du es für möglich … dass sie von irgendetwas spirituell missbraucht wird?“

Ryan lächelte und schüttelte den Kopf. Erleichterung durchflutete mich wie kühles Quellwasser. Er hatte recht. Es wäre ja auch ein Irrsinn, dies zu glauben.

„Nein“, sagte er beiläufig. „Ich vermute nur, sie hat das zweite Gesicht.“

„Wie bitte?“ Ich blieb abrupt stehen.

„Ich frage mich, ob Samuel einen Bruder hatte“, murmelte er, ohne auf meine Frage einzugehen, und ging an mir vorbei in Richtung Westflügel. „Kommst du?“

Ich schnaubte vor Ärger, heftete mich an seine Fersen und sagte: „Du findest aber auch unter jedem Busch ein Gespenst, oder?“

Ein Schleicher in der Nacht

Irgendetwas weckte mich. Ich trieb am Rand des Unterbewussten dahin und weigerte mich, die Herrlichkeit meines Traumes zu verlassen, kuschelte mich tiefer in die weichen Daunen meines Bettes und war schon wieder halb in Morpheus' Armen, als dieses Geräusch erneut an mein Ohr drang. Auf einen Schlag war ich hellwach und setzte mich auf.

Silbernes Mondlicht schien durch den Spalt der Vorhänge herein und malte ein Parallelogramm auf den Dielenboden. Ich zog die Bettdecke bis zur Nase hoch und lauschte gespannt in die Dunkelheit. Da war es wieder.

Kein Lachen. *Gott sei Dank*! Mein Herzschlag verlangsamte sich. Es klang wie … Jemand flüsterte draußen auf dem Gang. Vorsichtig schlug ich die Bettdecke zur Seite, stand auf und schlich zur Tür. Worte konnte ich nicht ausmachen, doch ich merkte, wie sich das Flüstern langsam entfernte. Ich öffnete die Tür, streckte den Kopf hinaus und sah gerade noch, wie der Lichtschein einer Laterne im Treppenturm verschwand.

Kurzerhand schnappte ich mir meine Taschenlampe, nach einigem Zögern auch den kleinen Elektroschocker – man wusste ja nie – und schlich auf Zehenspitzen aus dem Zimmer. Wer auch immer um diese gottlose Uhrzeit umhergeistert, dachte ich, kann nur ein menschliches Wesen sein. Geister benötigten sicherlich kein Licht. Von diesem Gedanken gelenkt, blickte ich auf die Lampe in meiner Hand. Wenn ich sie anschalten würde, würde sie mich genauso verraten. Ich schaute mich um. Immerhin – das Mondlicht lieferte so viel Helligkeit, dass ich größere Umrisse wie Schränke, Stühle und einen Axtmörder hoffentlich auf Anhieb erkennen würde. Ich hielt meinen kleinen elektrischen Verteidiger fest vor mir wie eine Waffe und schlich dem Lichtschein hinterher, doch immer, wenn ich dachte, ich hätte ihn eingeholt, verschwand er um eine Ecke oder durch eine Tür.

Da ich mich hauptsächlich auf die Verfolgung konzentrierte und deswegen nicht besonders auf den Weg achtete, war ich überrascht, als ich mich plötzlich vor der hässlichen Statue mit den Hörnern wiederfand. Hinter ihr befanden sich tatsächlich die Türen zur Pinakothek. Der nächtliche Schleicher musste da hinein verschwunden sein, denn dieser Gang endete dort – und nur dort.

„Sackgasse, mein Lieber", frohlockte ich. Diese Galerie war etwas kleiner als die Ahnengalerie mit ihren Säulengängen, und vor allem hatte sie nur diesen einen Zugang. Ich öffnete leise die Türflügel, schob sie vorsichtig auf – und meine erhobenen Mundwinkel sackten fassungslos wieder herab. Gähnende Leere. *Ist der Kerl etwa aus dem Fenster gesprungen?*

Ernüchtert ging ich hinein, blieb einen Moment lang an der Tür stehen und schaltete nach kurzer Überlegung die Taschenlampe ein. Die Fenster waren alle geschlossen, nichts regte sich, nichts deutete darauf hin, dass jemand hier gewesen sein könnte. Keine Menschenseele.

Als ich mich gerade wieder umwenden wollte, glitt der Lichtstrahl meiner Lampe flüchtig an etwas vorüber, das mir für den Bruchteil einer Sekunde wie eine verhüllte Gestalt erschien, doch als ich das Licht wieder an den Punkt zurückführte, war dort nichts. Meine Phantasie ging wirklich langsam mit mir durch.

In dem Moment erkannte ich das Gemälde. Aller Illusionen beraubt, ging ich hinüber und blieb davor stehen. *Da hast du's, Jo,* dachte ich.

Das Aquarell zeigte den Burginnenhof und den Brunnen an einem hellen Sommertag. Auf dem Brunnenrand saß eine junge Frau, noch fast ein Mädchen. Ihre rechte Hand wies grazil in Richtung Becken, während die linke in ihrem Schoß ruhte. Die Statue war eine Heiligenfigur, die in der Mitte der Zisterne auf einem Sockel stand und mahnend auf das Mädchen herabschaute. Immerhin konnte ich mir jetzt sicher sein, dass ich an jenem Abend irgendeinem Trugbild aufgesessen war, denn es war absolut nicht das, was ich gesehen hatte. Unter dem Gemälde befand sich ein kleines Schild: Mädchen am Brunnen – 1864 – Maler unbekannt.

„Jo?“

Ich schoss herum und fuhr instinktiv mit der Hand vor. Schon hörte ich es knistern, gefolgt von einem kurzen, überraschten Aufheulen und einem dumpfen Aufprall. Dann sah ich ihn im Schein meiner Taschenlampe.

„Ryan!“ Ich stürzte auf ihn zu. „Oh Gott! Das tut mir leid!“

Er kauerte auf dem Boden und hielt sich den Bauch. „Hast du den Verstand verloren?“, krächzte er. „Wirf das verfluchte Ding weg!“

„Ja, okay! Verdammt! Du hast mich erschreckt!“

Er setzte sich auf und blickte mich strafend an. „Kannst du mir mal sagen, warum du mitten in der Nacht wie eine Diebin durch die Burg streifst? Ich hatte dir gesagt, dass du in deinem Zimmer bleiben sollst.“

„Wie meinst du das?“, fragte ich.

„Wie ich das meine? Jo! Ich gehe dir schon seit zwanzig Minuten nach. Was treibst du hier?“

„Du hast mich verfolgt?“

Er warf mir einen Blick zu, der unschwer zu deuten war.

„Also warst du es nicht.“ Ich runzelte die Stirn.

„Was war ich nicht?“, fragte er und erhob sich stöhnend vom Dielenboden.

„Ich habe eine Stimme und Schritte vor meiner Tür gehört und bin dem Licht einer Lampe nachgegangen, doch wer immer das auch war, er ist mir entwischt.“

Ryan sah mich an, als wäre er sich nicht sicher, ob er mich nicht lieber zu Milly ins Bett stecken sollte.

„Das war keine Einbildung, Ryan!“, verteidigte ich mich. „Da war jemand. Ich schwöre es. Ich bin ihm hierher gefolgt, wollte ihn hier drin auf frischer Tat ertappen.“

„Auf frischer Tat ertappen“, wiederholte er. „Und warum habe ich ihn nicht gesehen?“

„Keine Ahnung!“, rief ich aus. „Du bist doch hier der Spezialist für mysteriöse Vorfälle.“

„Schon gut. Reg dich nicht auf!“, sagte er, hob den Kopf und runzelte die Stirn. „Ist das die Statue, die du im Hof gesehen hast?“

„Nun ja, nein. Leider nicht“, gab ich zu und zuckte mit den Schultern. „Ich bin mir nicht mehr ganz sicher, was ich gesehen habe, aber das war es auf keinen Fall. Bitte!“, beschwor ich ihn. „Schau mich jetzt nicht wieder so an, als würdest du an meinem Verstand zweifeln.“

„Hm …“, erwiderte Ryan mit einem Schmunzeln. Er blickte auf seine Uhr. „Es ist erst vier, Jo. Ein paar Stunden kannst du noch schlafen. Komm, ich bringe dich rauf.“

„Warum schläfst du nicht?“

„Ich habe die Nachtwache übernommen“, sagte er, ließ die Türflügel der Pinakothek leise zufallen und schob mich in Richtung Treppenturm.

Nach meinem Rundgang und dem Schrecken war ich wie aufgekratzt und verspürte wenig Lust, wieder ins Bett zu gehen. Den Traum, den ich gehabt hatte, würde ich sowieso nicht wiederfinden. Davon abgesehen stellte sich die Frage, ob ich überhaupt wieder einschlafen könnte. Ich warf Ryan von der Seite einen Blick zu. „Kann ich dir bei deiner Nachtwache vielleicht Gesellschaft leisten?“

„Bist du nicht müde?“

„Nein.“

Er blieb stehen, kniff die Augen zusammen und musterte mich. „Willst du mir nur Gesellschaft leisten, damit ich dich nicht den Rest der Nacht in deinem Zimmer einschließe?“

„Sagte ich schon, dass es mir leidtut?“

„Hrrrm …“, knurrte er. „Ich glaube, du erwähntest es.“ Doch schließlich lächelte er und nickte. „Okay, aber lass um Himmels willen das Ding da verschwinden.“ Er deutete angewidert auf meinen Elektroschocker und rieb sich noch einmal über den Bauch. „*A Dhia*! Das hat ganz schön weh getan.“

Das Oktogon war früher das Malzimmer einer schottischen Lady gewesen. In der Chronik stand, dass der damalige Laird es seiner Braut als Hochzeitsgeschenk erbauen ließ. Von außen betrachtet, hing es wie eine große, knubbelige Nase an der Mauerkante des östlichen Wohnturms und war der hellste Raum in der ganzen Burganlage. Den Namen Oktogon trug es zu Recht. Durch die acht Wände erweckte dieser Raum den Eindruck, rund zu sein. Jede zweite Wand war mit blauem Samt bezogen. Blau waren auch die Teppiche und die Draperien an den drei großen Fenstern. Jetzt war er zum Geräteraum umfunktioniert worden und hell erleuchtet. Links standen ein – natürlich blaues – Kanapee und ein Chippendale-Tischchen, genau gegenüber befand sich eine Anrichte mit Getränken und Knabberzeug, und mittig im Raum waren drei große Tische zusammengeschoben worden. Darauf standen mehrere blinkende Computerbildschirme und andere Gerätschaften, und aus mehreren kleinen Lautsprechern erklangen harte Gitarrenriffs, tiefe Bässe und hämmernde Drums einer mir durchaus bekannten Band.

„Du hörst Rammstein?“

„Aye“, sagte er und drehte sich mit fragendem Blick zu mir. „Ist das für dich so unglaublich?“

„Na ja, ja. Irgendwie schon.“

Ryan lächelte und steuerte den Getränketisch an. „Möchtest du auch einen Kaffee?“

„Gern! Was ist das alles?" Ich setzte mich auf einen Stuhl an die drei großen Tische und betrachtete die vielen Apparate und Displays.

Ryan goss Kaffee aus einer Thermoskanne in zwei Tassen und blickte über die Schulter zurück. „Warte, ich erkläre es dir gleich. Zucker oder Milch?"

„Weder noch. Danke!"

Er stellte die Tassen auf den Tisch, zog sich einen Stuhl heran, setzte sich und strich sich nebenbei das Haar aus der Stirn. „Also! Wir haben in der Krypta mehrere Messgeräte aufgestellt, die mit dem Sammler verbunden sind, das ist der hier", sagte er und strich über ein kleines Tablet. „Der wandelt die Daten um, macht sie also für uns lesbar und sortiert sie. Siehst du hier?"

Er wies auf fünf kleine Bildschirme, die alle hektisch flimmerten. Auf vier von ihnen waren mehr oder weniger gezackte Linien zu sehen, wie bei einem EKG, und auf einem Bildschirm leuchtete es in einem bunten Farbenspektrum.

„Da hast du Photometrie, Temperatur, Luftdruck, Feldstärke und MHD."

„MHD?"

„Magnethydrodynamik. Es zeigt die Wechselwirkung zwischen Magnetfeldern und leitenden Flüssigkeiten, Gasen oder in unserem Fall Plasmen an."

„Ektoplasma", sagte ich.

„Slimer, genau." Ryans Augen funkelten gut gelaunt.

„Und?", fragte ich, denn mir sagten die Bilder nichts. „Ist alles in Ordnung im Moment?"

Ryan nahm einen Schluck Kaffee, schaute sich um und nickte. „Aye, alles ruhig." Dann sah er mich an und lächelte auf einmal. „Was genau hast du gesehen – vorhin, meine ich?"

Ich zuckte mit den Schultern. „Keine Ahnung. Da ist jemand mit einer Lampe durch die Gänge gewandert, und immer wenn ich dachte, ich hätte ihn eingeholt, war er weg. Vielleicht war es Malcolm. Er sagte gestern, dass er zurzeit kaum ein Auge zubekommt."

Ryan lächelte immer noch, stellte seine Tasse beiseite und machte sich an einem freien Laptop zu schaffen.

„Schau mal!", sagte er. Auf dem Bildschirm erschien ein Raum wie von einer Videokamera gefilmt. Plötzlich huschte ein Lichtfleck über die Wand, verharrte kurz und wanderte weiter.

„Ja!", rief ich. „So hat es ausgesehen. Was ist das?"

„Ein vorbeifahrendes Auto."

„Was?"

„Und jetzt pass auf!", fuhr Ryan fort und tippte erneut etwas ein. Zu Beginn war der Bildschirm einfach nur schwarz, doch nach und nach tauchte ein kleines, weißes Licht auf, das stetig wuchs und einen spärlich möblierten Raum beleuchtete. Der runde Lichtfleck wurde größer und dann wieder kleiner.

„Ja, und?", fragte ich und zuckte mit den Schultern. „Das ist einfach. Das ist eine Taschenlampe, an der jemand dreht, um die Größe des Lichtstrahls zu verändern."

„Nein", sagte Ryan und schüttelte lächelnd den Kopf. „Das ist es nicht."

„Was ist es dann?"

„Das wissen wir bis heute nicht."

„Wie bitte?"

„Der Raum war verriegelt, und es gab keine Fenster. Niemand ging hinein, und niemand kam heraus. Irgendetwas in diesem Raum hat dieses Licht ausgesandt, aber wir haben nicht herausgefunden, was es war. Wir hatten vier Kameras aufgestellt, an jeder Wand eine – und auf allen vieren war dieses Licht zu sehen, als ob es mittig im Raum hängen würde."

„Wo wurde das aufgenommen?"

„Auf einem alten Landsitz in Wales." Ryan stützte das Kinn auf die Handfläche und beobachtete das Bild auf dem

Monitor. „Ich wüsste zu gern, was das ist.“

„Eine Reflexion vielleicht?“

„Wovon? Der Raum wurde von uns nicht beleuchtet. Du kannst all das, was du siehst, nur sehen, weil dieser Lichtfleck da ist. Ein plötzliches Licht im Dunkeln.“

„Ein verirrtes Irrlicht.“

Ryan drehte mir den Kopf zu. „Irrlichter? Mit dieser Idee habe ich auch schon gespielt“, sagte er, und während seine Augen vor Belustigung zu leuchten begannen, hoben sich zeitgleich seine Mundwinkel. „Das von dir zu hören ist seltsam.“

„Weißt du, was Kant einmal gesagt hat?“

„Kant? Der Philosoph?“

„Genau der. Er sagte, die ganze Natur ist eigentlich nichts anderes als ein Zusammenhang von Erscheinungen, die bestimmten Regeln unterliegen.“

„Das heißt?“, fragte er lächelnd.

Ich zuckte mit den Schultern und machte ein ergebenes Gesicht. „Vielleicht freunde ich mich ja doch noch irgendwann mit dem Übersinnlichen an.“

„Vielleicht“, sagte er und lachte leise auf. „Oder es steckt ganz tief in dir drin, und du hast nur Angst, es herauszulassen.“ Plötzlich schaute er mir ernst in die Augen. „Ich frage mich schon lange, was der Professor in dir gesehen hat.“

Ryans Augen leuchteten in einem satten Grün, wie zwei spiegelglatte Waldseen, von denen man nicht wusste, wie tief sie wirklich waren und welche Geheimnisse sie in sich bargen.

Und obwohl ich durchaus den Wunsch verspürte, in ihnen einzutauchen, traute ich mich nicht allzu weit vor. Ich riss mich von seinen Augen los und lächelte, was wahrscheinlich etwas jämmerlich wirkte, denn plötzlich schaute er weg, betätigte eine Taste, und der unerklärliche, seltsame Lichtschein verschwand – und damit auch dieser seltsame Moment.

„Ähm“, sagte ich und hob meine Tasse. „Wie bist du eigentlich Geisterjäger geworden? Lucas meinte doch, du wärst da irgendwie hineingeraten, so ähnlich wie ich?"

Ryan strich sich unter der Nase entlang und lächelte. „Na ja, es gab damals eine Zeit, da wusste ich nichts mit mir anzufangen."

„Ja, das kenne ich", sagte ich und nickte verständnisvoll. „Und was hast du dagegen getan?"

„Ich habe eine Frau kennengelernt." Er lachte leise auf und schob das Tablet ein Stück weiter in die Tischmitte.

„Eine Frau aus Fleisch und Blut?", fragte ich. „Oder ein Gespenst in weißem Kleid?"

„Definitiv aus Fleisch und Blut. Sie sprach mich in einem Inn an, oben auf den Shetlands, und fragte, ob ich ihr bei einem Experiment helfen könne. Und ehe ich mich's versah, saß ich allein und angetrunken auf einem alten Friedhof und hielt verschiedene Runensteine in die Höhe."

„Und?"

„Einer wurde mir plötzlich aus der Hand gerissen. Ich war so erschrocken, dass ich umfiel und mit dem Kopf auf einen Grabstein stieß. Drei Tage später saß ich mit einer genähten Platzwunde bei Professor Sutherland im Büro und beantwortete seltsame Fragen."

„Und die Frau?", fragte ich. „Wer war sie?"

„Sie ist bedeutungslos", sagte Ryan knapp und stand auf. Er ging hinüber zum Getränketisch, schenkte sich einen Whisky ein und hob fragend die Flasche in meine Richtung. „Willst du auch?"

„Nein, danke!" Ich vermutete, dass die Frau für ihn alles andere als ohne Bedeutung war, doch ich spürte, dass er sie nicht noch einmal erwähnen würde, nicht heute – und ich behielt recht.

Gestatten, Raibeart

Gegen sieben Uhr morgens wurden wir von einem verschlafen aussehenden Finn in unsere Betten geschickt, wo ich erstaunlicherweise noch etwa eineinhalb Stunden Schlaf fand. Um halb elf stromerte ich allein durch die Gänge der Burg und blieb vor lauter Verzückung an jedem Fenster stehen. *Ja!* Endlich schien die Sonne. Sie tauchte die sonst so düsteren Korridore in warmen Glanz und den Park in gleißendes Licht, und es schien, als ob die blühenden Magnolienbäume im Burghof noch einmal alles hervorzauberten, was sie zu geben hatten, bevor ihre zarten Blüten den Weg alles Sterblichen gehen mussten. Ihr Duft traf mich unversehens, als ich auf dem Weg in die Küche war, und ich beschloss, den Kaffee, den ich zu ergattern hoffte, draußen auf dem Söller zu genießen.

Die Tür zur Küche stand weit offen, doch es war niemand da, und so schlich ich hinein und schaute mich um. Die Aufteilung der Küchenmöbel erinnerte an eine geräumige Werkstatt. Mittig standen zwei große Arbeitstische Seite an Seite wie Werkbänke, deren Oberflächen so sauber geschrubbt waren, dass das Holz bereits stumpf und rauh war. An der Längsseite war eine schneeweiße Küchenzeile aufgebaut, an der sich nicht nur ein großer, normaler Gasherd einreihte, sondern auch einer dieser antik anmutenden Holzherde. Vor dem Fenster befand sich eine Pflanzen-Etagere, die alle möglichen Kräuter enthielt: Basilikum, Petersilie, Rosmarin und Schnittlauch erkannte ich auf den ersten Blick. Darüber hingen, mit Schnüren an einer Schiene befestigt, ein Knoblauchzopf, ineinander verflochtene Zwiebeln und ein riesiger Schinken, der einen würzigen Duft verbreitete. Es war eine Küche, die für alle Eventualitäten gerüstet war. Von einem schlichten, kleinen Frühstück – in der Ecke auf einer Anrichte lag frisches Brot – bis zu einem fulminanten Dinner für mindestens dreißig Personen, was mir der große zweiflügelige Kühlschrank in der anderen Ecke verriet. Ein leises Aroma von frisch gebrühtem Kaffee hing in der Luft. Ich drehte mich um die eigene Achse und erblickte neben der Tür – welch Wunder! – eine Kaffeekanne, aus deren Tülle immer noch ein wenig Dampf stieg. Ich schnappte mir eine der Tassen, die mit den Henkeln über der Anrichte an einem Bord mit Haken hingen, schenkte mir Kaffee ein und schlich auf Zehenspitzen aus Millys Reich. Der Söller war allerdings schon von jemand anderem erobert worden.

„Oh! Guten Morgen, Mister MacDonald!", sagte ich höflich, und er drehte sich zu mir. In seinem Mundwinkel hing eine Pfeife, in der Hand hielt er eine Tasse. Er nahm die Pfeife heraus und lächelte breit. „*Madainn mhath, a nighean*!", brummte er gut gelaunt. „Wie ich sehe, hast du den Kaffee gefunden." Er winkte mich freundlich heran. „Komm nur, Kleines! Lass uns den herrlichen Morgen gemeinsam genießen."

„Da hatten wir beide wohl den gleichen Gedanken", sagte ich und stellte mich an seine Seite. „Ich hoffe nicht, dass ich Ihren letzten Kaffee gestohlen habe."

„Wenn du Milly nichts erzählst, verzeihe ich dir", sagte er und zwinkerte. „Ich soll nämlich keinen Kaffee trinken. Mein Herz, verstehst du? Aber an solchen Tagen wie diesen, da kann ich einfach nicht widerstehen."

Ich nahm einen Schluck aus der Tasse und riss die Augen auf. Es war ein sehr starker Kaffee, doch was mich husten ließ, war nicht das Koffein.

„Ist da Whisky drin?", keuchte ich.

Rupert MacDonald lachte laut auf, und es klang so anstek-kend, dass ich einfach in sein Gelächter mit einstimmen musste. Whisky noch vor zwölf – was soll's, dachte ich, hob die Tasse in seine Richtung und nahm gleich noch einen Schluck, was mir ein beifälliges Nicken und ein „*Slainte, a laoigh!*" einbrachte.

„Was heißt das?", fragte ich ihn.

„Hm, ich glaube, in England sagt man *Cheers*, oder?"

„Oh, ja! Bei uns sagt man Prost."

„Prost?", wiederholte er und rollte die Buchstaben durch seinen schottischen Akzent, als säße ein garstiger Terrier in seiner Kehle.

„Ja, Prost!", sagte ich lachend, nahm einen weiteren Schluck aus meiner Tasse und blickte beschwipst hinaus in den Morgen.

„Solches Licht gibt es nur hier, weißt du?", sagte Rupert und wies mit seiner Tasse über das Tal. „Der Herrgott liebt den Anblick der Highlands, und deshalb schenkt er diesem Landstrich an manchen Tagen so viel Licht wie möglich, um jede Faser eines Blattes, jede noch so kleine Blüte, jeden Grashalm und jegliches Getier genau betrachten zu können."

Er hatte recht. Das Licht hier war anders. Als hätte die Sonne ihren Glanz durch einen Kristall zur Erde gesandt. Am anderen Ufer des Sees dehnten sich gigantische Bergketten aus, deren Formen sich heute scharf umrissen von dem blauen Himmel abzeichneten und wie stumme Hüter über dem Tal wachten. Nicht furchteinflößend oder bedrückend, aber doch ein wenig einschüchternd. Und da es heute windstill war, spiegelte sich das Gebirgsmassiv in der Oberfläche des Sees.

„Sieht aus, als wüchse das Gebirge in den See hinein", sagte ich und nickte auf das Spiegelbild der Berge.

„Mhm, daher hat der See auch seinen Namen. Loch Monadail bedeutet buckliger See. Sieh mal da, Kleines! Mackenzie ist auf Fischfang."

„Mackenzie?" Ich blickte in die Richtung, in die er zeigte, sah dort jedoch nur ein Stück dunkles Holz im Wasser treiben. Doch auf einmal machte das Holz einen Satz und verschwand unter Wasser. „Huch!", rief ich und lachte.

„Das ist Mackenzie. Ein Fischotter. Kennst du die Geschichte des Black Fearghas?", fragte Rupert und lächelte mich an.

„Nein. Wer ist das?"

„Fergus Mackenzie war ein berüchtigter Wegelagerer, der vor über zweihundert Jahren die Gegend in Angst und Schrecken versetzte und bis zuletzt den Fängen der *Black Watch* immer wieder entwischte. Die Legende besagt, dass die Wache ihn bis hierher verfolgt hatte und er ihnen auf Gedeih und Verderb ausgeliefert gewesen wäre, wenn ihm nicht im letzten Moment ein Kelpie zu Hilfe gekommen wäre. Fergus kletterte auf seinen Rücken und wurde nie wieder gesehen."

„Was ist denn ein Kelpie?"

„Kelpies sind Wasserpferde. Prächtige Tiere. Sie locken ihre Reiter in die Tiefen des Lochs, wo sie zu Hause sind."

„Dann ist dieser Fergus also hier ertrunken?"

Rupert lachte. „Aye, vielleicht. Vielleicht aber auch nicht."

„Und worin besteht bitte die Verbindung zwischen ihm und diesem Fischotter?"

„Milly ist der Meinung, dass unser Mackenzie hier der wiederauferstandene Black Fearghas ist. Ein Wegelagerer und Dieb, wie er im Buche steht. Sie hat schon so manchen Fisch an Mackenzie abgeben müssen."

„Alles hier hat seine Geschichte, nicht wahr?", fragte ich lächelnd.

„Sicher, *a laoigh*! Wir sind hier in den Highlands. In Caitlin Gardens. Dieses Tal ist verwunschen, kleine Jo."

„Verwunschen?"

„Aye! Schau! Da hinten. Siehst du? Hinter dem Obstgarten? Da befindet sich der große Steinkreis mit der *Maighdeann uaine*-Quelle, die den Bach speist. Dort geht seit Jahrhunderten eine Jungfer im grünen Kleid um, eine *Glaistig*. Sie erscheint dort jede Nacht und gießt Wasser aus einem Tonkrug in die Quelle, damit der Lauf des Baches niemals versiegt. Es heißt, die Feen des Waldes hätten sie dazu verdammt, weil sie ungefragt aus dem Bach getrunken hätte. Und da! Siehst du die kleine Lichtung? Daneben liegt Bocan uaimh. Das ist eine Felsnase, die über dem See hängt, eine etwa vier Meter hohe Felsenklippe. Ich bin dort oft in meiner Kindheit gewesen. Wir sind an dieser Stelle von den Klippen gesprungen. Mein Großvater hat mir erzählt, dass der Geist des Sees diesen Fels angehoben hat, um unter Wasser eine Höhle zu errichten, wo er sich mit den Meerjungfrauen zu einem Stelldichein treffen konnte. Und die Pflanzen hier haben beinahe alle eine mystische Bedeutung. In der Gegend um die alte Kapelle herum wachsen tausend Schlüsselblumen und Weidenbäume. Hüte dich davor, unter diesen Bäumen zu schlafen, denn sonst kann es passieren, dass die Feen dich holen und die Nächte mit dir durchtanzen. Ganz am Ende des Tals liegt der Ossian-Forest. Da ist das Rotwild zu Hause. Es heißt, dass Ossians Mutter dort als Hirschkuh umgeht. Niemand darf dort ungefragt jagen. Und hier vorne, gleich hinter dem alten Küchentrakt, ist Millys Gemüse- und Kräutergarten. Ihr ganzer Stolz. Hüte dich, ihn zu betreten, sonst setzt es was mit dem Nudelholz." Rupert lachte. „Aber, geh, und sieh dir alles an. Es gibt genügend Wanderwege."

„Das habe ich auf jeden Fall vor", antwortete ich. „Wie groß ist das alles eigentlich?"

Rupert nahm die Pfeife aus dem Mundwinkel und wies in die Ferne. „14.000 Acres. Das sind knapp 6.000 Hektar."

Ich riss die Augen auf. „Und wer pflegt das alles?"

„Es gibt eine Garten-Crew, die sich darum kümmert, und über die Sommermonate hinweg stellt Seine Gnaden Studenten ein – Botaniker. Die ersten reisen in drei Wochen an, wenn die Saison mit dem großen Gathering eingeläutet wird.“

„Die Highland-Games, genau. Finden die hier statt?“

„Aye! Da drüben, hinter dem Steinkreis auf der Festwiese. Warst du schon mal bei so etwas dabei?“

„Ich? Nein. Ich war mal mit einem Freund auf einem Mittelalter-Festival. Aber das ist wohl nicht ganz dasselbe.“

Rupert lachte auf. „Nein, *m'eudail*, nicht ganz.“

Ich blickte über das Tal hinweg und entdeckte am Ufer des Sees, aus der Distanz kaum zu entdecken, eine Rauchsäule, und wenn meine Augen mich nicht trogen, blitzte das Dach eines kleinen Hauses durch die Baumkronen. „Gehört das auch noch zum Anwesen?“, fragte ich, und Rupert folgte meinem Blick.

„Das ist das alte Jagdaufsehercottage“, sagte er. „Mittlerweile ist es aber vermietet.“

„Und wer wohnt jetzt dort?“

„McKay“, sagte er nur, und ich spürte am Tonfall, dass er mir nicht mehr verraten wollte. Rasch wechselte ich das Thema und fragte ihn, wie lange er hier schon lebte.

„Oh, mein ganzes Leben schon“, erwiderte er. „Ich bin hier geboren. Mein Vater war hier schon Verwalter, ebenso mein Großvater.“

„Sie haben nie irgendwo anders gewohnt?“

Er lachte und warf mir einen Blick zu. „Ich war nie woanders“, sagte er.

Ich schluckte. „Nie? Was ist mit Urlaub?“

„Ich habe doch mein Urlaubsland vor der Haustür.“

„Ja, schon. Es ist auch wirklich wunderschön hier, aber wenn Sie nie Notre-Dame in Paris, den Markusplatz in Venedig oder Palmen an einem weißen Sandstrand gesehen haben, wie können Sie dann wissen, dass es hier am schönsten ist?“

Er lachte kollernd auf. „Kannst du dir mich in Paris vorstellen? In so einer Schickimicki-Metropole?“

„Nun ja“, sagte ich und stellte fest, dass es mir wahrlich schwerfiel.

„Nein, meine Kleine!“, brummte er. „Ich gehöre hierher, wie die Munros, die Fischadler, Mackenzie und das Heidekraut. Ich bin und bleibe nun mal ein alter, kauziger Highlander, und ich denke, das ist auch gut so.“

„Dem kann ich nichts entgegensetzen.“

„Was macht ihr denn hier?“, rief Ryan. Rupert und ich drehten uns zu der Stimme um.

„Holla! Lord Raibeart! Ihr wollt mir doch wohl nicht diese überaus hübsche und angenehme Gesellschaft stehlen, oder, mein Freund?“

Ryan hatte bei Ruperts Worten abrupt innegehalten und warf mir jetzt einen schockierten Blick zu.

„Ach!“, sagte ich, unterdrückte einen Lachanfall und neigte erwartungsvoll den Kopf. „*Raibeart?*“

Er verzog jedoch nur das Gesicht. „Ich fahre jetzt zu den beiden Bauarbeitern, Jo. Ich dachte mir, du möchtest vielleicht mitkommen.“

Natürlich wollte ich mit, aber hatte nicht vor, ihn so einfach davonkommen zu lassen, und lächelte ihn vielsagend an. „Seid Ihr Euch wirklich sicher, dass Ihr mich dabeihaben möchtet, Lord … wie war noch gleich der Name?“

Es war ein bemerkenswertes Schauspiel, zu sehen, wie er mit sich haderte und schließlich aufgab.

„Raibeart“, knurrte er und wurde zu meiner grenzenlosen Begeisterung rot bis zu den Ohren, drehte sich steif um und machte sich wieder auf den Rückweg.

„*Ifrinn!* Ich bin ein alter Mann mit losem Mundwerk“, bemerkte Rupert und blickte Ryan stirnrunzelnd nach.

Ich lachte und drückte ihm einen Kuss auf die Wange.

„Ach was, Sie haben mir nur einen Gefallen getan.“

Verblüfft schaute er mich an und lächelte plötzlich. „Du wusstest nicht, dass er …“, begann er und nickte wissend. „Du wirst ihn jetzt wohl mit Fragen bombardieren, oder?“

„Kommst du jetzt endlich!“, dröhnte Ryans – oder besser Lord Raibearts – aufgebrachte Stimme aus der Burg zu uns.

Ich leerte meine Tasse und drückte sie Rupert in die Hand.

„Darauf können Sie wetten, Mister!“, sagte ich und eilte Seiner launischen Lordschaft hinterher.

Ich merkte deutlich, dass mir der Whisky zu Kopf gestiegen war. Ich wankte zwar nicht, aber ich fühlte mich durchaus angeheitert, so sehr, dass ich schon kicherte, als ich zu Ryan in den Landrover stieg und nur einen Blick auf sein Gesicht warf. Er gab einen seltsamen Laut von sich, in dem nicht nur Missbilligung, sondern auch eine Prise Galgenhumor mitschwang.

„Solange du nur was zu lachen hast“, knurrte er und trat ziemlich brüsk aufs Gas.

„Okay!“, sagte ich, um Frieden bemüht. „Ich verstehe, wenn der Name Raibeart dich nicht gerade mit Dankbarkeit erfüllt. Aber wenn du mir bis zum Abend nicht erzählt hast, warum du ein Lord Raibeart bist, dich aber nur Ryan nennst, setze ich mich so lange vor deine Zimmertür und sage solche Sachen wie ‚Lord Raibeart der Schreckliche‘ oder ‚Lord Raibeart of NixmitRyan‘, bis du mit der Sprache herausrückst.“

Er warf mir einen Blick zu, und ich war sehr froh, dass der Whisky mich in solche Hochstimmung versetzte, dass ich den grünen Blitzen, die aus seinen Augen schossen, ein treuherziges Lächeln entgegensetzen konnte.

„Du hast von Ruperts Kaffee getrunken“, sagte er.

„Ja!“ Ich nickte eifrig. „Eine Tasse – randvoll!“

Daraufhin prustete er, warf mir einen weiteren Blick zu und schaute endlich auf die Straße, aber ich sah, dass sein linker Mundwinkel zuckte.

Wir trafen uns mit den Bauarbeitern in einem kleinen, urigen Ort namens Balreggan, der etwa eine Stunde Autofahrt entfernt lag. Der ältere der beiden war dort zu Hause. Wir saßen in seiner Küche, und er hatte uns allen, obwohl es erst Mittag war, Bier vorgesetzt. Ich war kein großer Biertrinker, doch ich fand es recht schmackhaft, und es linderte ein wenig mein Magenknurren. Da ich, abgesehen von Ruperts Kaffee, noch kein Frühstück, geschweige denn Mittagessen gehabt hatte, bekam ich langsam Hunger. Ich nippte an meinem Bier, lauschte den Ausführungen und musterte im Stillen die beiden Bauarbeiter. Mittlerweile schienen sie ihre körperlichen Versehrtheiten überstanden zu haben, was die psychischen anbelangte, war ich mir nicht ganz sicher. Das, was sie uns erzählten, klang für mich an den Haaren herbeigezogen, so dass ich Ryan immer wieder skeptische Blicke zuwarf.

„Und das war alles?", fragte er, nachdem beide ihren Bericht beendet hatten.

Der alte Mann hob die Augenbrauen. „Reicht das nicht, Jungchen?"

Ryan lächelte und strich sich über die Nase. „Tut mir leid, Mac! So wollte ich mich nicht ausdrücken. Ich wollte nur wissen, ob Sie sich noch an irgendetwas Ungewöhnliches erinnern können, nachdem die Wand eingestürzt ist. Das Lachen war danach verstummt, habt ihr gesagt?"

„Aye." Der Alte nickte. „Das Lachen war weg. Gott sei Dank! Aber ich war auch ziemlich hinüber. War sogar ein paar Minuten richtig weg. Mehr weiß ich nicht."

„Und du?", wandte sich Ryan nun an den Jüngeren der beiden, der vom Alter her ein frischgebackener Geselle sein musste. Ich schätzte ihn auf achtzehn oder neunzehn.

„Nein, ich eigentlich auch nicht", sagte dieser. „Aber diese verdammte Kälte sitzt mir manchmal noch heute im Genick. Sie war wirklich seltsam."

„Dumpf", brummte Mac und nickte. „Es war eine dumpfe, feuchte Kälte, wie draußen im Moor. Oder wenn jemand dir mit klammen Fingern über den Nacken streicht."

Ryan nickte, und ich war wieder einmal überrascht, wie ernsthaft und aufmerksam er auf solche Aussagen reagierte.

„Hast du außer dem Lachen sonst noch etwas gehört oder vielleicht gesehen?"

Der Jüngere runzelte die Stirn und dachte nach. „Wartet!", sagte er und wandte sich an seinen Kollegen. „Sag mal, Mac, hat das Klicken eigentlich aufgehört, als das Lachen anfing?"

Mac hatte eben sein Bier zum Mund gehoben, ließ es nun aber wieder sinken. „Ich weiß nicht. Ich glaube nicht."

„Ich weiß es auch nicht genau", fuhr der Jüngere fort und kniff sich ins Kinn. „Nein, ich glaube das auch nicht, nein. Das Klicken war noch zu hören, als das Lachen anfing. Da bin ich mir fast sicher."

„Hm", meinte Ryan. „Ich weiß zwar noch nicht, ob uns das weiterhilft, aber wenn das stimmt, dann ist es möglich, dass diese beiden Geräusche sozusagen gegeneinander ankämpften oder gar keine Verbindung haben. Und das … könnte etwas bedeuten."

Das ist doch alles Hokuspokus, fand ich, und Ryan musste wohl diesen Gedanken von meinem Gesicht abgelesen haben. Er neigte den Kopf und bedachte mich mit einem Blick, als würde er sagen: Musst du schon wieder deinen Senf dazugeben?

„Was ist?", fuhr ich ihn an. „Ich habe doch gar nichts gesagt."

„Nein, aber gedacht."

„Entschuldigung. Ich kann nun mal nicht leise denken."

„Schon gut", erwiderte er. „Wahrscheinlich hast du sogar recht."

„Sagt mal, ihr beiden. Könnt ihr euch in Gedanken unterhalten, oder was?" Der jüngere der beiden Bauarbeiter hatte die Augen aufgerissen und blickte von mir zu Ryan und wieder zurück. Ich biss mir auf die Unterlippe, um nicht hysterisch loszulachen, doch Ryan verzog keine Miene. Er beugte sich über den Tisch und sagte: „Wir werden darin ausgebildet, weißt du?" Er zwinkerte dem alten Mac zu, stand auf, nahm meinen Arm und zog mich vom Stuhl hoch.

„Du bist also darin ausgebildet, meine Gedanken zu lesen, ja?", fragte ich, als wir wieder in den Landrover stiegen.

„Nein, aber deine Gedanken stehen dir gut lesbar ins Gesicht geschrieben."

„Aha!", sagte ich und drehte mich zu ihm. „Was denke ich jetzt gerade?"

Ryan blickte mir einen Moment lang in die Augen. Ich wollte eigentlich an meine Telefonnummer denken, aber das Einzige, was ich dachte, war: Wie kann jemand nur so verdammt grüne Augen haben?

Auf einmal lächelte Ryan geheimnisvoll, beugte sich vor, holte etwas aus dem Armaturenfach und setzte sich zu meiner großen Bestürzung eine Sonnenbrille auf die Nase.

Ich blinzelte fassungslos.

„Mach den Mund zu, Jo!", sagte er.

Ich schnallte mich an und blickte stur geradeaus. Ryan lachte leise und legte den ersten Gang ein.

„Hast du Hunger?", fragte er, nachdem wir eine Weile unterwegs waren.

Ich zuckte mit den Schultern. „Ja, ein bisschen."

„Nicht weit von hier gibt es einen Ort, da steht am Hafen eine alte Räucherei. Dort gibt es den besten Räucherlachs jenseits des Tweed.“

„Tatsächlich?“

„Aye. Na komm schon! Ich lade dich ein.“

„Als Wiedergutmachung dafür, dass du dich über mich lustig gemacht hast?“

Er warf mir einen verwunderten Blick zu. „Ich mache mich nicht über dich lustig, Jo.“

Ich zuckte erneut mit den Schultern. „Wenn du das sagst.“

Er schaute noch ein paarmal zu mir herüber, als wäre er sich nicht sicher, ob ich nicht vielleicht im nächsten Moment aus dem Wagen springen würde. Auf einmal holte er tief Luft und sagte: „Deine Augen sind blau wie die Seen bei mir zu Hause, Jo. Doch nicht nur. Sie haben kleine goldene Sprenkel um die Pupille herum. Wenn die Sonne dein Gesicht trifft, ist es fast, als ob sie fluoreszieren. Und wenn du mich ansiehst, weiten sich deine Pupillen, als ob deine Augen mich aufsaugen wollten.“

Ich schluckte, mein Herz begann wie wild zu klopfen, doch ich schwieg. Ich wusste auch gar nicht, was ich hätte sagen sollen. Mein Kopf war völlig leer. Einen klaren Gedanken fassen – aussichtslos. Ein peinliches Schweigen breitete sich zwischen uns aus, und je länger es andauerte, umso unmöglicher war es, diese Stille zu durchbrechen. Schließlich saß ich einfach nur da und wartete darauf, dass sich die Erde auftat und mich verschluckte.

Fünfzehn Minuten später bog Ryan in eine Straße ein, nach weiteren fünf Minuten hielten wir in einer kleinen Ortschaft namens Marridon.

Es war ein kleiner, hübscher Hafen, in dem die übliche Geschäftigkeit herrschte. Boote, an denen bereits die Farbe abblätterte, tuckerten in den Hafen hinein und wieder hinaus. Schiffshörner ertönten, Männer schrien sich gegenseitig an, wetteiferten um den besseren Fang und schwenkten ihre Schiffermützen, als wären es Flaggensignale. Die Räucherei sah aus, als hätte man eine winzige Brennerei umgebaut. Sie war kreisrund, ihr Dach glich einer Zwiebelkuppel mit offenem Schlot. Das Aroma von frisch geräuchertem Fisch zog durch die ganze Straße und ließ mir das Wasser im Mund zusammenlaufen. Man hatte neben der Räucherei ein Gasthaus errichtet, dessen eine Seite komplett aus Glas war, wie ein Wintergarten, so dass man den Schiffen beim Ein- und Auslaufen zuschauen konnte.

Wir bekamen, obwohl der Gastraum gut besucht war, einen freien Tisch an diesen Fenstern, und ich setzte mich wortlos. Ich hatte überhaupt noch nicht viel gesagt. Nur hin und wieder ein „Ja" und „Danke". Mein Herz schlug auch weiterhin etwas schneller als gewöhnlich, doch zusätzlich hatte ich auch noch ein vibrierendes Knäuel im Magen, das so groß war, dass ich Angst hatte, der Fisch könne nicht mehr hineinpassen, und immer wenn ich merkte, dass Ryan mich ansah, machte das Ding einen Satz.

Ich bestellte mir dummerweise einen Weißwein zum Fisch, der aufgrund meiner gegenwärtigen alkoholischen Vorgeschichte bereits nach ein paar Schlucken Wirkung zeigte. Ich blinzelte, weil ich das Gefühl hatte, mein Lachsfilet hätte sich plötzlich verdoppelt, kniff kurz die Augen zu und schaute noch mal genauer auf meinen Teller.

„Es tut mir leid, Jo", sagte Ryan in diesem Moment.

Ich hob den Blick. „Wie meinst du das? Was tut dir leid?"

„Ich wollte dich nicht bedrängen. Ich werde von jetzt an die Distanz wahren, versprochen."

„Distanz wahren?", fragte ich und merkte erst dann, worauf er hinauswollte. „Ryan! Nein. Ich … ich meine …"

„Ist schon gut, Jo."

„Nein!", rief ich. „Ich möchte, verdammt noch mal, nicht, dass du irgendwelche Distanzen wahrst."

Jeder Kopf im Raum drehte sich zu mir, und ich spürte, wie ich rot wurde. Ich schaute Ryan an, der mit der Gabel auf halbem Wege zum Mund innegehalten hatte. Die gegensätzlichsten Gefühle spiegelten sich auf seinem Gesicht: Niedergeschlagenheit, Unglaube, Erkenntnis und Heiterkeit.

„Ach, nein?", fragte er schließlich seelenruhig und ignorierte die Blicke der anderen Gäste.

Ich schluckte und drückte gleichzeitig den Rücken durch. „Nein!", sagte ich etwas leiser, schlug die Augen nieder und griff nach meinem Weinglas.

Die restliche Zeit über hatte ich das Gefühl, mein Stuhl stünde in Flammen, und ich war sehr froh, als wir endlich das Gasthaus verließen. Das Getuschel der Gäste folgte uns bis vor die Tür.

Auf dem Weg zum Wagen sagte keiner von uns ein Wort, doch als Ryan mir die Autotür öffnete und ich mich setzen wollte, zog er mich mit einem Brummen, das tief aus seinem Inneren kam, an sich. Seine Lippen waren unglaublich weich und warm, und er schmeckte aromatisch nach dem Bier, das er zum Essen getrunken hatte. Ich spürte seine Brustmuskulatur unter meinen Händen und seine Hände in meinem Haar. Das Knäuel in meinem Magen zerbarst in tausend kleine Teile und verteilte sich in meinem Körper bis hinunter zu den Zehen.

Als seine Lippen sich wieder von mir lösten, drohten meine Knie einzuknicken, doch Ryan hielt mich mit einem erschreckten Ausruf fest. „Alles okay mit dir?", fragte er und blickte mir besorgt ins Gesicht.

„Ja", sagte ich, „bestens!", und lächelte weinselig.

Zweiter Teil

Prüfung

Der Sinn einer Prüfung wird sich dir nie offenbaren, solange du nicht wenigstens Zweifel vorweisen kannst.

Kurzschluss

Die Highlands waren tatsächlich ein seltsamer Ort, dachte ich und blickte aus dem Fenster. Ich erinnerte mich an einen Ausspruch von Theodor Fontane, der besagte, er habe nie Einsameres durchschritten – und in dieser Hinsicht gab ich ihm recht. Auf den ersten Blick war es in der Tat die pure Einsamkeit, doch ich war fest davon überzeugt, dass man sich hier trotzdem niemals wirklich allein fühlen würde. Es war, als würden einen die Berge in die Arme nehmen. Vielleicht waren diese Gedanken allein aus Whisky, Wein, Bier und Ryans Küssen geboren und doch … Irgendwie konnte ich Rupert auf einmal verstehen. Was hatten für ihn schon Paläste wie der Louvre oder Versailles, das Pantheon oder das Gewimmel in der Amsterdamer Innenstadt an sich, wenn er diese Vielfalt an Farben, Formen und Strukturen jeden Tag aufs Neue vor Augen hatte. Wenn ich an die vom Rauch der hundert Schlote verschmutzten Städte im Ruhrgebiet dachte oder an den dort niemals ersterbenden Geräuschpegel, hatte ich plötzlich keine Lust mehr, dorthin zurückzukehren.

„Geht es dir gut?", fragte Ryan und unterbrach meine Gedanken. Ich blickte ihn an und lächelte.

„Ja, sehr gut sogar. Ich glaube, ich verliebe mich nur gerade in dieses Land."

Ein Strahlen überzog Ryans Gesicht, und er nickte. „Das ist gut", sagte er, nickte noch ein paarmal hintereinander, als hätte er eine Entscheidung getroffen, legte die Hände schließlich oben aufs Lenkrad und begann zu reden. „Mein Vater ist der Earl of Laide. Ich habe vier Vornamen: Raibeart Edan Ailbeart Ryan. Raibeart nach meinem Vater, Ailbeart und Edan hießen meine Großväter. Der Name Ryan war ein Wunsch meiner Mutter. Er bedeutet kleiner König."

„Kleiner König? Das ist hübsch."

„Aye, und es ist alles, was mir von ihr blieb.“

Ich wartete, ob er noch etwas sagen würde, doch das tat er nicht, also blickte ich wieder hinaus. Auf einem kleinen Plateau thronten die Reste einer alten Burg. Im Grunde genommen war es nicht mehr als ein Haufen Steine, und trotzdem erzählten sie von einer bewegten Vergangenheit. Ihr Anblick allein verriet einem, dass dort vor vielen Jahren Menschen gelebt, geliebt und gekämpft hatten, geboren und gestorben waren. Allein ihre Namen – die wusste nur noch der Wind. *Lord Raibeart of Laide …*

„Warum hältst du deine Herkunft geheim, als ob sie etwas Monströses wäre?“, fragte ich und sah Ryan wieder an.

Er bewegte die Schultern, als wäre ihm sein Hemd zu eng.

„Ich will damit nichts zu tun haben. Meine Familie habe ich seit acht Jahren nicht mehr gesehen. Ich telefoniere nur hin und wieder mit meiner Großmutter, manchmal auch mit meiner Schwester.“

„Was ist passiert?“ Ich spürte, dass da noch viel mehr war. Doch auch ich konnte manchmal in seinem Gesicht lesen oder besser in seinen Händen, denn seine Finger hatten das Lenkrad so fest umklammert, dass seine Fingerknöchel hell aufschimmerten.

„Nein, lass nur“, sagte ich und hob eine Hand, um ihm zuvorzukommen. „Erzähl es mir, wenn du so weit bist, ja?“

Er blickte mich überrascht an, lächelte dann aber und entspannte sich. „Danke, Jo.“

„Wofür?“

„Für deine Geduld.“

Ich schnaubte. „Du weißt ganz genau, dass ich etwa so viel Geduld besitze wie ein Hund beim Anblick einer halboffenen Dose Hundefutter.“

Er lachte leise und nickte. „Aye, deswegen bedanke ich mich ja auch, weil ich weiß, wie schwer es dir fällt.“

„Wie soll ich dich jetzt eigentlich nennen?“, fragte ich.

Er lächelte. „Du kannst mich nennen, wie du möchtest.“

„Bertie?“

„Nur zu, wenn du zu Fuß weitergehen möchtest, sag es ruhig.“

Ich lachte. „Also nicht. Ähm, wie wär’s mit – Rabby?“

Er verzog das Gesicht. „Nein, besser nicht.“

„Okay. Ähm, da bleibt leider nur noch Mylord übrig.“

„Alles, nur nicht das, *Joanna*.“

Ich genoss es sehr, wenn er meinen Namen mit seinen seltsamen, schottischen Untertönen verknüpfte. Dadurch bekam er irgendwie den Beiklang eines schlüpfrigen Liebesliedes.

„Dann müssen wir wohl leider bei Ryan bleiben“, meinte ich, unterdrückte ein Kichern und lehnte mich zurück.

„Damit bin ich sehr einverstanden.“

Ein paar Minuten später spürte ich, wie er meine Hand nahm. Nach einer Weile ließ er sie zwar wieder los, doch ich trug die Wärme seiner Haut noch an mir, als wir zurück waren und Ryan den Wagen vor dem Torhaus parkte.

„Was ist?“, fragte ich, da er keine Anstalten machte, auszusteigen. Ich folgte seinem Blick und entdeckte einen schwarzen kleinen Sportwagen, der neben einem der großen Rhododendren stand und beinahe von seiner Blütenpracht verdeckt wurde.

„Wem gehört der?“

Ryan schloss für einen Moment die Augen, als ob er sich im nächsten Augenblick in etwas Unausweichliches fügen müsste, und sagte: „Der gehört einer alten … Freundin. Lass uns aussteigen.“

„Freundin?“, wiederholte ich, erhielt jedoch keine Antwort. Ryan wirkte, als ob er auf dem Gang zu seiner eigenen Hinrichtung wäre. Als wir die Burg betraten und er schnurstracks auf die große Halle zuhielt, folgte ich ihm voller Neugier und böser Vorahnungen. Letztere bewahrheiteten sich, kaum, dass ich die Türschwelle übertreten hatte.

„Ryan!", flötete eine Frau, steuerte geradewegs auf ihn zu, umarmte ihn und küsste ihn auf den Mund.

Der Teufel sollte mich holen, wenn diese blonde Femme fatale eine alte Freundin war, denn in diesem Kuss lag alles andere als ein freundschaftliches Gefühl.

Ich machte auf dem Absatz kehrt, rannte durch die Vorhalle hinaus in den Burghof und wurde erst langsamer, als die Seitenstiche mich dazu zwangen. Ich blieb stehen und blickte zurück. Die Burg war nicht mehr zu sehen. Niemand folgte mir.

„Männer!", fauchte ich und trat mit Schwung den kleinen Ast beiseite, der es gewagt hatte, sich mir in den Weg zu legen. Warum musste ich auch ständig auf solche Mistkerle hereinfallen.

„Verflixte Aufreißer!", knurrte ich und trampelte weiter durch das Gehölz. „Deine Augen sind blau wie die Seen bei mir zu Hause." Ich schnaubte. „Pah! Dass ich nicht lache!"

Mein Gott, Jo! Du bist unbelehrbar wie ein alter Esel!

Ich war jetzt siebenundzwanzig Jahre alt. Hatte schon mehr als eine kläglich gescheiterte Beziehung hinter mir. Wann wollte ich es endlich begreifen? Alle Männer waren so. Im einen Moment holten sie dir die Sterne vom Himmel, und im nächsten traten sie dir in den Hintern, wie es ihnen gerade einfiel. Ich blieb stehen, hob den Kopf und blickte in die Baumkronen. Das Dumme war nur … ich hatte tatsächlich geglaubt, dass Ryan eine Ausnahme war. In meiner eingebildeten Perfektion von ihm hatte ich ihn als absolut fehlerlos dargestellt.

Na, das hatte ja wunderbar geklappt.

Vielleicht sollte ich auch so selbstsüchtig sein, überlegte ich. Mir einfach nehmen, wonach mir gerade war, ohne Rücksicht auf Verluste. Guter Plan!

Ein Geräusch ließ mich zur Seite schauen. Ein Stück weiter voraus hockte eine graugetigerte Katze, die mich vollkommen ignorierte und gerade dabei war, ihre Krallen an einem Baumstamm zu wetzen. Auf einmal erklang ein leises Fiepen – wahrscheinlich eine Maus. Die Katze rollte sich zum Sprung bereit zusammen, trampelte mit den Hinterpfoten und sprang mit einem Satz ins Gebüsch. Weiteres Fiepen ertönte. Einen Moment später tauchte die Katze mit der Maus im Maul aus dem Gebüsch wieder auf, setzte sie sanft auf dem Weg ab und hechtete sofort wieder hinterher, als der kleine Nager das Weite suchen wollte.

„Zehn zu eins, dass du ein Kater bist", sagte ich und ging weiter.

Ich hatte nicht angenommen, dass ich mich tatsächlich immer weiter von der Burg entfernte, als vor mir auf einmal die Mauern des Cottages auftauchten. Es war größer, als es vom Söller aus den Anschein erweckt hatte. Ich überlegte, ob ich kehrtmachen sollte, doch meine neu gewonnene Egozentrik siegte über meine angeborene Diskretion. Ich ging um das Haus herum zur Vordertür und blieb dort stehen. Anscheinend war niemand zu Hause. Auf den Giebeln des Daches thronte jeweils ein Schornstein, einer davon sandte graue Rauchschwaden in den Himmel. Also war der Bewohner nicht allzu weit weg.

Ich drehte mich um und wanderte den Weg hinunter zum See, setzte mich dort auf den Steg und zog Schuhe und Socken aus. Das Wasser war eisig und kühlte meine Wut ein bisschen ab.

Plötzlich kam Bewegung in die Wasseroberfläche. Drei oder vier Meter von mir entfernt stoben kleine Bläschen nach oben und zerplatzten, bildeten Kreise im Wasser, und etwas Schwarzes tauchte aus den Tiefen auf. Für einen flüchtigen Moment dachte ich an all die Wassergeister, die Rupert in seinen Geschichten erwähnt hatte. Vom Kelpie, dem Wasserpferd, bis hin zu einem riesigen ausgewachsenen Seehund, der sich vor mir das Fell abzog. Vielleicht war es aber auch nur Mackenzie, der mir Gesellschaft leisten wollte, doch für einen Fischotter war das Ding zu groß.

Viel zu groß!

Als es wie ein Geysir aus dem Wasser schoss und ich sah, was es war, schlug ich mir erschrocken die Hände vors Gesicht. Doch der Anblick von gutgeformten Muskeln, einer behaarten Brust und einem ziemlich imposanten Geschlechtsteil hatte sich bereits in meine Netzhaut gebrannt.

„Oh Gott! Das tut mir so leid!“, wimmerte ich laut und rappelte mich unbeholfen auf, während ich mir eine Hand vor die Augen hielt. Meine Gedanken überschlugen sich. Während sich meine Befangenheit mit dem Entsetzen und dem Schreck, dem Anblick des nackten Körpers und der Erkenntnis, dass ich noch nie jemanden gesehen hatte, der so lange die Luft anhalten konnte, um die Vorherrschaft in meinem Kopf stritten, raffte ich Schuhe und Strümpfe an mich und wäre beinahe der Länge nach hingeschlagen, als ich den Steg zurückeilte. „Wirklich! Das tut mir unendlich leid!“, rief ich und wedelte mit meinen Strümpfen wie mit einer weißen Fahne. Hinter mir erklang dezentes Gelächter. Ich linste nach vorn durch meine Finger und entdeckte am Ufer eine Bank. Die steuerte ich nun an, setzte mich mit dem Rücken zu ihm und versuchte mir die Strümpfe über die nassen Füße zu ziehen. Ich hörte, wie die Bretter des Stegs unter seinen Schritten knarrten.

„Ich hoffe, dir hat gefallen, was du gesehen hast.“

„Wie bitte?“, rief ich und drehte mich vor lauter Empörung, seine Blöße vergessend, mit offenen Augen um. Er stand da wie ein Fels und schaute mich mit einem ziemlich unanständigen Lächeln an. Seine Hand strich langsam über seine Brust und den muskulösen Bauch und schob das Wasser tiefer bis …

Ich schluckte und machte die Augen wieder zu. Ich wusste nun, wer McKay war. Diese Statur und die langen, nun klitschnassen dunklen Haare hatte ich nicht vergessen.

„Mister McKay!“, sagte ich so förmlich wie möglich. „Würden Sie sich bitte etwas überziehen?“

„Marlin“, sagte er.

„Wie bitte?“

„Ich heiße Marlin. Du musst Jo sein. Ailsa hat mir von dir erzählt.“

„Oh! Na dann! Marlin, zieh dir was an! Ist das besser?“

Er lachte. „Aye. Viel besser. Warte einen Moment!“

Es dauerte eine ganze Weile, doch schließlich hörte ich Schritte, und ich spürte, wie er die Sonne verdeckte.

„So, du kannst die Augen wieder aufmachen.“

Ich linste vorsichtig, und als mein Blick auf eine geöffnete Flasche Bier vor meinem Gesicht fiel, machte ich die Augen auf. „Danke!“, sagte ich und griff danach.

„Kein Problem.“

Auch wenn der Oberkörper mit nichts als einer Gänsehaut überzogen war, trug er nun zumindest lange Hosen. Er setzte sich zu mir auf die Bank, hob die Flasche an den Mund und trank. Ein Wassertropfen rann an seinem Hals herab, über das Schlüsselbein bis hinunter ins dunkelgelockte Brusthaar.

Ich schluckte, wandte den Blick ab, schüttelte den Kopf, prostete der Verkettung der heutigen Ereignisse zu und hob meine Flasche an die Lippen.

„Bist du der dicken Mauern überdrüssig geworden?“, fragte er nach einer Weile.

Ich nickte. „Ja, so ähnlich.“

„Ailsa sagte, du gehörst zu den Geisterjägern.“

„Na ja, nein, eigentlich nicht, oder besser noch nicht.“

Er machte ein seltsames Geräusch, das ein Lachen, aber auch ein verächtliches Schnauben sein konnte. „Ihr versucht da hinter etwas zu blicken, was ihr nicht verstehen könnt.“

„Wie ist das gemeint?“, fragte ich.

„Geistern in solch alten Gemäuern kann man nicht mit Technik zu Leibe rücken.“

„Das denke ich langsam auch, dabei glaube ich noch nicht mal an Geister.“

„Das hat Ailsa auch erwähnt.“ Er lachte kurz auf und hob die Flasche erneut an die Lippen.

„Kennst du Ailsa gut?“

Nachdem er getrunken hatte, wischte er sich mit dem Handrücken über den Mund und zuckte mit den Schultern.

„Sie ist eine Freundin“, sagte er, ohne irgendeine Bedeutung in der Stimme, und ich hätte ihm beinahe meine Flasche über den Schädel gezogen.

„Schon klar“, erwiderte ich stattdessen und schnaubte.

„Du glaubst nicht an Freundschaft zwischen Frau und Mann?“

„Oh doch!“, entgegnete ich und bemühte mich nicht, meinen Sarkasmus zu verstecken. „Sie ist sicherlich auf irgendeine Erkrankung zurückzuführen.“

Er machte erneut ein Geräusch, aus dem jetzt jedoch eindeutig Zustimmung herauszuhören war. Und somit, dachte ich, war wohl alles gesagt. Vor meinen Augen sah ich die Frau, grazil wie ein Reh, mit einer Haut wie Alabaster und Haaren wie flüssiges Gold – und wie sie sich an Ryan geschmiegt hatte. Ich blickte auf meinen ziemlich großen Busen hinab, auf die von der Sonne schon jetzt gerötete Haut mit den tausendfachen Sommersprossen und dachte an mein ausladendes Hinterteil, zog eine meiner farblosen Haarsträhnen vors Gesicht und sah an ihr vorbei auf meine ziemlich großen Füße.

„Marlin?", fragte ich.

„Aye?"

„Würdest du mich küssen?"

Er drehte mir den Kopf zu. Überraschung und Argwohn lagen in seinen Augen, die stahlblau unter dichten schwarzen Wimpern hervorschauten.

„Ist das ein Test?", fragte er.

Mein erster Instinkt war, mich sofort bei ihm zu entschuldigen und so schnell wie möglich das Weite zu suchen, doch dann fielen mir seine Lippen ins Auge. Die Oberlippe war schmal, hübsch geschwungen und endete in einem scheinbar ewigen Lächeln. Seine Unterlippe dagegen war voll und verlief in einem breiten Bogen von einem Mundwinkel zum anderen. Was es genau war, konnte ich mir nicht erklären, aber diese Lippen brachten mich dazu, wortlos zu verneinen.

Er drehte seinen Oberkörper zu mir, schaute mich einen Moment lang eindringlich an, als gäbe er mir noch eine letzte Chance, das Ganze abzublasen, und dann kam sein Gesicht behutsam näher.

Ich schloss die Augen.

Er küsste anders als Ryan. Irgendwie zögerlich, was wahrscheinlich daran lag, dass er erwartete, im nächsten Moment eine schallende Ohrfeige zu erhalten. Ich schob meine freie Hand unter sein Haar und legte sie in seinen Nacken, um ihm zu zeigen, dass ich dies keineswegs vorhatte. Zur Belohnung wurde er mutiger. Ich ließ es zu, dass er sein Bier abstellte, seine Hände um meine Taille legte und mich auf seinen Schoß zog. Ich spürte, dass er sich zurückhielt, dass er es mir überließ, zu entscheiden, wie weit es gehen sollte.

Ich bekam Lust auf mehr, was zwar in Anbetracht seines Körpers und seines Talents zum Küssen keine wirkliche Überraschung war, aber doch so unvermutet, dass ich vor Schreck innerlich zusammenzuckte. Marlin ging es anscheinend nicht anders. Er löste sich ein wenig von meinen Lippen, um tief durchzuatmen, und raunte mir mit schwerer Stimme ins Ohr: „Wenn wir jetzt nicht aufhören, Jo, lege ich dich ins Gras."

„Hören wir auf?", fragte ich und suchte erneut nach seinen Lippen.

„Vielleicht sollten wir das", murmelte er zwischen zwei Küssen.

„Ja, das sollten wir."

„Das wäre vernünftig."

„Ja." Ich setzte mich auf und blickte ihn an.

Seine Augen schimmerten in einem tiefen, beinahe schwarzen Dunkelblau. Sein Oberkörper hob und senkte sich unter meinen Händen in erregten Atemzügen. Sein Blick glitt von meinem Gesicht abwärts …

Scheiß drauf!, dachte ich und küsste ihn.

„Ich habe dich gewarnt, mein Mädchen", murmelte Marlin und schob seine Hände unter meine Kleidung.

„Das hattest du", bestätigte ich, ohne Luft zu holen.

Marlins Arme schlangen sich um meinen Körper, dann erhob er sich langsam von der Bank. Er ging ein paar Schritte und ließ uns beide sicher und sanft ins Gras gleiten.

„Bist du dir sicher, dass du das tun willst?", fragte er leise und schaute mir dabei tief in die Augen.

Ich war mir gar nicht sicher, um ehrlich zu sein. Aber ich war mir mein ganzes Leben lang in so vielem anderen sicher gewesen, und jedes Mal hatte es sich am Ende als Irrtum entpuppt. Ich dachte an Ryan und an unseren Kuss – und dann sah ich seine Hände, die sich auf die Hüften dieser Frau legten. Nein! Dieses Mal würde ich nicht auf die Stimme in meinem Kopf hören, die bereits jetzt mit dem Rest meines Körpers in ein Streitgespräch über Moral und Entgleisungen verwickelt war. Als Antwort auf Marlins Frage zog ich mir

das Hemd über den Kopf, und ein paar Minuten später ka-
pitulierte mein Verstand und verabschiedete sich auf unbestimmte Zeit.

Und noch einer …

Der Himmel sah aus wie gemalt. Er war tiefblau, die Wolken aus rosa Zuckerwatte. Der Abend zog herauf, und das verbliebene Licht hatte eine Klarheit an sich, die allem eine Art Umriss verlieh, als hätte jemand mit einem schwarzen Stift nachgeholfen. Ein wohliger Seufzer, der seinen Ursprung irgendwo ziemlich weit südlich hatte, stieg in mir auf wie eine Champagnerperle, um schließlich in absoluter Zufriedenheit meiner Kehle zu entrinnen.

Leises Lachen erklang neben mir. Ich drehte mich zur Seite. Marlin lag auf dem Rücken, hatte die Arme hinter dem Kopf verschränkt und die Augen geschlossen.

„Warum lachst du?", fragte ich und fuhr ihm mit den Fingern durchs Brusthaar.

„Du hörst dich an wie eine Katze, die den Sahnetopf gefunden hat."

Ich lächelte und legte meinen Kopf an seine Schulter, woraufhin sich sein Arm wie von Zauberhand um mich legte und einer seiner Finger mir das Rückgrat entlangstrich. Ich bekam eine Gänsehaut.

„Ist dir kalt?", fragte er.

„Nein."

Sein Lachen war lautlos, doch ich spürte es unter meiner Hand. Er erhob sich halb, drehte sich zu mir und küsste mich. Seine Finger schlichen über meine Haut – von meinem Hals über meine Brust und meinen Bauch bis hinab zu den Schenkeln –, und es fühlte sich an, als ob sie Spuren auf mir hinterließen, die erst nach und nach verschwinden würden.

„Sie werden sich langsam Sorgen machen", flüsterte er, als sich seine Lippen von meinen lösten.

„Das glaube ich kaum", antwortete ich ebenso leise.

„Doch, Jo."

Ich seufzte. „Na ja, vielleicht ein bisschen.“

Marlins Hand glitt zwischen meine Beine, und auf seinem Gesicht erschien ein Lächeln. „Du bist schlüpfrig wie das Innere einer Auster.“

Vor Schreck und Scham schlug ich die Augen nieder.

„Nein, nein, nein! Komm schon, Jo!“, sagte er mit einem leisen Lächeln in der Stimme. „Mach die Augen wieder auf!“

Ich tat es und spürte, wie ich unter seinem Blick immer röter wurde. „Beschreibst du solche Dinge immer in so anschaulichen Worten?“, fragte ich und wand mich vor Verlegenheit – und Erregung – unter seinen Händen.

„Nicht bewegen!“

„Das sagst du so einfach.“

Sein Lachen glitt mir über die Haut wie leichte Flügelschläge. „Wenn man eine Auster öffnet“, raunte er und legte sich auf mich, ohne seine Hand fortzunehmen. „Dann liegt das weiße, bloße Fleisch vor einem, und es glitzert vor Feuchtigkeit.“

„Oh Gott! Nicht aufhören!“

„Und wenn man Glück hat, findet man eine Perle.“

„Ich gratuliiiere!“

„Aye. Ich denke, die da oben können sich noch eine Weile länger Sorgen machen“, sagte er heiser und schob sich unerträglich langsam in mich hinein, bis in den letzten Winkel. Ich spürte ihn tief in meinem Bauch. Seine Finger gruben sich in mein Fleisch, und nach zwei, drei Stößen explodierte ich und verteilte die Sterne, die ich sah, quer über das Gras.

Die Sonne war gerade dabei unterzugehen, als wir uns auf den Rückweg zur Burg machten. Über den Bergen hing noch ein breiter Lichtstreifen, doch der Weg vor uns war dunkel, und ich war froh, dass Marlin eine Laterne dabeihatte.

„Bist du dir sicher, dass du mich zurückbringen möchtest?“, fragte ich, weil es mir so vorkam, als stünde er seit seinem Entschluss irgendwie unter Spannung.

„Aye“, sagte er fest. „Wird Zeit, dass ich mich, ähm – vorstelle.“

Ich warf ihm von der Seite einen Blick zu. Er ging aufrecht neben mir her, als würde er sich erhobenen Hauptes in eine Schlacht begeben. Sein Blick war nach vorn gerichtet, und seine Hand hielt meine fest umklammert.

„Hattest du Ärger mit Rupert MacDonald?“, fragte ich.

„Rupert?“ Er drehte mir den Kopf zu. „Nein, warum?“

„Weil er heute früh ziemlich verhalten reagierte, als ich ihn nach dir fragen wollte.“

„Ach das“, sagte er und schüttelte den Kopf. „Nein, Jo. Rupert ist nur in seiner Ehre verletzt, weil ich ihn zum wiederholten Male im Schach geschlagen habe.“

„Was ist es denn? Du bist so angespannt wie ein Drahtseil.“

Er warf mir einen Blick zu und lächelte endlich wieder.

„Es ist nichts, Jo. Alles ist gut“, sagte er und küsste mich auf die Stirn. Ich glaubte ihm kein Wort.

Vor uns ragten langsam die Mauern von Caitlin Castle auf. Der Himmel über uns war in ein dunkles Lila getaucht, wodurch die Burg wie ein drohender Schatten wirkte. Wir nahmen den Weg, der in Richtung Innenhof führte, doch bevor wir um die Mauerecke bogen, vernahm ich bereits Stimmen. Abrupt blieb Marlin stehen.

„Was ist?“, flüsterte ich. Er hob eine Hand, um mich zurückzuhalten, und lauschte.

„Nein, Malcolm!“, hörte ich Ryan sagen. „Du und Ailsa. Ihr bleibt hier. Der Rest von uns geht in Zweiergruppen. Ich übernehme die Spitze.“

Ich spürte, wie Marlin neben mir leise lachte, doch es klang so gar nicht erheitert. „Er ist noch genauso ein Großmaul wie früher.“

„Was?“

„Nichts! Komm!" Er zog mich an der Hand und bog mit mir um die Ecke. Was dann passierte, schien im Nachhinein wie aus einem schlechten Drama. Niemand sagte ein Wort, als wir näher kamen. Die Ruhe vor dem Sturm, dachte ich und fröstelte, obwohl mir nicht kalt war. Ich konnte sogar das Flirren in der Luft spüren, als wäre sie statisch aufgeladen. Ailsa, Malcolm und Lucas standen vor den Türen. Rechts von ihnen standen Ryan und die Blondine, die ihn geküsst hatte, dicht nebeneinander. Finn, Rupert und ein Mann vom verbliebenen Personal standen am Brunnen. Das Licht vom Vestibül fiel durch die offenen Türen und vereinte sich mit dem der Laternen, die im Burghof verteilt waren.

„Guten Abend alle miteinander!", verkündete Marlin und nickte in die Runde. „Hallo, Rupert!"

„Marlin!", erwiderte dieser und nickte ebenfalls.

„Da hast du es", sagte die Blondine mit schwerem französischem Akzent. „Wie es aussieht, hatte deine kleine Freundin eine amüsante Zeit."

„Severíne!", revanchierte sich Marlin. „Eines Tages wirst du an deinen giftigen Pfeilen ersticken, und ich werde dabei zuschauen." Er lüftete einen nicht vorhandenen Hut und lächelte sie an, als hätte er ihr ein Kompliment gemacht. Dann wandte er sich Ryan zu, und sein Blick wurde wachsam. „Hallo, Ray!"

„Ich hatte gehofft, du wärst tot", entgegnete Ryan. Seine Miene erinnerte mich an einen zähnefletschenden Wolf, ebenso wie sein Tonfall.

„Entschuldige!", sagte Marlin. „Mein Versehen."

„Ihr kennt euch?", fragte ich und blickte von einem zum anderen und wieder zurück.

„Er ist mein Bruder", erklärte Marlin, und für einen Moment glaubte ich tatsächlich, mich verhört zu haben.

„Dein …", begann ich und schluckte einen Brechreiz hinunter.

„Halbbruder", präzisierte Ryan und wandte den Blick von Marlin ab, um mich anzusehen. „Geht es dir gut?"

Ich nickte nur, denn ich hatte einen so großen Stein im Magen, dass ich kaum atmen konnte, geschweige denn reden.

In Ryans Gesicht zeigte sich für einen kurzen Moment endlose Erleichterung, gefolgt von tiefster Eifersucht – und Marlin erkannte es. Er warf mir einen überraschten Blick zu und hob eine Augenbraue. „Ach, so ist das", flüsterte er.

„Marlin! Ich …"

„Schon gut! Du brauchst nichts zu sagen." Er lächelte.

Und da endlich fiel es mir auf. Es waren Ryans Lippen in Marlins Gesicht. Dieser Schwung – dieses scheinbar ewige Lächeln. Nur eine Familienähnlichkeit und doch so zerstörend in ihrer Gleichheit, dass es mir wortwörtlich die Beine unter mir wegzog. Marlin fing mich auf. Ich hörte wie von fern Ryans besorgte Stimme, und ich versuchte noch, ihnen klarzumachen, dass es mir gutging, bevor ich endgültig wegsackte.

Als ich wieder zu mir kam, lag ich in einem Bett, und jemand legte mir einen kühlen Lappen auf die Stirn. Ich öffnete die Augen, erkannte, dass ich mich in meinem Zimmer befand, und blickte in Ailsas Gesicht.

„Du hast einen Kater und einen Sonnenstich", sagte sie. „Und du siehst aus wie ein frisch zubereiteter Hummer."

„Was?", fragte ich und wollte mich aufsetzen, doch das Gefühl von in Fetzen herabhängender Haut ließ mich sofort erstarren. Bloß nicht bewegen! Bloß nicht! Mein Kopf brummte, als hätte sich ein Bienenschwarm in meinen Gehirnwindungen verirrt. Ganz langsam sank ich zurück in die Kissen, lüftete vorsichtig das Laken, unter dem ich lag, und musterte meinen nackten, rotglühenden Leib. Ich war überall krebsrot. Überall …

Ich ließ das Laken wieder vorsichtig runter und warf Ailsa

einen Blick zu. In ihrem Gesicht las ich, dass sie es wusste. „Ailsa …“

„Ist schon okay“, unterbrach sie mich und zuckte mit den Schultern. „Es war nie mehr als Freundschaft.“

„Das tut mir leid.“

„Was soll's“, entgegnete sie. „Lieber du als die Schnepfe da unten.“ Sie hob geziert eine Hand und flötete mit übertriebenem französischem Akzent: „Sie müssten mir noch Handtücher bringen. Die hier sind viel zu kratzig!“

Ich lächelte sie an und sagte: „Danke, Ailsa!“

Sie nickte. „Willst du was trinken? Doktor Ross sagte, du sollst so viel Flüssigkeit aufnehmen, wie du nur kannst. Ich habe hier Eistee, Wasser und Zitronenlimonade. Die hat Milly vorhin für dich angesetzt.“

„Wie geht es ihr?“

„Ganz gut, denke ich. Sie sieht zwar aus, als würde sie hinter jeder Ecke Männer mit Zwangsjacken vermuten, aber ich habe vorhin gehört, wie sie Ryan davongejagt hat, als er sich unbefugten Zutritt zu dir verschaffen wollte. Also ist sie fast wieder die Alte.“

„Und Ryan?“

Sie lächelte. „Als ich ihn das letzte Mal sah, saß er im Kaminzimmer und schüttete Whisky in sich hinein, während Madame Pompadour ihm Gesellschaft leistete, die er – so wie er dreinschaute – nicht wollte.“

Ich wollte auch nach Marlin fragen, traute mich aber nicht, doch Ailsa hatte ein gutes Gespür.

„Marlin ist zurück in sein Cottage gegangen“, sagte sie. „Er lässt ausrichten, dass du dir keine Sorgen machen sollst, und er kommt morgen wieder, um nach dir zu sehen.“

„Oh Gott!“, rief ich. „Was habe ich da bloß angestellt!“

Ailsa grinste breit. „Gute Arbeit, Jo. Endlich ist hier mal was los.“

Ailsa war nicht mit Gold aufzuwiegen. Wegen der Schmerzen bekam ich kein Auge zu, und sie war die halbe Nacht hindurch damit beschäftigt, mir dauernd feuchte Laken um den Leib zu schlingen und mir Mut zuzusprechen, bis ich irgendwann in einen Dämmerschlaf fiel.

Als ich wieder erwachte, schien helles Licht durchs Fenster herein. Ailsas Sessel war leer, doch am Fußende meines Bettes stand Ryan und blickte mich aus rotgeränderten Augen an.

Am liebsten hätte ich mich wieder unter mein Laken vergraben und weitergeschlafen bis zum Sankt-Nimmerleins-Tag. Stattdessen versuchte ich mich ein wenig aufzurichten, was mir mit Mühe und zusammengebissenen Zähnen gelang, und erwiderte seinen Blick so gut wie möglich. Schon nach kurzer Zeit hatte ich das Gefühl, seine Augen würden mich mehr verbrennen, als es die Sonne getan hatte. „Wo ist Severíne?“, fragte ich.

„Sie schläft.“

„Hm“, erwiderte ich und nickte. „Wie spät ist es?“

„Sechs Uhr achtundzwanzig“, sagte er, ohne auf seine Uhr zu blicken, so dass ich mich fragte, ob die Uhrzeit wohl stimmte. Eigentlich war es egal, wie spät oder früh es war, doch ich wollte wissen, um welche Uhrzeit er mir den Hals umdrehen würde. Er war wütend. Das konnte ich sehen. Seine Schultern waren hochgezogen und verkrampft, die Hände zu Fäusten geballt, so dass die Fingerknöchel weiß schimmerten, und sie zitterten. Seine Augen schossen Blitze auf mich herab.

„Warum?“, fragte er, und ich hörte die Anspannung heraus. „Erwartest du meinen Bruder?“

„Nein“, sagte ich, obwohl das nicht so ganz stimmte. Da Marlin über Ailsa seinen Besuch angekündigt hatte, erwartete ich ihn auch – auf die eine oder andere Weise.

„Nimm doch bitte Platz“, bat ich, um seinem Blick zu entgehen, und nickte zu Ailsas Sessel.

Ich konnte sehen, wie er mit sich rang, doch schließlich riss er sich los, kam um das Bett herum und setzte sich. Er roch stark nach Whisky, und unter seinen Augen lagen Schatten.

„Hast du die ganze Nacht getrunken?", erkundigte ich mich und bemühte mich, es keinesfalls wie einen Tadel klingen zu lassen. Er antwortete darauf jedoch nicht.

„Was ist gestern geschehen?", fragte er im Gegenzug.

„Bevor oder nachdem Severíne dich in der Halle begrüßt hat?"

„Komm mir nicht so!"

„Warum nicht?", fragte ich und ging in die Offensive. „Das war doch deutlich genug. Und sag jetzt nicht, dass sie nur eine Freundin ist. Ich habe es gesehen, Ryan. So küssen sich Freunde nicht. Nicht mal hier in Schottland."

„Sie war mal mehr als eine Freundin."

„Ach! Hast du vergessen, sie davon in Kenntnis zu setzen?"

„Jo, du übertreibst!"

„Ich übertreibe? Ich habe es genau gesehen!"

„Was hast du gesehen?"

„Du hast sie geküsst!"

„Genau genommen hat sie mich geküsst."

Ich schnaubte. „Dein Widerstand war beeindruckend", erwiderte ich und funkelte ihn an. „Was ist? Wie nennt sie dich, wenn ihr alleine seid? Rabby, Raibeart oder Mylord?"

„Das ist nicht fair", sagte er, und seine Augen verengten sich zu grünen Schlitzen.

„Ach ja?" Ich beugte mich vor. „Dann sind wir jetzt quitt, würde ich sagen."

„Wie meinst du das? Jo! Was ist gestern passiert?", fragte er noch einmal, und seine Stimme wurde lauter. Ich sah die Zweifel und die Wut in seinen Augen auflodern und holte tief Luft, um mich vor dem Blitz zu wappnen, der nun auf mich niedergehen würde. „Nichts", sagte ich und wartete.

Der Blitzschlag blieb aus, stellvertretend dafür warf sich Ryan halb über mich und blickte mir aus zehn Zentimetern Entfernung in die Augen. Sein Atem umnebelte mich wie eine ganze Destille – doch das war nur ein lästiges Lüftchen gegen den brennenden Schmerz, den seine Hand verursachte, die sich zwar nicht grob, aber doch energisch gegen meine Hüfte presste. Ich hielt die Luft an, um nicht zu jammern, doch er sah mir trotzdem an, dass ich Schmerzen hatte. Sein Blick glitt von meinem Gesicht abwärts über das Laken bis zu seiner Hand, und mir war klar, dass er die Hitze spüren musste, die mein verbrannter Körper durch den Stoff hindurch ausströmte. Sein Kopf hob sich wieder, seine grünen Augen musterten mich aufmerksam.

„Ailsa meinte, du hättest dir einen Sonnenbrand geholt?"

Seine Hand drückte sich noch etwas mehr gegen meine Hüfte. Dann glitt sie langsam und konzentriert über meine Taille, meinen Bauch und über meine Brust. Die ganze Zeit sah er mir dabei tief in die Augen.

„Hör auf!", bettelte ich, als mir vor unterdrückten Schmerzenslauten und Schuldgefühlen fast die Tränen kamen. „Bitte!"

Sofort ließ er mich los und stand auf. Düster schaute er auf mich herab und sagte leise: „Dein Körper, Jo, hat dich nicht verraten. Es waren deine Augen. Du kannst mich nicht belügen." Er wandte sich ab und ging hinaus.

Ich schlug mir das Laken über den Kopf und spürte, wie mir heiße Tränen über das verbrannte Gesicht liefen.

„DU hast hier nichts verloren!", dröhnte Ryans Stimme trotz der dicken Mauern und der schweren Holztür vom Korridor bis zu mir herein, und ich fuhr erschrocken aus dem Schlaf, in den ich mich geweint hatte.

„Ich will, dass du von hier verschwindest!", bellte er.

„Wenn ich zu ihr möchte", entgegnete Marlin mit einem Unterton, der mir die Nackenhaare aufstellte, „frage ich dich nicht um Erlaubnis. Und jetzt lass mich vorbei!"

„Sie will dich gar nicht!"

„Oh, Brüderchen! Sie hatte mich schon."

„Diolain!" Es krachte an der Tür, als wäre etwas Schweres dagegen gefallen, dann polterte es, und schlussendlich ertönte Milly MacDonalds beste Feldmarschallstimme.

„Schluss jetzt!", brüllte sie. „Ihr benehmt euch wie Kinder! Streitet euch um ein Spielzeug! Dieses Mädchen ist kein Spielzeug! Und jetzt ab mit euch! Alle! Na los!"

„Ryan! Mon cher, bitte! Lass ihn!", rief Severíne.

„Genau! Hör auf deine kleine Comtesse, Bruder! Komm schon! Du weißt doch, wenn sie einem Mann den letzten Tropfen Blut ausgesaugt hat, lässt sie ihn ohnehin wieder fallen."

„Marlin! Jetzt ist es genug."

Was, dachte ich, Rupert auch noch? Da öffnete sich auch schon die Tür, und Marlin trat ein. Sein langes Haar war halb aus dem Band gerissen, mit dem er es zusammengebunden hatte, und hing ihm zerzaust ins Gesicht. Er strich es zur Seite und sah mich an. Seine Mundwinkel zuckten amüsiert. „Du siehst aus, als ob du reif zum Pflücken bist."

„Kannst du mir mal sagen, was da draußen vor sich geht?"

„Ach, du kennst das doch. An Weihnachten und anderen Festtagen hat sich die Familie immer in den Haaren."

„Mir ist nicht nach Lachen zumute", erklärte ich.

„Entschuldige!", sagte er, setzte sich neben mich und nahm vorsichtig meine Hand. „Wie geht es dir?"

„Marlin! Warum hast du nichts gesagt? Wenn ich gewusst hätte, dass du und Ryan ..."

„Eben", unterbrach er mich und nickte. „Wenn ich es dir gesagt hätte, wärst du gegangen – und ich wollte nicht, dass du gehst." Er strich sich über den Mund, lachte kurz und bitter auf und blickte mich an. „Zuerst dachte ich, na mal sehen, was das für eine kleine Sassenach ist, die Ryan hier angeschleppt hat. Doch dann …“ Er küsste kurz meine Hand und hob den Kopf. „Du warst nicht das, was ich erwartet habe.“

Gott, hab Erbarmen! Zwei Brüder – zwei Helden!

„Oh, Marlin!“, wimmerte ich, weil mir vor Rührung und Verzweiflung die Tränen kamen.

„Hey! Nicht weinen, Kleines!“, rief Marlin leise, setzte sich zu mir aufs Bett und wischte mir zärtlich die Tränen von den Wangen. „Ist schon okay!“

„Nichts ist okay!“, rief ich schluchzend aus. „Du bist so wunderbar und Ryan … Ryan ist …“

„In dich verliebt, vermute ich ganz stark“, beendete er meinen Satz und reichte mir ein Kleenex.

Ich zuckte hilflos mit den Schultern, griff nach dem Taschentuch und putzte mir die Nase.

„Und du?“, fragte er.

„Ich? Ich bin furchtbar! Ich verdiene es gar nicht, dass du so lieb zu mir bist.“

„Danach habe ich nicht gefragt.“

Das war mir klar, aber ich konnte ihm beim besten Willen keine Antwort geben. „Ich … ich weiß es nicht, Marlin. Und ich will dich nicht belügen.“

„Das ehrt dich“, antwortete er und nickte. Dann küsste er mir sanft Stirn und die Nase und schaute mir tief in die Augen. „Er wird dir nicht so schnell vergeben können. Selbst wenn er es wollte.“

„Ja, ich weiß.“

Er nickte und atmete lächelnd aus. „In Ordnung!“, rief er und erhob sich. „Ich hoffe doch, du erlaubst mir, um deine Gunst zu kämpfen, Mylady“, sagte er und begutachtete schmunzelnd die prunkvollen Draperien und Schnitzereien an meinem King-Size-Himmelbett.

„Über so etwas macht man keine Scherze, Marlin. Schon gar nicht in so einem gestelzten Ton.“

„Doch, Jo. Bei all dem Pomp hier ist so eine Ausdrucksweise durchaus angebracht. Ich habe jahrelang in solchen Betten geschlafen. Ich weiß, wovon ich rede. Außerdem …“ Er warf mir ein breites, unverschämtes Grinsen zu. „Du weißt, wir sind Schotten, Jo! Barbaren! Sei froh, dass ich dich nicht raube und dich zwinge, meine Frau zu werden. Die Ehe haben wir ja schließlich schon vollzogen.“

„So unzivilisiert bist du nicht.“

„Das stimmt. Darüber hinaus trägst du zurzeit eine Farbe, die dir nicht steht. Dagegen müssen wir etwas tun.“ Er holte einen kleinen Keramiktopf aus dem Beutel, den er mitgebracht hatte, und stellte ihn auf meinen Nachtschrank. „Ich habe da ein Wundermittel von einer Kräuterfrau, die unten in Broch Monadail wohnt. Lass sehen, Kleines“, sagte er und zog mir vorsichtig das Laken vom Körper. „*A Dhia, a ghràidh!*“

„Ja, schon gut! Ich weiß, ich sehe aus wie ein Hummer.“

Ich drückte mit dem Finger auf meinen Bauch und schaute zu, wie sich der gelbweiße Fleck erst nach und nach wieder zu dem hässlich roten Hautton verfärbte.

Die Tür ging auf. Ich griff hektisch nach dem Laken, als Ailsa hereinstürmte und die Tür hinter sich zuwarf.

„Hast du das Zeug bekommen?“, fragte sie Marlin, ohne auf mich zu achten, und trat näher.

„Aye, ist es das?“ Er zeigte ihr den Topf, und sie hielt schnüffelnd ihre Nase darüber.

„Ja, das ist es“, sagte sie und zog ihre Jacke aus.

„Ähm …“ Ich hob einen Finger. „Darf ich auch erfahren, was das ist?“

Geister!

Es war etwas Pflanzliches, Naturmedizin also, und es stank erbärmlich. Kaum hatte sich das Zeug durch meine Haut erwärmt, begann es zu müffeln wie gammliger Seetang. Doch es half. Am Nachmittag fühlte ich mich schon viel besser, und abends beschloss ich, dem Essen diesmal nicht fernzubleiben. Schon gar nicht, nachdem Ailsa mir mit einem Augenzwinkern berichtet hatte, dass ihre Tante Milly, ohne Ryan vorher zu fragen, Marlin zum Dinner gebeten hatte. Und er hatte zugesagt.

Ich besaß ein knallrotes leinenes Wickelkleid, was zwar farbtechnisch gesehen momentan ein Desaster war, aber es lag angenehm leicht auf der Haut. Also zog ich es an und nahm mir vor, jeden Spiegel zu meiden. Was sinnlos war, da Finn keinen Grund für Zurückhaltung sah und mir sprichwörtlich den Spiegel vor Augen hielt.

„Du siehst aus wie eine wandelnde Telefonzelle.“

Da Telefonzellen in Schottland zu neunzig Prozent rot waren, warf ich ihm einen vernichtenden Blick zu und bedankte mich für den Vergleich, als Lucas neben mir auftauchte, an mir roch und die Nase rümpfte. „Sag mal, wonach riechst du denn?“

„Tote Meerjungfrau“, kommentierte Marlin, der soeben elegant in einem schwarzen Anzug im Vorraum des Speisesaals erschien und mir einen Kuss auf die Wange gab. „Ist mein Bruder noch nicht hier?“, fragte er daraufhin und schaute sich um.

„Ryan hat beschlossen, bei dem Essen mit Abwesenheit zu glänzen“, sagte Finn und reichte Marlin die Hand. „Tut gut, dich zu sehen, mein Freund“, fügte er leise hinzu.

Einen Moment lang blickte Marlin auf die Hand, dann griff er zu. „Aye. Es ist lange her.“

Finn und Marlin lächelten sich an, und mir fiel das Atmen etwas leichter.

„Hi!", sagte Lucas und reichte Marlin nun auch die Hand. „Wir kennen uns noch nicht – Lucas McLean. Finn hat mir von eurer Zeit bei der RNLI erzählt. Er sagt, du warst der unglaublichste Taucher, den er je gesehen hat."

„Finn übertreibt eben gern."

„Er sagt, du hättest ihm das Leben gerettet."

Marlin schaute in Finns Gesicht. „Du erinnerst dich daran?"

Finn schüttelte den Kopf. „Nein. Ryan hat mir gesagt, dass du es warst."

Marlin atmete überrascht aus. „Na so was!", meinte er und lächelte, als würde er sich plötzlich an einen längst vergessenen Scherz erinnern.

„Was ist die RNLI?", fragte ich.

„Die *Royal National Lifeboat Institution* – der britische Seenotrettungsdienst", erklärte Finn.

„Ihr wart Rettungstaucher?"

„Ryan und Marlin schon. Ich war Techniker und Zeugwart."

„So, ihr Lieben!", rief Milly und erschien in der Tür zum Speisesaal. „Da ich hörte, dass der Trotzkopf sich weigert, würde ich sagen, wir fangen ohne ihn an. Vielleicht kommt er ja noch zur Vernunft."

„Eher gefriert die Hölle", meinte Finn kaum hörbar.

Severine allerdings war anwesend. Sie saß neben Malcolm und überhäufte ihn mit ihrem Sex-Appeal. Vor lauter Nervosität brachte er kaum ein ganzes Wort zustande. Marlin und mich ignorierte sie völlig, was mir nur recht war. Trotzdem kam ich nicht umhin, sie heimlich in Augenschein zu nehmen. Sie hatte ihr goldblondes Haar aufgesteckt, ein paar Strähnen fielen ihr schmeichelnd auf die Schultern und ins Dekolleté. Dazu trug sie ein nachtblaues Kleid, das ihren sanft schimmernden Teint und ihre hauchzarte Silhouette vorzüglich zur Geltung brachte.

Abgemagerte Zicke!

„Wenn du sie weiterhin so anstarrst, fühlt sie sich nur bestätigt“, flüsterte Marlin mir ins Ohr.

„Ja, du hast recht. Sie ist aber leider auch wirklich hübsch.“

„Das haben Giftschlangen so an sich.“

Ich schmunzelte, nahm meinen Löffel und tauchte ihn in die herrlich nach Kräutern und Gemüse duftende Suppe, die Ailsa und Milly als Vorspeise aufgetischt hatten.

Als Hauptgang sollte es Rehrücken geben. Doch bevor dieser auch nur im Entferntesten meinen Teller erreichte, ging die Tür auf, und Ryan stand auf der Schwelle. Er sah mitgenommen aus, doch der Anzug saß tadellos. Milly hielt mitten im Tranchieren inne und stemmte die Hände mitsamt dem Besteck in die Hüften. „Ach!“, sagte sie. „Etwas spät, aber immerhin.“

Ryan murmelte etwas Unverständliches, wich meinem Blick aus und setzte sich zu Severíne. Sie strich ihm mit ihrer Hand zärtlich über die Wange, und ich spürte deutlich den Stachel der Eifersucht. Ryan hob den Kopf, für einen Moment sah er mir in die Augen. Dann blickte er zur Seite, lächelte Severíne an und nickte Lucas und Finn zu. Marlin nahm er gar nicht zur Kenntnis. Ich bemerkte, dass Finn kurz darauf zu uns herübersah und so tat, als hätte er Schüttelfrost. Gleich darauf hörte ich Marlins leise, überraschte Worte: „Aye, da frieren dem Teufel doch die Eier ab.“

Nach dem Dessert – in Scotch eingelegte Pfirsiche mit Trüffelsahne – erhoben sich nacheinander alle und wanderten in den angrenzenden Raum, um sich bei Single Malt, Zigarren und Pralinen vom Essen zu erholen. Als ich ebenfalls hinübergehen wollte, hielt mich Marlin zurück und bedeutete mir, ihm zu folgen.

Er führte mich hinaus auf den Korridor, und wir gingen in Richtung Treppenturm. Dort drehte er sich zu mir und sah mich fragend an. „Denkst du, ich kann dich jetzt allein lassen?"

„Du willst gehen?"

„Ach, Jo", sagte er und strich mir sanft über die Arme. „Von wollen ist gar keine Rede, aber ich möchte nicht schuld sein, wenn Ray an Verstopfung zugrunde geht. Das wäre zu einfach."

„Sag nicht so etwas. Er ist dein Bruder. Aber du hast recht. So wie er aussieht, ist seine Selbstbeherrschung kurz davor, sich zu verabschieden."

Marlin lächelte mich an. „Ich habe Angst, dass er platzt wie ein zu hart aufgepumpter Reifen, wenn ich noch länger bleibe."

„Sehen wir uns morgen?", fragte ich.

„Natürlich! Ich würde dich ja bitten, mit mir ins Cottage zu kommen, aber …"

„Nein. Ist schon gut. Geh ruhig! Ich komme klar."

„Absolut?"

„Absolut", wiederholte ich. „Ich werde mich mit der toten Meerjungfrau ins Bett legen und darauf warten, dass das scheußliche Jucken aufhört."

Marlin lachte leise auf, legte seine Hände vorsichtig um mein Gesicht und küsste mich. „Gute Nacht, kleine Jo."

„Gute Nacht!"

Ich schaute zu, wie er die Treppen hinabstieg, und fühlte mich auf einmal ziemlich allein.

Zurückzugehen zu den anderen und zuzusehen, wie
Severíne sich in ihrer Vollkommenheit sonnte und an Ryans
Lippen hing, kam nicht in Frage. Also wanderte ich durch die
Gänge der Burg und versuchte meine Lage objektiv von allen
Seiten zu betrachten. Vergeblich. Ich fühlte mich, als wäre ich
in ein Netz geraten, aus dem ich mich nur befreien konnte,
wenn ich einen Teil von mir lostrennte. *Oh Himmel! Was für eine
verfahrene Situation! Wenn ich doch nur die Zeit zurückdrehen könnte. Ja,
und dann?*, fragte meine innere Stimme. *Ja, und dann?* Wenn ich
den gestrigen Tag noch einmal durchleben könnte, würde ich
es wirklich anders machen? *Ja, natürlich!*, überlegte ich. Oder?
Nein, es war ausgeschlossen, dass ich mich bei dem Anblick einer Severíne, die an Ryans Lippen klebte, in Gelassenheit übte.

Aber hätte ich dann … Oh Marlin!, dachte ich.
Unvergleichlicher Marlin! Ich schüttelte den Kopf. Mit „wenn"
und „hätte" kam ich also nicht weiter.

„Jo!"

„Ja?" Ich drehte mich um. „Hallo?"

„Jo!"

„Ja, ich bin hier!", rief ich und lief den Gang zurück.

„Jo!"

Ich schoss herum und starrte den leeren Korridor an.
„Ryan? Bist du das?" Langsam ging ich auf eine der Türen
zu und öffnete sie. Das Licht war an, aber es war niemand da.

„Jo!", erklang es nun von gegenüber.

„Ryan! Das ist nicht witzig!", knurrte ich, riss die gegen-
überliegende Tür auf und schaltete das Licht ein.

Kein Ryan und auch sonst niemand – trotzdem hatte
ich das Gefühl, beobachtet zu werden. „Wer ist da?", fragte
ich, und wie auf Bestellung ging die Beleuchtung in beiden
Zimmern und auf dem Korridor aus.

Ich stand im Dunkeln, die Härchen in meinem Nacken
stellten sich auf. Ich spürte einen kalten Luftzug – und dann

hörte ich ein leises Lachen. Ich überlegte nicht, sondern stürmte einfach los. Im Treppenturm brannte das Licht noch, und ich lief darauf zu. Ich rannte, ließ Gänge und Treppen hinter mir und wurde erst langsamer, als ich das Stimmengewirr der anderen vernahm und den Lichtschimmer sah, der aus dem Kaminzimmer auf den Boden des Korridors fiel. Ich stoppte kurz vor der Tür ab und rang nach Luft, wartete, bis das Trommeln in meiner Brust etwas abebbte, und trat endlich über die Türschwelle.

Ryan stand mit Severíne und Lucas vor dem Fenster. Als ich hereinkam, drehte er sich um – ihm genügte ein Blick in mein Gesicht. Er kam sofort zu mir, und nur am Rande nahm ich wahr, dass er Severíne mitten im Satz stehen gelassen hatte.

„Was ist passiert?", fragte er, und seine Augen verengten sich zu Schlitzen. „Wo ist Marlin?"

Ich schüttelte den Kopf. „Es geht nicht um Marlin."

Ryan machte ein Gesicht, als ob ihm die Antwort nicht gefiel, und musterte mich, als wolle er mir widersprechen, doch da trat Finn zu uns. „Was ist los, Jo? Du siehst aus, als hättest du ein Gespenst gesehen."

„Wenn es eines gibt", sagte ich, „dann hat es auf jeden Fall einen seltsamen Sinn für Humor."

„Was …", begann Ryan und verstummte, denn hinter mir erklangen auf einmal schnelle Schritte. Ich drehte mich um, als Malcolm auch schon um die Ecke eilte und abrupt vor uns zum Stehen kam. „Hab-habt ihr das g-gehört?", stotterte er, und sein Gesicht glühte, als wäre auch er um sein Leben gerannt.

„Wo?", fragte Ryan.

„V-vor meinem Zimmer."

„Im Westflügel", sagte ich. „In dem Korridor vor dem Musikkabinett."

„Ryan! Wir haben nicht genug Equipment, um diesen ganzen verdammten Kasten auszuloten." Lucas fluchte und machte seinem Frust mit einer Handbewegung Luft.

„Ich weiß", erwiderte Ryan und griff sich ins Haar. „Egal!" Er wandte sich um. „Finn! Du gehst mit Ailsa und Malcolm durch die Flure hier im Ostflügel. Lucas! Du prüfst mit Severíne das Untergeschoss. Seht euch den Rundbogen an!"

„Und du?", fragte Severíne.

„Jo und ich gehen in den Westflügel."

„Warum gehst du mit ihr?"

„Weil ich es sage!"

„Ryan! Das ist …"

„Severíne!", fuhr er sie an. „Ich habe keine Lust, jetzt mit dir darüber zu diskutieren, wer hier mit wem wohin geht. Tu, was ich dir sage, und halt um Himmels willen einmal deinen Mund!"

Severíne presste die Lippen aufeinander und durchbohrte Ryan mit ihrem Blick. Dann wanderten ihre Augen zu mir, und ich war sehr froh, dass Blicke nicht töten konnten.

Angefangen mit der, die auch Severíne ihm gestellt hatte, hatte ich so viele Fragen an ihn, dass mir der Kopf schwirrte. Doch ich wagte nicht, auch nur eine davon zu stellen. Schweigend wanderten wir durch den Flur in Richtung Westflügel, und das einsame Geräusch unserer Schritte war kaum zu ertragen. Mir kam der Gedanke, ob Ryan mich womöglich mit seiner Wortlosigkeit bestrafen wollte, als er endlich die Stille brach.

„Wie geht es dir?" Er wies mit der Hand an mir herab.

„Es juckt ganz scheußlich", sagte ich.

„Hm." Er nickte. „Ich kann allerdings nicht sagen, dass es mir leidtut."

„Das musst du auch nicht."

„Du hast mich angelogen, Jo. Du hast gelogen, als du sagtest, es wäre nichts zwischen dir und Marlin gewesen."

„Ja, ich weiß, und das tut mir auch sehr leid. Aber ich …
ich wusste, dass du mir nicht glauben würdest, selbst wenn es
die Wahrheit gewesen wäre."

„Wie konntest du?", brüllte er ohne Vorwarnung und
schlug mit der flachen Hand gegen eine Säule. Voll Zorn sah
er mich an. „Wie, Jo? Erkläre es mir!"

„Was willst du denn von mir hören?", rief ich zurück.
„Was? Soll ich sagen, dass ich an geistiger Umnachtung litt?
Bitte schön! Kannst du haben. Alkohol? Meinetwegen auch
das. Es ist doch einerlei, wie es geschehen ist, du würdest es
sowieso nicht verstehen."

„Du verschätzt dich, wenn du denkst, ich wäre so
engstirnig."

„Ach ja?", rief ich. „Dann nenn mir doch einen Grund,
den du akzeptieren könntest, dann sage ich dir, ob er zutrifft."

Seine Augen verengten sich drohend. Er stand da, leicht
nach vorn gebeugt, die Hände zu Fäusten geballt, und ich
konnte nicht sagen, ob er tatsächlich knurrte, aber es hätte
mich nicht gewundert, wenn es so wäre. Wie ein Wolf zum
Sprung bereit, schoss es mir durch den Kopf. Auf einmal
sackten seine Schultern herab, und ihn durchlief ein Beben,
als würde er etwas von sich abschütteln. „Du hast recht", sagte er, und ich sah, wie sich seine verkrampften Hände öffne-
ten. Mühsam spreizte er die Finger und ging schließlich mit
schweren Schritten an mir vorbei.

Ich blickte ihm nach und fragte mich, ob ich ihn nicht lieber allein weitergehen lassen sollte, als ich ihn rufen hörte:
„Los, komm! Gehen wir!" Ich folgte ihm.

„War es hier?"

„Ja", sagte ich und glaubte fast die Kälte eines Luftzugs

aufs Neue zu spüren. Wir standen am Ende des Korridors, der sich finster vor uns ausdehnte. Die Türen, die ich geöffnet hatte, standen immer noch offen, und aus den Zimmern fiel schwaches Mondlicht auf den Gang. Nicht genug, um etwas erkennen zu können.

„War das Licht vorhin auch aus?", fragte Ryan.

„Nein, es ist plötzlich ausgegangen, und ich weiß nicht, wo hier die Lichtschalter sind."

Er ging ein Stück zurück, und ein Geräusch sagte mir, dass er sie gefunden hatte, doch nichts tat sich.

„Warte kurz!" Es raschelte, als er in seinen Taschen suchte. Anschließend glomm ein Lichtstrahl auf. Es war nur ein kleines weißes LED-Licht an einem Schlüsselbund, doch es erschien mir wie ein Silberstreifen am Horizont. Er ließ das Licht über die Wände und den Boden gleiten. „Moment mal!", sagte er, drehte sich kurz um und blickte wieder nach vorn in den Gang. „Wenn ich mich nicht täusche, befindet sich hier irgendwo der Verteiler für diesen Trakt."

„Ist der nicht unten im Keller?"

„Im Keller ist der Hauptverteiler, doch jeder Flügel hat seinen eigenen kleinen Nebenverteiler. Schauen wir nach!"

Es dauerte nicht lange, bis wir hinter einem Wandbehang fündig wurden. Ryan hob den Gobelin von der Wand und öffnete den Kasten. „Die Sicherungen sind rausgesprungen", sagte er, hob die Hand und hielt plötzlich mitten in der Bewegung inne.

„Ich kann nicht!" Er ließ die Hand wieder sinken und drehte sich zu mir. Es war zu dunkel, um seinen Gesichtsausdruck erkennen zu können, doch in seinen Augen sah ich einen Schimmer. „Jo, ich …"

„Nein!" Ich legte ihm die Finger an die Lippen. „Sag es nicht!"

Er küsste meine Fingerspitzen und nahm dann meine

Hand von seinen Lippen, ließ sie jedoch nicht los. „Warum nicht?", fragte er.

„Weil ich weiß, was du sagen willst."

„Jo!", sagte er heiser und zog mich an sich. „Hast du auch nur die geringste Ahnung, was es mir abverlangt, dich nicht zu berühren? Dich so nah zu wissen und doch nicht zwischen meinen Händen zu haben? Gib mir nur einen Wink, und ich vergrabe mich so tief in dir, dass du ihn und alles um dich herum vergisst. Einen Wink, Joanna. Nur einen." Er hob den Zeigefinger und hielt ihn mir vor die Nase.

Es dauerte eine Weile, bis ich wieder atmen konnte. Mit größter Vorsicht nahm ich seine Hand herunter. „Ich kann nicht", erwiderte ich und sah ihm in die Augen. „Ich habe schon so viel falsch gemacht. Lass mich diesmal das Richtige tun, bitte!"

„Wer sagt, dass es falsch wäre?"

„Ryan! Du würdest jedes Mal, wenn du mich oder Marlin ansiehst, daran denken müssen. Das weißt du so gut wie ich. Und ich will nicht, dass du mich noch ein einziges Mal so ansiehst, wie du es heute Morgen getan hast."

„Jo, ich liebe dich!"

„Mach das Licht an, Ryan! Mach schon!"

Eifersucht

Ich bekam kein Auge zu vor Hitze. Es lag nicht am Sonnenbrand. Nein, der war zu ertragen. Es liefen auch nicht auf einmal alle Heizungen und Öfen in der Burg auf Hochtouren. Es lag daran, dass meine Seele brannte – lichterloh.

Sobald ich versuchte zu schlafen, hörte ich Ryans Worte und spürte Marlins Hände, verfolgten mich Ryans grüne Augen und fühlte ich Marlins langes Haar zwischen meinen Fingern. Es war zum Verrücktwerden.

Ryan hatte nichts mehr über mich und ihn oder mich und Marlin gesagt. Nachdem er das Licht in dem Flur wieder eingeschaltet hatte, war er in jeden Raum gegangen, hatte alles überprüft und außer einer durchgeschmorten Glühlampe nichts weiter entdeckt. Schließlich gingen wir wieder zurück zu den anderen, die auch nichts Nennenswertes zu berichten hatten. Danach entschuldigte ich mich, gab vor, müde zu sein, wich Ryans Blicken aus und begab mich in mein Zimmer, wo ich mich mit der Seetangsalbe einbalsamierte und ins Bett legte. Das war jetzt etwa drei Stunden her. Vor einer ganzen Weile schon hatte ich gehört, wie Finn in sein Zimmer gegangen war. Lucas hatte die Nachtwache übernommen und war sicherlich im Oktogon zugange oder auf seinem Rundgang. Ein paar Minuten nach Finn hatte ich Ryan gehört. Ich wusste, dass er es war, denn seine Schritte hatten vor meiner Tür innegehalten. Ich hörte, wie er meinen Namen sagte, in einem so gequälten Tonfall, dass ich beinahe aufgesprungen wäre. Doch dann entfernten sich seine Schritte von meiner Tür, und ich wusste, dass ich nichts für ihn tun konnte, wenn ich fair bleiben wollte. Und das hatte ich fest vor.

Dementsprechend war ich nun überrascht, schon wieder Schritte auf dem Gang zu hören. Zuerst dachte ich, es wäre Lucas, doch es klang nicht nach ihm. Ich stand auf und schlich zur Tür. Als ich sie einen Spalt weit öffnete, sah ich gerade noch, wie Severíne in einem weißen Negligé in Ryans Türöffnung verschwand. Ich schloss die Tür wieder, ging ins Bett zurück und wartete.

Doch sie kam in dieser Nacht nicht wieder heraus.

Beim Frühstück war Severíne so gut gelaunt, dass sie sich sogar dazu herabließ, mich anzulächeln und mir den Vortritt am Büfett zu lassen. Am liebsten hätte ich sie mit meiner Gabel aufgespießt. Stattdessen stach ich die Zinken in die gebackenen Tomaten und lächelte diabolisch über das Bild in meinem Kopf.

Das Frühstück am Morgen war zur Selbstbedienung, der Lunch am Nachmittag ebenfalls. Nur abends wurde das Essen höchstpersönlich von Ailsa, Milly und manchmal von einem weiteren Mädchen serviert, an dessen Namen ich mich nicht erinnern konnte. Hattie? Patty? Netty?

„Du siehst aus, als hättest du gar nicht geschlafen", sagte Ailsa, die eben eine weitere Kanne mit Tee auf die Anrichte stellte. „Hilft die Salbe nicht?"

„Doch, doch!", versicherte ich ihr. „Daran liegt es nicht. Ich konnte einfach nicht schlafen."

„Doch nicht etwa wegen des Gespenstes. Ich dachte, du glaubst nicht an so was?"

„Ach, Ailsa", antwortete ich. „Wenn es doch nur das Gespenst wäre."

„Ryan, he? Hat er noch etwas zu dir gesagt?"

„Ja, das hat er. Eine ganze Menge sogar."

Ailsa hob die Augenbrauen. Ich spürte, dass sie gerne mehr erfahren hätte, und ich hätte ihr eigentlich genauso gern mein Herz ausgeschüttet, doch dies war weder der richtige Ort noch die richtige Zeit, und sosehr ich sie auch mochte –

das, was gestern Abend und in der Nacht darauf gesagt und getan wurde, sollte ich lieber für mich behalten.

„Lass es gut sein, okay?", bat ich.

„Wie du willst. Aber wenn du reden möchtest …"

„Dann finde ich dich." Ich lächelte sie dankbar an und widmete mich wieder dem Büfett.

An das reichhaltige Frühstück hier hatte ich mich schneller gewöhnt, als es meinen Hüften guttat. Doch da es meist erst gegen zwei Uhr nachmittags den Lunch gab, war ich auch in gewisser Hinsicht dazu gezwungen gewesen. Mit Toast, Honig und Orangenmarmelade im Bauch hatte ich oft schon gegen halb eins Magenknurren.

Ich setzte mich mit meinem Teller an den Tisch und warf Ryan einen Blick aus den Augenwinkeln zu. Vielleicht redete ich es mir ja nur ein, aber ich fand, dass er aussah, als bereute er die letzte Nacht. Gut so! Mit ein wenig mehr Appetit als noch vor fünf Minuten widmete ich mich meinem Frühstück.

Eine Stunde später fuhren Finn und Lucas nach Inverness, um in der Zweigstelle des Instituts einige neue Geräte abzuholen. Kurz vor ihrer Abfahrt hatte ich sie darum gebeten, dass sie vor Ort noch einmal wegen der Handschriften aus dem Edinburgher Archiv nachfragen sollten, die, wie ich hoffte, langsam auf dem Weg zu uns waren, woraufhin Lucas mir eröffnete, dass Severíne die doch bereits mitgebracht hätte.

„Die Handschriften sind schon hier?", fragte ich. „Warum sagt mir das keiner?"

Lucas warf einen Blick zu Ryan hinüber, der mit Finn am Wagen stand, zuckte mit den Schultern und lächelte mich dann an. „Viel los gewesen in den letzten beiden Tagen."

„Auch wieder wahr", entgegnete ich und nahm mir vor, meinen Stolz und meine Eifersucht hinunterzuschlucken und Ryan um Einblick in die Aufzeichnungen zu bitten.

Ich schaute zu, wie der Landrover die Auffahrt hinunterbrauste, Split und Steinchen in einer Staubwolke hinter sich aufwirbelte, und wartete, bis Ryan hereinkam.

Ich wollte wirklich souverän sein, doch als er an mir vorbeiging, sah ich den Fleck an seinem Hals. „Die hat dir glatt ihren Stempel aufgedrückt", sagte ich, ohne zu überlegen, und starrte das Hämatom an. Ryan blieb stehen und drehte sich zu mir um. Er musterte mich, als überlege er, ob es sich lohnt, mich zu fressen.

„War sie gut?", fragte ich.

„Das ist jetzt nicht dein Ernst, oder?"

„Doch! Natürlich! Ich bin begierig darauf zu erfahren, ob du mit ihr genauso viel Spaß hattest wie sie offensichtlich mit dir."

„Bist du eifersüchtig?"

„Aber nicht doch! Reines Interesse!"

„Jo!", sagte er unheilschwanger. „Ich habe dir gestern Abend meine Liebe gestanden, was dich völlig kaltgelassen hat, und heute machst du mir Vorwürfe? Weshalb?", fragte er und kam näher. „Dafür, dass ich nicht wie ein jämmerlicher Versager in meinem Zimmer hocke und deinetwegen bittere Tränen vergieße? Du hast mich abgewiesen, Jo!"

„Ich habe dich doch nicht abgewiesen!", rief ich.

„Ach, nein? Ich leide wohl unter Gedächtnisverlust. Dass du mir um den Hals gefallen bist, ist mir nämlich entfallen. Und was letzte Nacht betrifft: Ich weiß nicht, ob Severíne besonders viel Spaß an mir hatte – da nicht sie es war, nach der ich mich gestern Abend sehnte. Doch sie war da, und ich bin nur ein Mann. Und was unüberlegte Handlungen angeht, bist du doch hier die Erste, die danach schreit."

„Es tut mir leid!", entgegnete ich.

„Ja, das sehe ich. Und ich sage dir noch was, Jo: Dass ich dich liebe, war keine Heuchelei. Es war die Wahrheit.

Jetzt musst du dich fragen, ob du liebst, und wenn ja, wen. Vielleicht ist es dann noch nicht zu spät.“

Ich war wie vor den Kopf geschlagen. Das Schlimmste daran war, ich konnte ihm in keinem Punkt widersprechen. Ich überlegte krampfhaft, was ich Geistvolles erwidern könnte, doch mir fiel partout nichts ein. Ich stand nur da wie angewurzelt.

Auf einmal sackte er in sich zusammen und atmete tief aus. „Was wolltest du wirklich?“, fragte er beinahe versöhnlich.

„Wann?“

„Vorhin, als ich reinkam. Du wolltest doch irgendwas.“

„Ähm … ja. Ich wollte dich eigentlich nach den Handschriften fragen.“

„Aye, Severíne hat sie aus Edinburgh mitgebracht.“ Er neigte den Kopf. „Willst du sie sehen?“

Ich lächelte etwas kläglich. „Ja, bitte!“

„Okay!“ Sein Lächeln war zwar auch etwas gequält, aber es war da.

„Ich habe bisher nur die ersten Seiten kurz überflogen“, sagte Ryan und schob die Kiste voller Briefe zu mir herüber. „Ziemlich konfus alles, aber vielleicht hast du ja mehr Durchblick. Wenn du mich suchst, findest du mich entweder unten in der Halle oder in der Krypta.“

„Ja, ist gut“, entgegnete ich.

„Kommst du?“ Severínes perfekt geschminktes Gesicht erschien in der Tür.

Ryan warf mir einen Blick zu und bemerkte leise: „Sie hat Symbolik studiert, Jo.“

„Ich habe nichts gesagt.“

„Nein. Natürlich nicht.“ Er sah mich mit einem Hauch von Sarkasmus an, und von der Tür erklang ein Räuspern.

„Nun geh schon“, sagte ich. „Bevor sie noch einen französischen Wutanfall bekommt.“

„*Merde*!", knurrte er leise und ging.

„Eifersucht ist eine Leidenschaft, die mit Eifer sucht, was Leiden schafft", murmelte ich, atmete tief durch und öffnete die erste Akte.

Zuerst kam ich auch nicht zurecht. Es war tatsächlich alles ziemlich verworren. Einerseits waren es Briefe, unterzeichnet von einer Annie und gerichtet an einen namenlosen Geliebten, den sie stets nur mit „*Mein Herz*" anredete. Andererseits fanden sich auch tagebuchähnliche Seiten darunter, die so schrägen und teilweise grauenvollen Inhalts waren, dass ich mich fragte, ob diese Annie über zu viel Phantasie verfügte, und es dauerte eine ganze Weile, bis ich begriff, dass es ihre Träume waren, die sie niedergeschrieben hatte. Ich begann die gesamten Unterlagen aufzuteilen in Traumnotizen und Briefe und sortierte sie dann in eine ungefähre zeitliche Reihenfolge, was sich als nicht so leicht erwies, da die meisten Schriftstücke ohne Datum waren. Doch nach einer Weile konnte ich sie ein wenig aufgliedern, indem ich die verschiedenen Papiersorten miteinander verglich. Annie hatte auf fast alles geschrieben, was ihr zwischen die Finger kam. Einen Traum hatte sie sogar auf einem Leinentaschentuch notiert, was mich vermuten ließ, dass sie dies gleich nach dem Aufwachen getan und nichts anderes zur Hand hatte. Allerdings war dieser kaum zu entziffern, weil sich der Stoff schon aufzulösen begann. Das alles warf ein seltsames Bild auf diese Frau. Wer war sie? Und wovor hatte sie Angst? Denn dieses Gefühl stand überall zwischen den Zeilen geschrieben.

Kurz nachdem die Standuhr ein Uhr mittags schlug, öffnete sich die Tür, und Marlin kam herein. „Da vergräbt sie sich bei diesem schönen Wetter in der Bibliothek."

Er trug eine schwarze, mit Taschen besetzte Hose und ein grobes Baumwollhemd, hatte die langen Haare zu einem Zopf gebunden, der ihm über die rechte Schulter fiel, und das Lächeln in seinem Gesicht reichte aus, um sofort Schmetterlinge in meinem Bauch zu fühlen.

Ich drehte den Kopf und blickte aus dem Fenster. „Heute früh sah es noch so aus wie in einer Waschküche", sagte ich und lächelte über die Staubkörnchen, die im Sonnenlicht tanzten.

„Bei uns ändert sich das Wetter im Minutentakt, Jo. Ich schätze, wir haben etwa eine Stunde."

„Wofür?"

Er kam näher und hob einen Korb auf den Tisch, von dem ein Duft ausging, der mir das Wasser im Mund zusammenlaufen ließ.

„Ailsa hat gesagt, du könntest etwas Abwechslung gebrauchen."

„Was ist das?", fragte ich.

„Nach was sieht es denn aus?"

„Nach einem Picknickkorb. Aber ich weiß nicht, ob …" Bevor ich den Satz beenden konnte, legte er eine Tube Sonnenmilch auf den Tisch.

„Marlin, ich glaube nicht, dass wir das tun sollten."

„Die ist für dein Gesicht, Jo."

„Oh!", sagte ich und wurde rot. „Wie aufmerksam von dir."

Marlin lächelte und schüttelte den Kopf. „Auch wenn ich nicht so aussehe, Darling, ich kann mich durchaus wie ein Gentleman benehmen – wenn ich will."

„Du?", fragte ich ungläubig und lachte.

„Lach du nur! Also, was ist? Das Zeug hier läuft dir schon nicht weg." Er hatte beide Arme auf dem Tisch abgestützt und sah mich mit seinen blauen Augen an.

„In Ordnung!", antwortete ich und linste in den Korb. „Wie das duftet! Was hast du da alles?"

„Keine Ahnung." Er zog die Augenbrauen zusammen. „Milly hat das für uns zusammengepackt, aber es riecht eindeutig nach Brathühnchen."

Es war Brathühnchen. Und frisches Brot und Tomatensalat und Kuchen. Nach dem Essen war ich so satt, dass ich mich zurücklehnte und vor dem Anblick der abgenagten Knochen und der Kuchenkrümel die Augen verschloss. Das Abendessen würde auf jeden Fall karger ausfallen, schwor ich und leckte mir die Fingerspitzen ab.

„Ailsa sagte mir, du hättest gestern Abend noch eine, wie soll ich sagen, eine Begegnung der dritten Art gehabt. Willst du darüber reden?"

Mir war nicht ganz klar, ob er von dem Gespenst sprach oder von etwas anderem. Ich öffnete ein Auge und sah ihn an. „Nein, ich will nicht darüber reden", erklärte ich, nachdem mir sein Gesichtsausdruck sagte, dass er tatsächlich Letzteres meinte, und schloss das Auge wieder.

Plötzlich spürte ich seine Lippen auf meinen.

„Hey!", murmelte ich. „Hattest du nicht gesagt, du kannst dich wie ein Gentleman benehmen?"

„Ich wollte nur sichergehen."

Nun öffnete ich doch beide Augen. „Wobei?", fragte ich.

Marlin lächelte. „Ich wollte wissen, ob du mich noch zurückküsst."

„Oh, Marlin!", sagte ich und setzte mich auf. „Dich zu küssen ist stets ein Vergnügen, das kann ich dir versichern. Es ist nur …" Ich strich mir das Haar aus den Augen und atmete tief durch. „Ich weiß nicht, ob ich mich richtig ausdrücken kann, also hör bitte erst mal einfach nur zu, ja? Ich … ich hatte alles in Schottland erwartet, aber nicht dich oder deinen Bruder. Und vor allem hatte ich nicht vor, mich hier zu verlieben und schon gar nicht in euch beide. Aber ich bin

– und das steht fest – auf dem besten Wege dahin. Und ich weiß absolut nicht, wie ich damit umgehen soll."

„Bereust du es?", fragte er, und ich wusste sofort, worauf er hinauswollte.

„Nein", sagte ich und sah ihm tief in die Augen. „Nicht ein bisschen."

„Dann ist es doch gut, oder nicht?"

„Nein! Das ist es ganz und gar nicht. Ich bin total erschrocken über das, was ich getan habe. Ich bin ja quasi mit einem Fremden ins Bett oder besser ins Gras gestiegen."

„Falls du dich noch daran erinnerst: Ich hatte dich gefragt, ob du es wirklich willst."

„Ja, natürlich!", rief ich aus und nickte. „Und ich wollte es. Ich will es immer noch! Aber … Marlin! Sieh dich doch an! Du bist die schottische Version eines griechischen Halbgottes! Welche Frau würde es nicht wollen!"

„Medusa, schätze ich mal."

„Und du hast Humor!", rief ich. „Weißt du, wie selten so was ist? Davon abgesehen, denke ich, dass selbst Medusa ihre Einstellung Männern gegenüber noch mal überdenken würde, wenn du vor ihren Augen nackt aus dem Meer steigst."

„Vielleicht, aber sie hätte wohl keine Freude mehr an mir, nachdem ich zu Stein geworden bin."

„Sie würde nicht in dein Gesicht schauen", stellte ich klar und schüttelte zur Unterstützung den Kopf.

„Nicht?", fragte er.

„Nein! Frauen können noch so oft beteuern, dass die Augen oder die Hände das Wichtigste an einem Mann wären. Wenn so einer wie du vor ihnen steht, splitterfasernackt, kann garantiert keine von ihnen nach dem ersten Blick sagen, wie viele Finger du an einer Hand hast, geschweige denn deine Augenfarbe benennen, allerdings könnten sie andere Attribute deines Körpers genauestens beschreiben."

„Das ist mal interessant."

„Das ist nicht interessant, das ist eine knochentrockene Tatsache."

„Ich habe eine Idee", sagte er.

„Und ich bin ganz Ohr."

„Lern mich richtig kennen. Lern mich kennen, wie ich … angezogen bin, aye?"

„Und wie soll das vonstattengehen?", fragte ich.

„Lass uns heute Abend essen gehen."

„Haben wir nicht gerade gegessen?"

„Doch, schon. Ich meine aber etwas anderes. Lass mich dich heute Abend ausführen – so wie sich das gehört. Mit Abholen und Zurückbringen."

„Ein Date?", fragte ich.

„Ein Date", sagte er und lächelte. „Rein freundschaftlich."

Lady Ellen

Ich hatte keine Ahnung, wie Ryan auf die Neuigkeit reagieren würde, dass ich mit Marlin ein Date hatte. Dass es lediglich ein Essen unter zwei Freunden werden sollte, würde ihn nicht unbedingt milder stimmen. Also weihte ich nur Ailsa ein und schlich mich zur verabredeten Zeit aus der Burg.

Marlin wartete ein Stück entfernt auf mich in seinem großen schwarzen Jeep. Als er mich sah, stieg er sofort aus, lief mir entgegen und riss mich in seine Arme. „Ich hatte Zweifel, dass du tatsächlich kommst", sagte er und wirkte ehrlich erleichtert.

„Das war unnötig", erwiderte ich und betrachtete ihn von oben bis unten. Er hatte sich in Schale geworfen mit einer schwarzen Hose, einem schneeweißen Leinenhemd und einem modern geschnittenen Gehrock, der seine hochgewachsene Statur bestens zur Geltung brachte. „Du siehst so schick aus. Hätte ich vielleicht …" Ich blickte an mir herab. Ich hatte lange überlegt, was man zu einem freundschaftlichen Date anziehen sollte, und zu guter Letzt Ailsa um Rat gefragt.

„Es gibt keine Dates, die rein freundschaftlicher Natur sind", hatte sie betont und mir das kleine Schwarze vor die Nase gehalten.

„Ja, vielleicht", hatte ich erwidert und das Kleid zurück in den Schrank gehängt. „Aber ich will nicht übertrieben schick aussehen, wenn er mir in Jeans und Pullover gegenübersitzt."

Der Kompromiss war ein knielanger, schwingender, dunkelblauer Rock und eine ziemlich weit ausgeschnittene, cremefarbene Seidenbluse, deren Auswirkungen ich mit einer Strickjacke abschwächen konnte.

„Du bist wunderschön!", sagte Marlin, hielt mich auf Abstand, betrachtete mich, und seine Augen funkelten im Licht der Abendsonne.

„Danke!", erwiderte ich lächelnd. „Wohin fahren wir?"

„Das ist eine Überraschung."

„Ich liebe Überraschungen."

„Das habe ich gehofft. Na komm, steig ein!" Er hielt mir höflich die Wagentür auf und half mir hinein.

Die Fahrt dauerte mehr als eine Stunde. Als wir endlich vor einem großen, herrschaftlichen Haus anhielten, war alles in das goldene Licht der Abendsonne getaucht. „Das sieht nicht wie ein Gasthaus aus", stellte ich fest und betrachtete die elegante Fassade des Gebäudes.

„Das ist Linden Hall. Hier wohnt meine Großmutter", sagte Marlin und stieg aus dem Wagen, bevor ich den Satzinhalt richtig begreifen konnte.

Er ging um den Wagen herum und öffnete meine Tür.

„Deine Großmutter?", fragte ich, starrte ihn an und rührte mich nicht vom Fleck. „Hast du wirklich vor, mich deiner Familie zu präsentieren? Als was?"

Marlin lachte. „Nun mach nicht so ein Gesicht, *mo fiadhaich*! Ich habe nicht die Absicht, dich in die Höhle des Bären zu treiben."

„Ist das auch Ryans Großmutter?"

Marlin antwortete nicht, was Antwort genug war. „Ich kann das nicht!", flehte ich, als sich die Haustür öffnete und eine junge Frau heraustrat. Sie war klein und hübsch und hatte lange, dunkelblonde Locken. „Verhandelt ihr noch lange?", rief sie lächelnd.

„Maggie, komm her und sag diesem Hasenfuß, dass wir nicht die Kennedys von Schottland sind!" Marlin winkte sie heran, und als sie näher kam, sah ich sofort die Ähnlichkeit. Ihr Mund war zwar nicht so breit, aber genauso geschwungen. Und wenn mich meine Augen nicht trogen, waren ihre so grün wie das Gras im Vorgarten.

„Hi!", sagte sie und reichte mir die Hand. „Ich bin Maggie. Die Schwester dieses treulosen Kleiderschranks, und wenn du nach dreißig Minuten immer noch fliehen möchtest, zeige ich dir den Fluchttunnel, der von Großmutters Schlafzimmer abgeht."

Ich blickte Marlin an, der lächelnd den Kopf neigte und mit den Schultern zuckte, dann ergriff ich Maggies Hand. „Hallo, ich bin Jo. Schön, dich kennenzulernen."

„Du hörst dich an, als ob du ein Gedicht aufsagst."

„So komme ich mir auch vor", erwiderte ich und lächelte endlich.

„Gut! Und jetzt steig aus!", sagte Marlin. „Ich verspreche dir auch, dass der Rest ein Kinderspiel wird."

An der Tür stand ein eleganter älterer Herr mit freundlichen braunen Augen und hieß uns mit einem Lächeln willkommen.

„Guten Abend, Alfred!", sagte Marlin.

„Ihnen auch einen guten Abend, Sir!", erwiderte der Mann und nickte mir höflich zu. „Miss?"

„Guten Abend!", antwortete ich.

„Jo, das ist Alfred, der Majordomus dieses Hauses." Marlin lächelte und reichte Alfred meine Jacke, woraufhin dieser sich mit einem Kopfnicken zurückzog.

„Und nachts ist er der Majordomus meiner Großmutter", raunte Marlin mir leise ins Ohr und schob mich, ohne auf meine Schnappatmung zu reagieren, in Richtung eines hell erleuchteten Salons, aus dem wütendes Gekläff zu hören war. Es waren zwei kleine weiße Terrier, die sofort angelaufen kamen und sich schwanzwedelnd um Marlins Beine drängten.

„Hamish! Lilly! *Sheas*!", rief eine hohe Stimme, und die beiden Vierbeiner rannten sofort zurück zu ihrem Frauchen – einer weißhaarigen, aber wunderschönen Dame. Sie saß

aufrecht in einem Sessel und lächelte uns milde entgegen. Je
näher wir kamen, umso mehr veränderte sich ihr Gesicht, bis
es einen so amüsierten Ausdruck annahm, dass ich mich fragte, ob ich ein Vogelnest auf dem Kopf hatte.

„Maggie, meine Liebe!“, sagte sie. „Ruf doch bitte Lord
Munro an und sage ihm, ich nehme den Kabardiner-Hengst.
Ich bin gerade zu Geld gekommen.“

Marlin blieb stehen, blickte seine Großmutter an und
hob eine Augenbraue. „Das war niemals ernst gemeint,
Grandma!“

„Oh, doch!“, rief sie, erhob sich aus dem Sessel, kam mit
ausgestrecktem Zeigefinger auf uns zu und bohrte ihn Marlin
in die Brust. „Du sagtest, und ich wiederhole nur deine Worte:
Wenn ich noch mal mit diesen Haaren hier auftauche, kannst
du mich enterben.“

„Ich mag seine Haare“, sagte Maggie.

„Ja, ich auch“, fügte ich hinzu und wurde sofort von klu-
gen grauen Augen gemustert.

„Ach!“, meinte Marlins Großmutter. „Tatsächlich?“

Ich zuckte mit den Schultern, und da mir nichts Besseres
einfiel, versuchte ich mich an einem Knicks und sagte: „Guten
Abend, Ma’am! Ich bin Johanna.“

„Hast du was mit der Hüfte, mein Kind?“, fragte sie und
neigte den Kopf.

„Ähm, nein, ich …“

„Lass dich nicht von ihr auf den Arm nehmen, Jo“,
sagte Marlin. „Meine Großmutter ist ein kleines, raffgieri-
ges Ungeheuer und hält von Etikette genauso viel wie von
Krankheiten.“ Er küsste sie auf die Wange und lächelte.
„Guten Abend, Grandma!“

„Ich bin zweiundsiebzig und kerngesund!“, rief sie.

„Eben.“

„Wahnsinn!“, sagte ich aus einem Impuls heraus und starrte sie an. Ich hatte sie zwanzig Jahre jünger geschätzt.

Sie wandte den Blick von Marlin ab und musterte mich. Plötzlich hoben sich ihre Mundwinkel, und ihre Augen leuchteten auf. „Du kannst deine Haare behalten, Junge", sagte sie in Marlins Richtung und hakte sich bei mir ein. „Ich bin Lady Ellen, meine Liebe. Und bitte, mach nie wieder so einen Knicks."

„Deinem Akzent nach zu urteilen, kommst du vom Festland? Deutschland?", fragte Lady Ellen und nickte nebenbei den livrierten Mädchen zu, die sofort mit dem Auftragen der Speisen begannen.

„Ja", erwiderte ich. „Das ist richtig. Ich bin in Köln geboren. Meine Eltern wohnen noch immer dort."

„Und wie alt bist du?"

„Ich bin siebenundzwanzig, Ma'am."

„In deinem Alter war ich schon verheiratet", sagte sie und hob ihr Glas an die Lippen.

„Nun ja, ich …"

„Nein, nein!", rief sie und winkte ab. „Das war kein Vorwurf. Ich weiß, dass diese Dinge heute etwas anders sind als zu meiner Zeit. Aber Kinder hast du noch nicht, oder?"

„Grandma!", warf Marlin tadelnd ein.

„Was denn? Sieh mich nicht so an, Junge! So was kann heutzutage durchaus vorkommen."

„Das stimmt", sagte ich, denn ich fühlte mich, trotz ihrer Fragen, kein bisschen angegriffen. „Aber, nein. Ich habe noch keine Kinder."

„Aber du möchtest welche – irgendwann."

„Ja, natürlich", entgegnete ich und schmunzelte.

„Hm-mh", erwiderte sie und schmunzelte ebenfalls. „Was machen deine Eltern, mein Kind?"

„Grandma! Jetzt reicht es!", sagte Marlin. „Ich hatte Jo versprochen, dass es nicht wie auf einem Basar wird.“

„Nein, ist schon gut!“, erwiderte ich und lächelte. „Mein Vater ist Zahnarzt, Lady Ellen. Meine Mutter ist Lehrerin an einer Privatschule.“

„Und du selbst?“, fragte sie, ohne auf Marlins Zähneknirschen zu achten. „Was machst du?“

„Momentan jage ich Gespenster auf Caitlin Castle“, sagte ich, doch der empörte Blick, den ich erwartet hatte, blieb aus. Stattdessen nickte sie, schnitt ihr Lammfilet in Stücke und meinte: „Wir haben hier auch so einen Quälgeist. Er versteckt laufend meine Pillen.“

„Du versteckst deine Pillen selbst, Grandma“, sagte Maggie. „Wenn Alfred sie nicht immer wiederfinden würde, wärst du schon lange tot.“

„Alfred und dieser Quacksalber, der sich Doktor nennt, stecken ja auch unter einer Decke.“

„Aber du nimmst deine Medikamente doch, oder?“, fragte Marlin und warf seiner Großmutter einen kritischen Blick zu.

„Ja, natürlich!“, rief sie. „Alfred würde sonst kündigen.“

„Guter Mann!“, meinte Marlin und grinste verschlagen.

„Hattest du nicht gesagt, Rabby wäre zurzeit auch auf Caitlin Castle?“ Lady Ellen blickte Marlin neugierig an.

„Aye, das sagte ich.“

„Nun!“, erwiderte sie und lächelte mich an. „Dann kennst du meinen anderen Enkel auch.“

„Ähm, ja – Ma’am.“ Ich hoffte sehr, dass mein Gesicht ausdruckslos blieb, doch ein Blick in Lady Ellens Augen ließ mich vermuten, dass dem nicht so war. Zu meiner immensen Erleichterung hakte sie jedoch nicht nach, sondern ließ ihren Blick nur eine Weile zwischen mir und Marlin hin und her wandern.

„Und?“, fragte Maggie als rettender Engel. „Wie sieht so eine Geisterjagd aus?“

„Ziemlich verstaubt. Im Augenblick wühle ich mich nur durch alte Handschriften.“

„Was für Handschriften sind das?“, wollte sie wissen.

„Oh, ähm, Briefe und Notizen einer Annie.“

„Annella’bán?“

„Wie bitte?“

Lady Ellen lächelte. „Hat dir dieser Tunichtgut von Verwalter etwa noch nicht die Legende der weißen Annie erzählt? Rupert MacDonald ist doch sonst so versessen auf seine Ammenmärchen.“

„Nun, nein, ich glaube … Moment mal, wie nannten Sie sie?“

„Annella’bán.“

„Die Seehundfrau!“, rief ich. „Doch, er hatte sie erwähnt. Sie soll auf Caitlin Castle gelebt haben, nicht wahr?“

„Kennst du die Geschichte, Grandma?“, fragte Maggie.

„Natürlich kenne ich sie.“

„Dann erzähl sie uns doch bitte!“

Marlin lächelte, nahm die Weinkaraffe und Lady Ellens Glas und schenkte ihr von dem duftenden Burgunder nach. „Hier!“, sagte er. „Als Honorar!“

Lady Ellen lächelte und lehnte sich zurück. „Nun, wie ihr wollt. Also, einstmals lebte ein junger Mann auf Caitlin Castle. Ein englischer Magier, hieß es, sei er gewesen. Er war auf einem nächtlichen Spaziergang durch den Garten, als er am Ufer des Loch Monadail eine junge schlafende Frau fand, die nichts am Leib trug als ihr langes, schwarzes Haar. Und neben ihr lag das Fell eines Seehunds. Es heißt, dass das Mondlicht ihren Leib in weißes Licht hüllte, wonach man ihr den Namen *Annella’bán* gab, weiße Annie. Nun, der junge Magier verliebte sich natürlich unsterblich in sie, nahm sie auf seine Arme und trug sie zurück in die Burg. Das Seehundfell jedoch vergrub er tief in den Kerkern, wo er hoffte, dass sie es nie finden würde. Die weiße Annie erwachte am Morgen und blieb von da an bei dem jungen Magier, der ihr jeden Wunsch von den Augen ablas. Dies erzürnte eine junge Dienerin des Magiers, die diesen heimlich liebte, und aus Eifersucht lockte sie Annie in die Kerker der Burg, wo sie sie einsperrte. Nicht ahnend, dass Annie genau dort das Seehundfell wiederfinden würde. Als die Dienerin am Abend mit einem Messer bewaffnet in die Kerker ging, um Annie zu töten, fand sie dort nur noch den Seehund vor. Aus Angst vor den Flüchen der Geisterwelt nahm sich die Dienerin an Ort und Stelle das Leben, und der Seehund floh." Lady Ellen neigte lächelnd den Kopf. „Die weiße Annie wurde nie wieder gesehen, aber es heißt, dass der Geist des Magiers noch heute am Ufer des Loch Monadail entlanggeht, auf der Suche nach ihr."

Niemand am Tisch sagte ein Wort. Lady Ellen nahm ihr Glas Wein und trank einen kräftigen Schluck. Dann stellte sie es wieder ab, blickte in die Runde und lächelte. „So weit die Legende", sagte sie. „Aber es gab auf Caitlin Castle tatsächlich mal eine Annie – Annie Guthrie. Und das Gerücht, dass diese Annie und die *Silkie* namens *Annella'bán* ein und dieselbe Person sind, hält sich bis heute."

Ich hob den Kopf und blickte Lady Ellen an. „Annie Guthrie?"

„Aye, als ich siebzehn war, hat meine Großmutter immer gesagt, ich würde noch so enden wie Annie Guthrie, wenn ich nicht so schnell wie möglich einen anständigen Mann heiraten würde."

„Wie ist diese Annie Guthrie denn geendet?", fragte ich.

„Schwanger und unverheiratet natürlich."

„Und wann hat sie gelebt?"

„Oh, das muss so etwa Mitte des neunzehnten Jahrhunderts gewesen sein. Alles, was meine Großmutter über sie wusste, war auch nur weitergetragen worden, um alle jungen Mädchen vor dem Verderben und der Schande einer unerwünschten Schwangerschaft zu warnen. Soweit ich weiß, war sie von einem Tag auf den anderen verschwunden, und dieser Lord Samuel, der auf Caitlin Castle wohnte, auch. Daraus entstand die Legende der weißen Annie. Alle Legenden haben einen wahren Kern, meine Liebe.“

„Annie Guthrie“, murmelte ich.

„Sie soll das zweite Gesicht gehabt haben“, fuhr Lady Ellen fort. „Aber wenn es so war, hätte sie ihr Ende doch kommen sehen müssen, oder etwa nicht.“

Sie sagte das so überzeugt, dass ich nur mit den Schultern zucken konnte. Waren diese Aufzeichnungen, von denen ich dachte, es wären Annies Träume, niedergeschriebene Bilder einer sogenannten Seherin?

Und hing das irgendwie mit dem zusammen, woran Milly MacDonald litt? Hatten beide eine psychosomatische Störung – oder was steckte da wirklich dahinter?

Nach dem Essen fuhr Maggie zu einer Freundin, und Lady Ellen setzte sich mit ihren Hunden und einer Stickerei vor den Fernseher, während Marlin und ich einen Spaziergang durch das Haus unternahmen. Es war längst nicht so groß wie Caitlin Castle, doch umso mehr gab es für mich zu entdekken, denn überall an den Wänden und auf den Wandborden befanden sich Bilder von Marlin, Ryan und den anderen Familienmitgliedern. Vor einem kleinen Foto, auf dem Ryan in das Ornat der Oxford-Absolventen gekleidet war, blieb ich stehen. „Warum nennst du ihn eigentlich Ray?“, fragte ich und drehte mich zu Marlin um.

„Einerseits um ihn zu ärgern“, sagte er und grinste. „Er hasst diesen Namen. Andererseits bin ich es so gewohnt. Da schau! Mein Großvater.“

Er wies auf ein gigantisches Ölgemälde, auf dem ein streng aussehender Mann in schottischer Tracht in einem alten Lehnstuhl saß. „Ich vermute, Charles Dickens hat ihn als Vorbild für Ebenezer Scrooge genommen." Marlin neigte den Kopf.

„Das kommt zeitlich nicht ganz hin", meinte ich lächelnd. „Es sei denn, Dickens hatte Besuch vom Geist der zukünftigen Weihnacht. Und der hier? Ist das Tiny Tim?"

„Nein. Scrooges Sohn. Mein Vater."

Ich lachte. Auf dem Bild war ein Knabe in karierten Hosen zu sehen, der die linke Hand im drahtig aussehenden Fell eines kalbgroßen, hässlichen grauen Hundes vergraben hatte.

„Du und Ryan – ihr habt also den gleichen Vater."

Marlin nickte. „Aye", sagte er. „Wir haben beide innerhalb von nur vier Monaten unsere Mütter verloren. Ray war erst zwei. Ich war sieben. Bis er vierzehn war, dachte Ray stets, wir hätten auch dieselbe Mutter gehabt, und ich habe ihn all die Jahre in dem Glauben gelassen. Unser Vater ebenfalls. In einem blöden Streit habe ich seine Mutter als irische Schlampe bezeichnet, die ihren Sohn nicht wollte. Von da an war alles anders."

„Das ist eine traurige Geschichte."

„Aye, das ist sie, und glaube mir, ich habe mich schon mehr als hundert Mal dafür verflucht, dass ich es ihm im Streit und mit solchen Worten gesagt habe. Sieh mal! Da war die Welt noch in Ordnung."

Ich drehte mich um. Auch dieses war ein Ölgemälde. Es zeigte zwei Jungen im Kilt vor einem dunkelroten Vorhang, und zwischen ihnen saß ein weiterer Hund, diesmal ein schöner schwarzer Neufundländer.

„Wie alt wart ihr da?", fragte ich.

„Dreizehn und neun. Und wir konnten einfach nicht stillstehen. Der Maler, den Großmutter engagiert hatte, war fast an uns verzweifelt."

„Er himmelte dich an", sagte ich.

„Wer?"

„Ryan. Er vergötterte dich."

„Aye, vielleicht ein bisschen."

„Ein bisschen? Sieh dir seinen Blick an!"

„Lass uns gehen!", sagte Marlin und wandte die Augen von dem Gemälde ab.

„Tut mir leid!" Ich hielt ihn am Arm zurück. „Es ist mir nur aufgefallen. Ich wollte dich nicht verletzen. Ryan ist …"

„Ein Hornochse!", knurrte er. „Er ist unausstehlich, schonungslos direkt und gehässig, besonders wenn ihm etwas an einem Menschen liegt."

„Er muss dich wirklich sehr gernhaben."

Marlin Kopf schoss zu mir herum, doch dann lächelte er schief. „Ja, wahrscheinlich", sagte er und lachte leise. Er schaute noch einmal das Gemälde an und zuckte mit den Schultern. „Ich Trottel habe immer versucht, ihn zu schützen."

„Wovor?"

„Vor sich selbst. Er wollte permanent mit dem Kopf durch die Wand. Ich hatte Angst, dass er sich irgendwann weh tut."

„Ihr wart beide bei der Rettungswacht?"

„Aye", sagte er, nahm meine Hand und zog mich fort von dem Bild. „Wir waren schon als Kinder gute Schwimmer", erzählte er weiter. „Ryan hasste es, dass er mich nie schlagen konnte. Ich war leider immer etwas schneller als er. Eines Tages hatte er sich bei der RNLI eingeschrieben. Ich hielt es für eine ganz gute Idee, doch dann hörte ich, dass er am laufenden Band in irgendwelche Raufereien verwickelt war. Die Jungs dort sahen in ihm wohl immer nur den Sohn eines Earls, und als sie erfuhren, dass er – nun ja – ein unehelicher Sohn war … also, du kannst dir vorstellen, wie sie ihm zugesetzt hatten."

„Dann bist du auch zur RNLI, hast dort aufgeräumt, und Ryan hatte das Gefühl, ein Versager zu sein, dem der große

Bruder aus der Patsche helfen musste.“

Marlin sah mich an, atmete lächelnd aus und nickte. „Ich habe viele Fehler gemacht.“

„Das war doch kein Fehler, Marlin. Nur nicht ganz zu Ende gedacht.“

Er lächelte mich an, legte den Arm um mich und küsste mir sanft die Stirn. „Komm! Wir sollten uns von Grandma verabschieden. Du hast Eindruck auf sie gemacht, weißt du das?“

„Sie ist eine beeindruckende Frau.“

„Aye, das ist sie. Deswegen wollte ich auch, dass du sie kennenlernst.“

„Sollte ich nicht eigentlich dich kennenlernen?“

„Doch. Und?“, fragte er, blieb stehen und sah mich an.

Ich lächelte und strich ihm sanft eine Strähne aus dem Gesicht. „Du versuchst immer das Richtige zu tun, Lord Marlin. Du hast sogar versucht, für Ryan nicht nur Bruder, sondern auch ein Stück weit Mutter zu sein, was dir nicht gelang. Ist ja auch kein Wunder. Du warst selbst ein Kind ohne Mutter.“

Marlins Augen bekamen einen warmen Glanz. „Sieh an!“, sagte er leise. „Du kennst mich schon besser, als ich mich selbst kenne.“

Heureka, verdammt!

Der Himmel über Caitlin Gardens sah aus wie ein mit Kristallen besticktes schwarzes Tuch. Die Bergrücken des Glen Monadail hatten sich mit ihm vereint, so dass man kaum erkennen konnte, was Himmel und was Erde war. Der See lag ruhig vor uns, und die Sterne spiegelten sich in ihm. Irgendwo plätscherte es. Mackenzie, der Otter?

„Warum wohnt jemand wie du in einem kleinen Cottage am Rande eines Parks?", fragte ich und unterdrückte ein Frösteln. Die Nächte so hoch im Norden waren nicht nur schön, sondern auch kalt. Marlin saß hinter mir, an einen Pfosten des Stegs gelehnt, und zog die Decke um uns beide etwas fester. Ich spürte sein Achselzucken. „Hier kann ich … ich selbst sein."

„Gibt es Orte, wo du es nicht sein kannst?"

„Im Haus meines Vaters bin ich der Sohn. In London und Edinburgh bin ich Lord Marlin of Laide. In der Destille bin ich Marlin McKay. Nur hier bin ich – ich. Marlin. Nicht mehr und nicht weniger."

„In der Destille?", hakte ich nach.

Er hob die Flasche an und drehte das Etikett so, dass ich es sehen konnte.

„McKay's First", murmelte ich und machte große Augen. „Du hast eine Whiskybrennerei?"

„Ich habe eine Whiskybrennerei."

„Du siehst nicht so aus."

„Wie sollte so jemand denn aussehen?"

„Ich weiß nicht. Auf jeden Fall sollte er eine rote Nase haben."

Marlin lachte leise und holte dann überrascht Luft.

„Was ist?", fragte ich.

„Sieh mal! Da!"

Ich hob den Kopf. Über den Berggipfeln schimmerte es plötzlich. Dann tauchte etwas aus dem Nichts des Himmels auf. Etwas, das wie ein großes, ätherisches *S* erstrahlte, seine Form verlängerte, verjüngte und hellgrün bis fast weiß leuchtete.

„Oh, mein Gott!", hauchte ich.

„Nordlichter", sagte Marlin, und ich spürte sein Lächeln. „Die habe ich das letzte Mal gesehen, da war ich – ich weiß nicht – fünfzehn?"

„Sonnenwinde", murmelte ich. „Wenn das nicht magisch ist, was dann?"

Das Phänomen dauerte nur ein paar Augenblicke, dann verschwand es vom Himmel, doch es hinterließ ein warmes Gefühl in mir. Sternschnuppen hinterließen auch oft so ein Gefühl, dachte ich und aus einem Impuls heraus machte ich die Augen zu und wünschte mir, dass es immer so friedlich wäre wie in diesem Augenblick.

„Bleib bei mir!", flüsterte Marlin in mein Ohr. „Bleib heute Nacht bei mir. Bitte!"

Ich löste mich ein wenig aus seinen Armen und drehte mich zu ihm um. „Nicht diese Nacht, Marlin. Verstehst du?"

Er sah mich an, als hoffte er, ich würde meine Meinung ändern. Ein Blick in seine Augen und das Gefühl seiner Hände auf mir brachten mich auch beinahe so weit, dies zu tun. Doch …

„Okay!", murmelte er und küsste mich lächelnd auf die Nasenspitze.

Es war weit nach Mitternacht, als er mich zur Burg zurückbrachte. Alles war still, als würden selbst die Mauern schlafen.

„Lass dich auf keine Diskussion mit Ryan ein!", sagte Marlin, als er mich zum Abschied in den Arm nahm.

„Mache ich nicht", versprach ich und hoffte, dass ich dieses Versprechen auch halten konnte.

„Ich habe morgen ein paar Termine, die ich einhalten muss, Jo. Das heißt, ich bin den ganzen Tag unterwegs und erst spät am Abend wieder zurück. Sehen wir uns dann?“

„Ruf mich an, wenn du wieder da bist, ja?“

„Das werde ich. Schlaf gut, *mo fiadhaich*.“

„Was heißt das eigentlich?“, fragte ich und hielt ihn zurück. „So hast du mich schon genannt, als wir vor dem Haus deiner Großmutter standen.“

Marlins Augen leuchteten amüsiert auf. „Das bedeutet kleiner Wildfang.“

„Kleiner Wildfang?“ Ich lachte leise.

„Aye. Bis morgen!“, sagte er lächelnd, küsste mich sanft und ließ mich zurück.

Ich winkte ihm nach und schaute zu, wie er zwischen den Bäumen verschwand. Der Hauch seines Kusses begleitete mich auf dem Weg in die Burg und lenkte meine Schritte zum Westturm. Dass er so viele Empfindungen und Erinnerungen heraufbeschwören konnte, war mir beinahe unheimlich. Ich glaubte fast, seine Hände auf mir zu spüren, und erschauerte.

„Hey, Jo!“

„Finn!“ Ich riss die Hand an meine Brust. „Du hast mich erschreckt!“

„Tut mir leid! Das wollte ich nicht. Wie war dein Abend?“

Finn stand im Vestibül an eine Wand gelehnt und machte einen höchst sonderbaren Eindruck auf mich. Fast als würde er Schmiere stehen.

„Schön“, sagte ich. „Was machst du hier? Ich dachte, Ryan wäre mit Nachtwache dran.“

„Wir haben getauscht.“

„Ach!“ Ich neigte den Kopf und blickte ihn an. „Ist alles in Ordnung?“

„Aber ja! Warum fragst du?“

„Weil … ach, ist nicht so wichtig. Gute Nacht, Finn!"

„Schlaf gut, Jo! Und geh Ryan morgen am besten aus dem Weg."

Auf der ersten Stufe des Turms blieb ich stehen. Ich hatte Ryan den Abend über erfolgreich in die hinterste Ecke meines Verstandes verdrängt und, Marlin sei Dank, selten an ihn denken müssen. Doch jetzt drehte ich mich noch einmal um. „Warum?", fragte ich.

„Er hat sich bis halb eins in der Bibliothek verbarrikadiert und ist dort vor den Fenstern auf und ab gelaufen – und jeder, der es wagte, sich ihm zu nähern, wurde mit Kraftausdrücken überhäuft und hinausgeworfen."

„Ein Beispiel an Selbstbeherrschung", murmelte ich, und Finn lachte leise.

„Der beruhigt sich schon wieder. Mach dir keinen Kopf."

„Okay. Gute Nacht!"

„Gute Nacht!"

Finn blieb auch weiterhin an Ort und Stelle stehen und lächelte mir hinterher. Ich zuckte mit den Schultern, fragte nicht weiter nach und stieg die Stufen hoch. Auf Höhe des zweiten Stockwerks erregte eine Bewegung draußen meine Aufmerksamkeit. Ich beugte mich zum Fenster und sah hinunter. Finn?

Im ersten grauen Licht des neuen Morgens konnte ich sehen, dass jemand eilig den Burgvorplatz überquerte. „Was hast du vor?", murmelte ich, drehte mich um und rannte die Stufen wieder hinab, doch als ich den Vorplatz betrat, hatte der Park seine Gestalt bereits verschlungen. Ich blieb eine Weile ratlos stehen und ging schließlich wieder hinein. Finn war eigentlich gar nicht der Typ für Heimlichkeiten. Warum sollte gerade er sich in aller Stille davonmachen – und *wohin*?, fragte ich mich.

Neugierig, wie ich war, führte mich mein Weg nun nicht mehr in mein Zimmer. Ich trat im dritten Stockwerk aus dem

Turm und bog in Richtung Oktogon ab. Schon von weitem konnte ich sehen, dass die Tür nur angelehnt war. Leise schlich ich näher, denn ich hörte jemanden lachen. Ailsa?

Ich ging weiter und legte eine Hand an das Türblatt. Vorsichtig schob ich die Tür etwas weiter auf und linste um das Holz herum. Ailsa – und Finn.

Sie lag rücklings auf dem Tisch, lachte leise und schob Finn gerade das Hemd von den Schultern, der mit seinen Händen gierig über ihre nackten Schenkel strich und sein Gesicht zwischen ihren Brüsten vergraben hatte.

Erschrocken wich ich zurück, blieb wie angewurzelt stehen und spürte, wie meine Gesichtszüge vor lauter Heiterkeit entgleisten. Rasch schlug ich mir die Hand vor den Mund und schlich davon, während die Geräusche in meinem Rücken mich an Sonne, Gras und feuchte Finger erinnerten.

Mit Ailsas Lachen im Ohr und dem Duft von warmer Männerhaut in der Nase ging ich ins Bett und versuchte alles, dass meine Erinnerungen mir in die Träume folgten.

Den geheimnisvollen Mann hatte ich längst vergessen.

„Aufgestanden, Schlafmütze!", rief Ailsa und zog die Vorhänge am Fenster mit Schwung zur Seite, so dass blendendes Sonnenlicht mich traf. „Es ist halb elf!"

„Geh weg!", grummelte ich und schob mir das Kissen über die Augen.

„Nichts da!" Sie riss mir das Kissen aus der Hand und warf es ans Bettende. „Hier! Kaffee!"

Ich funkelte sie an, wollte gerade etwas entgegnen, blickte dann zu der dampfenden Tasse in ihrer Hand und schluckte das Vorhaben hinunter.

„Danke!", sagte ich stattdessen, nahm ihr die Tasse ab, setzte mich auf und trank einen Schluck, während Ailsa mein Kopfkissen auflockerte, meine Socken vom Boden aufhob und sie in einen Korb warf.

„Hey! Das sind meine Socken!"

„Ja, und ich werde sie waschen. Wo ist der Rest?"

„Du willst meine Wäsche waschen?"

„Heute ist Waschtag, oder willst du das selbst erledigen?"

„Wenn du mir zeigst, wo die Waschmaschine steht, ja."

„So ein Unsinn! Her mit dem Zeug!"

Ailsa stand da, hatte beide Hände in die Hüften gestemmt und funkelte mich an. Ihre rosigen Wangen und ihre leuchtenden Augen sprachen Bände … Bände hocherotischer Literatur.

„Dein Elan ist furchtbar", sagte ich, kletterte aus dem Bett und nahm den Beutel mit der zu waschenden Wäsche aus dem Schrank. „Hier!"

„Na also! Geht doch! Wie war der Abend?"

„Schön! Ich habe Ryans und Marlins Großmutter kennengelernt. Sie hält mich wohl für ausreichend, um in die Familie einzuheiraten."

„Ihr wart bei der alten Lady Ellen?"

„Ja." Ich stellte die Tasse aufs Fensterbrett und öffnete meinen Schrank. „Sie hat mir von der Annie erzählt, die hier früher mal Dienstmädchen war."

„Annie Guthrie?"

„Du hast von ihr gehört?"

„Klar, die Legende der weißen Annie kennt jedes Kind. Du meinst, die hat es wirklich gegeben?"

„Anscheinend", sagte ich, stieg in die Hosenbeine meiner Jeans und zog sie mir über die Hüften. „Diese Unterlagen aus Edinburgh, die Severine mitgebracht hat, sind Briefe und Tagebucheinträge von Annie. Weißt du vielleicht, was aus ihr geworden ist?"

„Nein", entgegnete Ailsa, schnappte sich, ohne mit der Wimper zu zucken, meinen Slip vom Stuhl, warf ihn zu meinen anderen Sachen in den Korb und hob diesen auf ihre Hüften. „Frag doch Milly. Meine tratschsüchtige Tante hört und sieht doch angeblich alles.“

„Na Gott sei Dank nicht wirklich alles“, erwiderte ich, doch Ailsa ging nicht darauf ein.

„Okay! Wir sehen uns zum Lunch.“ Mit meiner Dreckwäsche verschwand sie durch die Tür und sang lauthals *It's Raining Men.*

Ich lauschte ihr für einen Moment und lachte leise. „Finn, Finn, Finn! Du warst gut!“, murmelte ich und schloss die Schranktür.

In der Küche war Milly nicht. Ich schnappte mir einen Apfel und machte wieder kehrt. Auf dem Weg zur Bibliothek kam mir eines der Mädchen entgegen, die Milly im Haushalt zur Hand gingen.

„Guten Tag, ähm … Netty?“

„Nelly!“, sagte sie. „Guten Tag, Miss Jo!“

„Nelly, natürlich. Entschuldige! Sag mal, hast du Mrs. MacDonald gesehen?“

„Ja, sie ist runtergegangen. Sie wollte Seine Lordschaft wegen der Anzahl der Gäste zum Mittagessen fragen.“

„Danke, Nelly!“

„Nichts zu danken, Miss!“, sagte sie und ging weiter, während sie einen übergroßen Staubsauger hinter sich herzog. Ich lief zum Turm und ging hinunter, wollte von dort den Weg hinab in die Kellerräume nehmen und sah Milly dann aus dem Augenwinkel heraus im großen Saal stehen. Sie hatte einen der Steine vom Rundbogen in der Hand, fixierte ihn und wirkte wie zu einer Salzsäule erstarrt.

„Oh, nein! Nicht schon wieder“, murmelte ich und ging auf den Saal zu. Der mit Kreidestaub überzogene Boden war übersät mit ihren Fußabdrücken. Es schien, als ob sie vorher ein paarmal den Bogen umrundet hatte, bevor sie dort stehen geblieben war, wo sie noch immer stand. Selbst das Geräusch meiner Schuhe auf den Dielen veranlasste sie zu keinerlei Regung. „Milly?", rief ich leise von der Tür aus. Als sie sich immer noch nicht rührte, ging ich hinein. Der akribisch gepuderte Boden war sowieso schon zerstört. Ich legte den Apfel auf den Tisch und nahm vorsichtig ihre Hand. „Milly?"

Vor Schreck ließ sie den Stein fallen, der um Haaresbreite unsere Zehen verfehlte und krachend aufschlug.

„Oh! Himmel!", rief sie. „Was mache ich hier?"

„Ist schon gut! Doktor Ross sagte, dass es wieder passieren könnte, also, machen Sie sich keine Sorgen. Kommen Sie, setzen Sie sich!"

Nach einem Moment des Überlegens setzte sie sich schließlich in Bewegung und ließ sich von mir führen. Millys ganzer Körper zitterte wie Espenlaub. Ruhig redete ich auf sie ein, so wie es der Doktor gesagt hatte, und tatsächlich – nach ein paar Minuten warf sie mir einen scheuen Blick zu.

„Alles wieder okay?", fragte ich.

„Kann das unter uns bleiben?", bat sie und drückte meine Hand. „Rupert macht sich sonst wieder Sorgen."

„Das wird schwer zu verheimlichen sein, Milly." Ich nickte zu den vielen Fußspuren, und Milly folgte meinem Blick.

„Ach herrje! War ich das?"

„Na ja, entweder Sie oder unser Schlossgeist."

Millys Gesichtszüge überzog ein zaghaftes Lächeln. Sie hob ihre Füße ein Stück an und sah auf das Profil ihrer Schuhe. „Schlossgeist fällt wohl flach."

„Sieht so aus."

„Was wird Seine Lordschaft dazu sagen?"

„Gar nichts, Milly! Finn und Lucas kriegen das im Handumdrehen wieder in den Griff, bestimmt."

„Ich muss es ihm sagen", murmelte sie und erhob sich

vom Stuhl.

„Ähm, Milly?“

„Aye?“

„Kann ich Sie noch etwas fragen?“

„Aber natürlich, meine Liebe! So viel Sie wollen!“

Ich lächelte. „Können Sie mir etwas über Annie Guthrie sagen?“

„*Annella'bán*? Natürlich! Es gibt eine Legende, die besagt, dass sie eine *Silkie* war. Aber in Wahrheit war sie wohl nur ein einfaches Mädchen, das sich mit dem Falschen eingelassen hat.“

„Ja, ich weiß. Lady Ellen sagte mir, dass es damals Gerüchte gegeben haben soll. Annie Guthrie hatte sich wohl angeblich von dem Sohn des Lords verführen lassen.“

„Nun ja. Er soll ein gutaussehender Mann gewesen sein.“

„Wissen Sie, was aus Annie geworden ist?“

„Auch das sind nur Gerüchte“, meinte Milly und setzte sich wieder zu mir. „Einige sagten, dass sie sich umgebracht hätte, als sie merkte, dass sie schwanger war. Sie soll sich vom westlichen Wehrgang gestürzt haben. Andere erzählten, dass der Lord sie im Brunnen ertränkt und dann im Burghof verscharrt hätte, weil er keinen irischen Bastard wollte. Dann gab es da noch ein Dienstmädchen, das behauptete, sie und der Lord wären durchgebrannt. Na ja, und schließlich ist da zu guter Letzt die Legende der weißen Annie. Such dir was aus, Liebes!“

„Hm. Das hilft mir nicht so recht weiter.“

„Du könntest auch Pastor Livingston aufsuchen. Soweit ich weiß, hat die Pfarrei früher so eine Art Buch über ihre Schäfchen geführt. Vielleicht wirst du dort fündig.“

„Sie meinen Kirchenregister?“

„Die auch, ja. Aber ich meine das Diarium der Pfarrei.“

„Ein Tagebuch?“, fragte ich. „Die haben tatsächlich Tagebuch geführt?“

„Frag Pastor Livingston! Und sag Bescheid, wenn du hinfährst, ich gebe dir dann etwas Kuchen mit – als Bestechung.“
Milly zwinkerte mir zu und erhob sich. Plötzlich war sie wieder ganz die Alte. Sie betrachtete missbilligend den Boden
und zuckte mit den Schultern. „Ich muss Nelly sagen, dass sie
das hier aufsaugen soll.“

Ich blieb noch einen Augenblick lang sitzen und machte
mich dann auf den Weg in die Bibliothek. Irgendetwas, das
Milly gesagt hatte, hatte mich an einen Absatz aus den Briefen
erinnert. Ich konnte nur nicht sagen, was.

Vor der Bibliothek blieb ich stehen und lauschte. Doch
Ryan schien anderweitig zugange zu sein, also öffnete ich die
Tür und ging hinein. Der Tisch war übersät mit Annies Briefen
und Tagebuchseiten, mit den Jahrbüchern und Zeitungen
von damals. Alles war durcheinander. „Ach, Ryan!“, seufzte
ich, ließ mich nieder und begann das Chaos zu lichten. Nach
einer Weile fand ich den Brief und den gesuchten Absatz.

*Dolores hat uns belauscht, mein Herz! Was sollen wir nur tun? …
Ich sehe, dass etwas Furchtbares auf uns zukommt, und ich weiß nicht,
wie ich das Unglück abwenden kann … Die grünen Hügel Irlands
erscheinen mir im Traum. Sie sagen mir, dass es so weit ist … Mein
Leben hier nun endet.*

Irland! Der irische Bastard, den der Lord nicht wollte.
Annie war also Irin gewesen. Dolores, das Dienstmädchen.
Dolores? Der Name kam mir schon vorhin bekannt vor. Ich
runzelte die Stirn, und dann fiel es mir ein … der Dienstplan!

Ich schob den Stuhl zurück, starrte noch einen Moment
lang auf den Namen, stand auf, verließ die Bibliothek
und machte mich auf in die Kellergewölbe. Als ich an der
Haupthalle vorbeikam, waren Finn, Lucas und Rupert, den

Geräuschen nach zu urteilen, gerade dabei, den Rundbogen wieder fein säuberlich einzustauben. Auf dem Weg nach unten kam mir Malcolm mit einem seltsam in sich gekehrten Gesichtsausdruck entgegen.

„Hi, Malcolm!", grüßte ich und wollte an ihm vorbeilaufen, doch da er nicht reagierte, hielt ich ihn zurück. „Ist alles in Ordnung?"

„J-ja! Ryan ist unten – mit Se-sev…"

„Ja, ist schon gut. Ich verstehe", sagte ich und schlug ihm aufmunternd auf die Schulter. „Mach dir nichts draus!"

Er sah mich kurz an, nickte und stieg schweren Schrittes an mir vorbei die Treppe hinauf.

Armer Malcolm!, überlegte ich. Da hatte die französische Sexgewalt ja ganze Arbeit geleistet. Ich sah ihm nach, wie er sein gebrochenes Herz die Stufen hochhievte, und hatte nicht wenig Lust, Madame Pompadour den Hals umzudrehen.

Schließlich lief ich weiter und stand endlich vor dem Dienstplan. Da stand es geschrieben – verblasst und vergilbt, aber deutlich zu lesen.

Dolores und Annies Dienst endete am gleichen Tag, am 6. Mai 1865. Danach tauchten sie nicht mehr auf. Aber das tat nichts zur Sache, denn ich hatte nun ein Datum! Heureka! Sechster Mai!

„Du freust dich ja so?"

„Ja! Ryan, wir haben ein Datum. Das Datum, um genau zu sein. Wir wissen, wann Annie starb. Wann …" Ich war so voller Eifer und Triumphgefühl, dass ich seinen Tonfall und den Ausdruck in seinem Gesicht zu spät erfasste. „Ich meine, ich weiß nicht genau, ob sie an diesem Tag wirklich starb, aber … nun sieh mich nicht so an!"

„Wie sehe ich dich denn an?"

„So, wie du mich nie wieder ansehen wolltest."

„Und? Hast du mit ihm geschlafen?"

Ich wollte gerade zu einer gepfefferten Antwort ansetzen, als Madame Pompadour um die Ecke geschwebt kam.

„Ryan, Darling! Du hast mich … oh! Hallo, Jo."

„Hallo, Severíne!"

„Wolltest du mich hier unten lassen?", fragte sie Ryan mit schmachtendem Augenaufschlag und hängte sich an seinen Arm.

Ich sah Ryan fest an, ohne mit der Wimper zu zucken, und ließ meine Gedanken deutlich in meinem Gesicht aufleuchten.

„Geh schon vor, Severíne!", sagte er, ohne mich aus den Augen zu lassen. „Ich komm gleich nach, aye?"

„Ryan, ich …"

„Bitte!", erwiderte er betont.

Severíne warf mir einen berechnenden Blick zu und ging davon. Als ihre Schritte verklungen waren, regte sich Ryan.

„Tut mir leid!", sagte er. „Ich kann diesen Kerl einfach nicht ausstehen."

„Diesen Kerl? Er ist dein Bruder, Ryan! Und wenn du nicht so störrisch an deinem Selbstmitleid festhalten würdest, könntest du sehen, wie wunderbar er ist, könntest ihn wieder so sehen wie früher."

Seine Augen verengten sich zu Schlitzen. „Was hat er dir erzählt?"

„Alles!"

„Tatsächlich! Und? Was würdest du tun, wenn du herausfindest, dass man dich jahrelang belogen hat?"

„Ich wäre sauer, ganz klar. Aber nach einer Weile würde ich mich fragen, warum sie das taten, und dann würde ich irgendwann erkennen, dass es geschah, weil sie mich liebten und schützen wollten."

„Aus sicherer Entfernung lässt sich so was leicht sagen, Jo."

„Vielleicht", antwortete ich. „Aber an deiner Stelle würde ich mal darüber nachdenken. Auch Marlin hat seine Mutter verloren. Du und er, ihr teilt das gleiche Schicksal, und ihr seid alles, was eurem Vater von den Frauen, die er einmal geliebt hat, geblieben ist."

„Mein Vater weiß nicht, was Liebe ist."

„Ach, nein? Weißt du es denn?"

„Liebe ist Ehrlichkeit, Vertrauen und Loyalität."

„Nein, mein Lieber. Ehrlichkeit, Vertrauen und Loyalität sind die Stützpfeiler der Freundschaft. Liebe dagegen ist Verzeihen."

Ryan sah mich nur an und ging dann wortlos an mir vorbei.

„Denn eben nicht", murmelte ich und verdrehte die Augen. *Was für ein Dickschädel!*

Plötzlich fiel mir aus heiterem Himmel die Gestalt wieder ein, die ich vom Turmfenster aus gesehen hatte.

Ich schaute Ryan hinterher, der jedoch längst im Turm verschwunden war, und fragte mich, was das zu bedeuten hatte.

Beim Mittagessen wich Ryan beharrlich meinen Blicken aus, und irgendwann gab ich es auf, nach Anzeichen zu suchen, die meinen Verdacht entweder erhärten oder zerstreuen konnten.

Ich würde Marlin fragen, ob Ryan ihn aufgesucht hatte und wenn … dann gnade ihm Gott!

Nach dem Lunch ging ich zurück in die Bibliothek, und um nicht länger über Ryan, Marlin und meine desolate Lage nachzudenken, stöberte ich weiter in Annies Briefen. Nach einer Weile steckte Ailsa ihren Kopf zur Tür herein. „Hast du gesehen, was meine Tante in der Haupthalle angerichtet hat?"

„Ja, habe ich. Ich kam gerade dazu."

„Ryan hat fast einen Anfall bekommen", kicherte sie, kam herein und setzte sich zu mir. „Sind das die Briefe, von denen du erzählt hast?

„Ja. Sag mal, Ailsa, wenn du wieder ins Dorf fährst, könntest du mich dann mitnehmen? Ich müsste dem Pastor einen Besuch abstatten.“

„Dem Pastor? Willst du Ryan exkommunizieren lassen?“

Ich lächelte. „Keine schlechte Idee! Aber, nein. Milly sagte, im Pfarrhaus wurden früher Bücher geführt. Nicht nur die normalen Kirchenlisten – obwohl es nicht schaden könnte, da auch mal einen Blick reinzuwerfen –, sondern auch eine Art Diarium der Pfarrei, und ich wollte ihn bitten, mir Einsicht in die Tagebücher zu gestatten.“

„Das wird nicht so leicht werden. Pastor Livingston ist ein gerissener kleiner Himmelhund, der Geister und Gespenster für ausgesprochenen Bockmist hält. Den musst du schon austricksen.“

„Milly hat Kuchen gebacken.“

„Hm-hm!“, erwiderte Ailsa und verzog das Gesicht zu einem spitzbübischen Grinsen. „Guter Anfang! Trotzdem, du brauchst Unterstützung, meine Liebe. Weißt du was? Ich komme mit.“

„Ehrlich?“

„Ich kann dich doch nicht allein ins Pfarrhaus gehen lassen. Livingston tauft dich, bevor du auch nur merkst, was los ist.“

„Wann fahren wir?“

„Meinetwegen können wir sofort los“, sagte sie. „Ach, da fällt mir ein – du hast nicht zufällig einen schönen, alten Liebesbrief zur Hand?“

„Doch!“, rief ich und wühlte durch meinen Papierhaufen, zog einen hervor und hielt ihn ihr vor die Nase. Sie überflog kurz die Zeilen und grinste dann breit. „Nimm ihn mit!“, sagte sie.

„Warum?“

„Das wirst du schon merken.“

Bestechung eines Pastors

Das Pfarrhaus von Broch Monadail befand sich genau gegenüber einer Feldsteinkirche und sah aus wie ein kleines Rathaus. Es war weiß gestrichen und hatte Fensterrahmen und Läden aus dunklem Holz. Drei breite, ausgetretene Stufen führten hinauf zur Tür, und als ich diese hinaufging, fühlte ich mich ein wenig wie auf dem Gang zum Schuldirektor. Während der Fahrt hatte Ailsa mir erzählt, dass Pastor Livingston in seiner Jugend an einer Grundschule Religion und Englisch unterrichtet hatte und mittlerweile auf die siebzig zuging, was ihn jedoch nicht davon abhielt, immer noch schulmeisterliche Weisheiten zu schwingen.

Die Tür wurde geöffnet, und eine hochgewachsene, mürrische Frau eskortierte uns in ein holzvertäfeltes, gemütliches Büro, wo ein kugelrunder, kleiner Mann am Fenster stand und einem Kanarienvogel eine Apfelschale durchs Gitter reichte.

„Herr Pastor? Hier ist Besuch für Sie", sagte die Frau.

Pastor Livingston drehte sich zu uns. Sein Haar war weiß und flaumig und umrundete wie eine Tonsur seinen Kopf, der ein wenig eiförmig war und ohne Hals auf seinen Schultern saß. Auf seiner Nasenspitze hockte eine kleine, silberne Brille, was ihm alles in allem das Aussehen einer aufgeplusterten und lehrreichen Eule aus dem Vormittagsprogramm eines Kindersenders verlieh.

„Ailsa, meine Liebe!", rief er aus und öffnete die Arme. „Wenn ich dich schon nicht beim Gottesdienst antreffe, ist es doch schön, dich überhaupt mal zu sehen."

Ailsa lächelte über diesen Tadel und hob den Teller. „Hochwürden! Meine Tante bat mich, Ihnen das hier vorbeizubringen, wenn ich ins Dorf fahre." Sie hob das Tuch vom Kuchen und wedelte damit, um den Duft gradewegs in seine Nase zu lenken.

„Pfirsichkuchen!", rief er aus und klatschte entzückt in die Hände. „Ihr zwei leistet mir doch Gesellschaft, nicht wahr? Wer ist eigentlich deine Freundin, Ailsa? Willst du sie mir nicht vorstellen?"

„Das ist Jo, Hochwürden. Sie kommt aus Deutschland und macht hier gerade Urlaub. Ich habe sie mitgebracht, weil sie sich sehr für Ihre Sammlung interessiert."

Ich warf Ailsa einen Blick zu und nickte. „Ja, Hochwürden. Ihre … äh … Sammlung?"

„Ja, meine Sammlung!", rief er, und seine Augen begannen zu leuchten. „Wie wunderbar! Es freut mich immer, jemanden zu treffen, der sich auch für sensuelle Ausdrucksweisen begeistern kann. Wartet! Ich lasse uns Tee bringen." Mit diesen Worten lief er zur Tür und öffnete sie.

„Sensuelle Ausdrucksweisen?", flüsterte ich Ailsa zu, doch die zwinkerte nur und setzte dann eine harmlose Miene auf.

„So!", sagte Pastor Livingston und schloss die Tür. „Frances bringt uns gleich den Tee. Setzt euch! Setzt euch!"

Er wies freudestrahlend auf eine kleine Sitzgruppe und ließ sich selbst in einem Sessel nieder, der schon so mitgenommen aussah, dass es offensichtlich der Lieblingsplatz des alten Herrn war.

„Nun, mein Kind", sagte er. „Wie lange bist du denn schon in unserem schönen Land?"

„Oh! Seit einer Woche", antwortete ich.

„Und? Kann ich hoffen, dich übermorgen bei unserem Sonntagsgottesdienst anzutreffen?"

„Ich werde mich bemühen, Hochwürden."

„Das sollte keine Mühe für dich sein, mein Kind, sondern ein Herzenswunsch!"

„Natürlich, Hochwürden! Ich werde da sein."

Pastor Livingston lächelte. „Bring Ailsa mit!"

Sie hatte recht. Er war ein kleiner gerissener Himmelhund.

In diesem Moment ging die Tür auf, und die unfreundliche Frances servierte uns eine Kanne Tee und stellte Tassen und Kuchenteller auf den Tisch.

„Millys Pfirsichkuchen ist eine Offenbarung – der Herr möge mir vergeben. Danke, Frances!", sagte der Pastor, rieb sich die Hände voller Vorfreude und legte sich dann ein Stück Kuchen auf den Teller. Ailsa hatte sich derweil die Kanne genommen und verteilte bereits den Tee, während ich dem Pastor schmunzelnd dabei zusah, wie der Kuchen im Handumdrehen von seinem Teller verschwand und das nächste Stück in Angriff genommen wurde. Als auch dieses den Weg in seinen Magen gefunden hatte, nahm er seinen Tee, lehnte sich zurück und plazierte die Untertasse auf seinem Bauch. „Sag mal, mein Kind", begann er. „Wie ist es denn dazu gekommen, dass eine so junge und moderne Frau sich für die Kunst des *Lettre d'amour* interessiert? Heutzutage, mit Internet und so weiter wird diese Kunst doch leider kaum noch beachtet. Da wird nur noch mit Kürzeln rumhantiert."

„*Lettre d'amour?*" Ich warf Ailsa einen fragenden Blick zu.

„Na, Annies Brief, Jo!", sagte sie, nickte vielsagend und deutete auf meine Handtasche.

„Annies Brief? Ja, der Liebesbrief!", rief ich aus und riss dann vor Überraschung die Augen auf. „Sie sammeln alte Liebesbriefe?"

„Aber ja!" Er runzelte die Stirn. „Ailsa meinte doch …"

„Ja … nein, ich meine, natürlich!", faselte ich vor lauter Verwirrung. „Ailsa hat es mir gesagt, und deswegen sind wir ja hier. Ich habe auf Caitlin Castle einen alten Liebesbrief gefunden, Hochwürden, und ich fand ihn so berührend, dass ich ihn Ailsa zeigte, und sie schlug vor, mit dem Brief zu Ihnen zu kommen. Vielleicht können Sie uns etwas über die Verfasserin des Briefes erzählen." Ich griff hektisch nach meiner Tasche und zog das Blatt Papier heraus.

Die Neugier von Pastor Livingston war geweckt. Ich schaute zu, wie er den Brief vorsichtig entfaltete und betrachtete. „Oh! Ja! Die fehlerhafte Schriftführung besagt zwar, dass dies ein einfaches Mädchen war, aber ihre Ausdrucksweise ist sehr geschmackvoll. Wo, sagtet ihr, hättet ihr den Brief gefunden?“

„Auf Caitlin Castle, Hochwürden.“

„Caitlin …“ Er hob die Augen und blickte uns verblüfft an. „*Annella'bán*!“, rief er aus und betrachtete den Brief erneut. „Ihr kennt sicher die Geschichten, die sich um die weiße Annie ranken, nicht wahr?“

„Ja, Hochwürden“, sagte ich und legte ihm demonstrativ noch ein Stück Kuchen auf den Teller. „Die Geschichten … Wir sind jedoch an der Wahrheit interessiert.“

Pastor Livingston blickte von dem Kuchen zu mir und dann zu Ailsa. Ein breites Lächeln überzog seine feisten Gesichtszüge. „Nicht schlecht, ihr zwei!“, sagte er und drohte uns freundlich mit dem Zeigefinger. „Mich bei meinen Schwächen zu packen.“ Er schaute wieder auf den Brief und las ihn ein zweites Mal aufmerksam durch. „Na gut!“, meinte er am Ende und legte den Papierbogen neben seinen Teller. „Kommt übermorgen zum Sonntagsgottesdienst. Danach dürft ihr in die Bücher schauen.“

„Das ist …“, rief Ailsa und setzte sich auf. „Bestechung!“

„Nicht doch, mein Kind!“, erwiderte Pastor Livingston und nahm den Teller in die Hand. „Soweit ich das sehe, ist das Pfirsichkuchen.“

Als wir uns vom Pastor verabschiedet hatten und die Stufen des Pfarrhauses wieder hinabstiegen, hatte sich der Himmel zugezogen. Über den Bergen im Südwesten türmten sich dreckig gelbe Wolkenmassen auf, und das Wetterleuchten am Horizont kündete von einem Gewitter.

„Da zieht was auf“, sagte ich, und Ailsa nickte.

„Ja, wenn wir uns beeilen, schaffen wir es noch, bevor es richtig losgeht.“ Sie blickte auf die Uhr an ihrem Handgelenk. Es war mittlerweile halb sieben. Pastor Livingston hatte sich einfach nicht davon abbringen lassen, mir mit stolzgeschwellter Brust seine Sammlung von Liebesbriefen vorzuführen. Dass ein fast siebzig Jahre alter presbyterianischer Pastor eine Vorliebe für schnulzige und teils sogar schockierend freizügige Liebesbriefe hatte, entbehrte nicht einer gewissen Komik. Sensuelle Ausdrucksweise … fürwahr, dachte ich und stieg in Ailsas kleinen Rover.

„Ach, übrigens“, sagte sie, startete den Wagen und warf mir einen vorsichtigen Seitenblick zu. „Was ich dich noch fragen wollte. Wie gut kennst du eigentlich Finn?“

„Finn?“ Ich verkniff mir ein Lächeln. „Kaum. Warum fragst du?“

„Weil …“ Sie blickte mich von der Seite her an und schnaubte überrascht. „Du wirst ja rot!“

„Ja, tut mir leid! Ich wollte es nicht. Es war ein Zufall. Ich habe euch gehört. Heute früh, als ich heimkam. Tut mir leid!“

„Bis in dein Zimmer?“, fragte sie entsetzt und wurde nun auch so rot im Gesicht, als würde sie plötzlich von innen leuchten.

„Nein, nein“, beeilte ich mich zu sagen. „Ich wollte was nachsehen. Im Oktogon, und ihr hattet … gerade zu tun“, schloss ich matt und spürte, wie die Hitze meine Ohren erfasste.

„Oh Gott!“

„Tut mir leid! Wirklich!“

Wir blickten uns an, beide hochrot im Gesicht – und fingen an zu lachen.

„Und du?“, fragte sie einen Moment später. „Wie geht es dir?“

„Großartig!“, sagte ich. „Zu toppen wäre es nur noch, wenn es einen dritten Bruder gäbe.“

„Das nenne ich Optimismus.“

„In der Tat.“ Ich lehnte mich zurück und schaute aus dem Fenster.

Auge um Auge …

Kaum hatten wir Broch Monadail verlassen, zogen die ersten Ausläufer des Unwetters über uns hinweg. Die Bäume neigten sich zur Seite, der Wind wehte Äste und Zweige über die Straße. Als wir das Tor zu Caitlin Castle & Gardens passierten, war es so dunkel, dass Ailsa die Scheinwerfer einschalten musste. „Mistwetter!", knurrte sie und wollte etwas vom Rücksitz des Wagens nehmen.

Genau in dem Moment sah ich den Ast fallen. „Pass auf!", schrie ich, und Ailsa reagierte sofort. Sie trat die Bremsen vor Schreck komplett durch, woraufhin der Motor abstarb. Einen halben Meter weiter, und der Ast wäre auf das Auto gefallen. Er maß etwa zwei Meter in der Länge und war so stark wie meine Oberschenkel. Mir wurde ein bisschen mulmig im Magen.

„Großer Gott!", sagte ich. „Das hätte schiefgehen können."

„Ja … Mist!"

„Nicht auch das noch, verdammt!", bestätigte ich, als die Schleusen des Himmels sich nun auftaten und es wie aus Eimern schüttete.

„Warten wir ab, oder tun wir es?", fragte Ailsa und blickte durch die Frontscheibe in den düsteren Himmel.

„Ich glaube nicht, dass es so schnell wieder aufhört."

„Nein, du hast recht."

Wir nickten uns entschlossen zu und stiegen aus. Meine dünne Jacke war innerhalb von Sekunden durchnässt, und der Wind peitschte uns den Regen waagrecht ins Gesicht. Dennoch schafften wir es, den schweren Ast von der Straße zu hieven, und legten ihn am Wegesrand ab. Triefend vor Nässe stiegen wir wieder ein und schüttelten uns wie Hunde.

„Du siehst aus wie ein begossener Pudel", sagte ich und musterte die vielen kleinen, nassen Löckchen, die Ailsas

Gesicht wie bei einer Porzellanpuppe umrahmten.

„Glaubst du, du siehst besser aus?“, meinte sie lachend und wischte sich mit dem Ärmel das Wasser aus den Augen. „Ich mache uns einen Tee, wenn wir da sind. Ich habe ein paar Kräuter, die einen so richtig durchwärmen.“

„Sehr gut!“ Ich blickte an mir herab. „Das schottische Wetter wächst einem wirklich ans Herz.“

„Anscheinend nicht nur das“, entgegnete sie lächelnd und startete den Motor. „Mal sehen, was noch kommt.“

„Du weißt doch“, sagte ich. „Erstens kommt es anders, und zweitens als man denkt.“

Es kam, wie es kommen musste … Ich sah sie schon, als wir uns dem Vorplatz näherten. „Oh nein!“

„Was ist? Soll ich sie einfach über den Haufen fahren?“, fragte Ailsa und hielt genau auf die beiden zu.

Ryan und Marlin standen sich vor dem Torhaus gegenüber, durchnässt bis auf die Haut. Sie taxierten sich wie Bluthunde. Ihre Oberkörper waren vorgeneigt, die Hände zu Fäusten geballt. Vom Regen und dem Sturm nahmen sie keine Notiz, und im nächsten Moment fielen sie übereinander her.

„Verflucht!“, schrie ich. Ailsa bremste ab, und ich sprang aus dem Wagen. „Hört sofort auf, ihr Idioten!“

Ich konnte Ryans Faust sehen, die vorschnellte. Marlin parierte mit dem Unterarm und schlug nun seinerseits zu.

„Ich habe gesagt, ihr sollt aufhören!“

Der Wind heulte, Blitze zuckten über den düsteren Himmel und erhellten die Szenerie für die Dauer eines Wimpernschlages. Donnerschläge hallten in den Ohren wider. All das verlieh diesem Moment etwas gespenstisch Animalisches. Etwas, dem ich mich trotz meiner Wut und Angst kaum entziehen konnte. Nackte Haut, die zwischen zerrissenen Stofffetzen hell hervorschimmerte, Muskeln, die im entfesselten Kampf ihren eigenen Tanz tanzten, Blut, Schweiß und Tränen aus Zorn.

Ich bekam eine Gänsehaut.

Marlins Finger krallten sich in den Stoff von Ryans Hemd, und als Ryan zuschlug, riss es bis zum Saum auf. Marlin wiederum rammte seine Faust in Ryans Magen, der sich vorbeugte und sich mit dem Kopf voran auf Marlin stürzte. Sie strauchelten beide, landeten in einer Regenpfütze und wälzten sich in einem Knäuel über den Schotter.

In diesem Augenblick tauchte Rupert in der Tür auf mit Ailsa, Finn und Lucas, Milly und Malcolm. Ruperts Miene hatte etwas Entschlossenes an sich. Er hob ein Gewehr und schoss in die Luft. Ryan und Marlin stoben auseinander wie verschreckte Hühner und wischten sich Haare und Dreck aus den Augen.

„Thoir do chasan leat!", rief Rupert, und seine tiefe, brodelnde Stimme übertönte das Brausen des Sturmes. „Sonst erschieße ich euch wie tollwütige Hunde!" Er bedachte beide mit einem gnadenlosen Blick, drehte sich um und ging wieder hinein. Milly folgte ihm.

Finn sah mir in die Augen, deutete mit einer Kopfbewegung auf die beiden Kontrahenten und nickte mir zu, dann nahm er Ailsas Hand und ging mit ihr und Lucas hinein.

Ich holte tief Luft, blickte zwischen den Männern hin und her, und mein Herz schlug so heftig, dass es sich anfühlte, als würde es gleich meinen Brustkorb sprengen.

„Seid ihr wahnsinnig?", schrie ich sie an.

Ryan wischte sich langsam mit dem Handrücken das Blut von den Lippen, und Marlin spuckte Blut und Rotz zur Seite aus, doch sie ließen sich nicht eine Sekunde lang aus den Augen.

„Hey! Ich rede mit euch!", sagte ich im Befehlston, beugte mich vor und schaute ihnen ins Gesicht.

„Es geht mir gut", erwiderte Ryan und wich meinem Blick aus.

Ich sah zu Marlin hinüber.

„Mir auch", knurrte er.

„Welch ein Jammer!" Ich funkelte sie an. „Vielleicht hättet ihr besser die Schwerter aus der Halle nehmen und euch damit die Köpfe einschlagen sollen."

„Nächstes Mal mache ich dich fertig", sagte Ryan.

„Das schaffst du nicht, kleiner Bruder", entgegnete Marlin, ohne mit der Wimper zu zucken.

„Ihr seid unglaublich!", rief ich. „Muss denn erst wirklich was Schreckliches passieren?"

Weder Ryan noch Marlin zeigten eine Reaktion.

„Jetzt reicht's! Ich sage euch was: Solange ihr zwei euch wie infantile Schläger benehmt, könnt ihr euch eure schönen Worte, euer Geschwätz von Liebe und Hingabe in den Hintern schieben!"

„Jo …" Marlin hob beschwichtigend eine Hand.

„Alle beide!", fauchte ich und durchbohrte ihn mit meinem Blick. Die Hand sank wieder.

„Meinetwegen zieht doch zu Felde wie die Zeloten, aber lasst mich dabei außen vor – und zwar in jeder Beziehung!"

„Das meinst du nicht ernst", sagte Ryan, runzelte die Stirn und zuckte vor Schmerz zusammen.

„Auf was willst du wetten?", versicherte ich ihm, drehte mich zur Tür und ließ die Brüder dort im Regen zurück.

Die Farben des Regenbogens

Die sonst so anheimelnde Atmosphäre der Bibliothek mit ihren Gerüchen und dem warmen Licht erzielte nicht den erhofften Effekt auf meine in Aufruhr befindlichen Gefühle. Ich stand kurz vor einem Nervenzusammenbruch. Allein der Umstand, dass ich vor Wut schäumte, hielt mich davon ab.

Draußen vor den Fenstern fand der Weltuntergang statt, und es hätte mich nicht überrascht, wenn sich auch über meinem Kopf Gewitterwolken zusammengezogen hätten und es in der Bibliothek plötzlich wie aus Eimern gießen würde.

Ailsa und Finn hatten Marlin mit dem Landrover zurück ins Cottage gefahren, und Ryan war von Milly und Severíne verarztet worden. Ich war ohne ein weiteres Wort in mein Zimmer gegangen, hatte die Tür hinter mir zugeworfen und meinen Koffer aus dem Schrank gezerrt. Dann saß ich eine Ewigkeit auf dem Bett, den Koffer vor mir auf dem Boden, und konnte mich nicht dazu durchringen, sie zu verlassen.

Irgendwann hatte ich den Koffer wieder in den Schrank verfrachtet, mich umgezogen und war in die Bibliothek gegangen, in der Hoffnung, dort Ruhe und Frieden zu finden. Doch auch Annies Briefe konnten meinen Gemütszustand nicht abkühlen. Ich konnte mich ja kaum auf die geschriebenen Worte, geschweige denn deren Inhalt konzentrieren. Immer und immer wieder spielte sich die Szene vor meinen Augen erneut ab – und immer und immer wieder wurde ich so wütend, dass ich fast mit den Zähnen knirschte.

Plötzlich ging die Tür ein Stück weit auf, und eine leise, unsichere Stimme erklang. „Kann ich mit dir reden?“

Auch das noch! Ich hob den Kopf.

Ryans Nase war lila und angeschwollen. Er hatte einen blutigen Riss über der rechten Augenbraue und einen in der Unterlippe. Das linke Auge würde morgen blau sein, dann violett, grün …

„Nicht, wenn ich dich davon abhalten könnte“, sagte ich und schaute wieder auf den Brief vor mir, ohne ihn wirklich zu sehen. Kurz darauf hörte ich seine Schritte auf dem Dielenboden, wie er den Stuhl zurückschob und sich langsam und mit einem leisen, unterdrückten Schmerzenslaut setzte.

„Marlin geht es gut so weit“, sagte er. „Ailsa und Finn waren eben noch mal kurz bei ihm.“

Ich schwieg, sah auch nicht auf, doch seinen Blick spürte ich so sehr, dass meine Kopfhaut zu kribbeln begann.

„Jo!“, flehte er. „Bitte! Sag doch was!“

„Was habt ihr euch dabei gedacht?“, rief ich und hob sofort die Hand, um ihm zuvorzukommen. „Nein! Lass es! Ich will es gar nicht wissen.“ Ich schaute wieder auf den Brief.

„Wir haben gar nicht nachgedacht“, sagte er. „Ich jedenfalls nicht. Es war …“

„Ich hatte gesagt, ich will es nicht wissen“, knurrte ich.

Wir schwiegen. Allein der Regen, der Wind und das Knacken der Torfscheite im Kamin waren zu hören.

„Dann lass uns über etwas anderes reden, Jo!“, bat er und legte seine Hand auf meine. Ich zog sie weg, lehnte mich zurück und sah ihn an. Das intensive Grün seiner Augen biss sich furchtbar mit den restlichen Farbtönen in seinem zerschundenen Gesicht, doch ihre Wirkung auf mich hatten sie dadurch nicht eingebüßt. Ich verbannte alle aufkommenden Gefühle aus meinem Bewusstsein, räusperte mich und fragte: „Worüber?“

„Ähm“, fing er an, biss versehentlich auf seine Lippe und zuckte zusammen. Er hob den Kopf und beäugte mich, als wäre er auf der Hut vor einem weiteren Donnerwetter. „Lucas sagte, Ailsa und du wart im Dorf? Im Pfarrhaus?“

„Ja, waren wir.“

„War es nett?“

„Ja.“

„Hat er dir seine Sammlung gezeigt?“ Ein kleines, lockendes Lächeln überzog sein Gesicht, was in Kombination mit den vielfältigen Überbleibseln der Schlägerei so bizarr wirkte, dass ich unwillkürlich schmunzeln musste.

„Du weißt von der Sammlung?“

Er nickte. „Meine Großmutter und Pastor Livingston sind gut befreundet. Sie hat ihm mal einen Brief überlassen, der aus der Feder eines ihrer früheren Verehrer stammte. Als sie ihn bekam, war sie siebzehn, zumindest erwähnte sie das irgendwann mal. Was wolltet ihr eigentlich im Pfarrhaus?“

Plötzlich fiel mir ein, dass wir bisher nicht ein einziges Mal über die Briefe gesprochen hatten. Zu viel war geschehen in den letzten Tagen. Wusste er überhaupt, dass die Handschriften, die Severíne aus Edinburgh mitgebracht hatte, von Annie waren?

„Hast du schon mal von Annie Guthrie gehört?“, fragte ich.

„Annella’bán? Das sind doch Ammenmärchen, Jo.“

„Die Legende der weißen Annie, ja sicher, aber das hier nicht. Annie Guthrie gab es wirklich, und sie hat hier gelebt. Hier auf Caitlin Castle. Sie war Dienstmädchen zu der Zeit, als unser Samuel hier seinen Hausarrest absitzen musste.“

„Bist du sicher?“

„Ja, einige der Briefe sind datiert, und dann haben wir noch das hier.“ Ich suchte das Leinentaschentuch heraus, auf dem Annie einst ihren Traum notiert hatte, und zeigte ihm die Initialen, die dort am Rand eingestickt und noch immer lesbar waren – AG.

„Annie Guthrie“, sagte ich. „All die Briefe und Notizen, die man damals hier gefunden hatte, sind von ihr. Milly hatte mich auf die Idee gebracht, Pastor Livingston um Einsicht in die Pfarrbücher zu bitten. Ich hoffte, etwas zu finden.“

„Und?“

„Ich muss Sonntag mit Ailsa zum Gottesdienst gehen."

Ryan lächelte. „Livingston läuft zur Hochform auf, wenn er ein Schäfchen wittert."

„Ja, das stimmt."

Ryan suchte meinen Blick, und seine Augen wärmten mich wie schwerer grüner Samt. „Ich hatte Angst, du würdest bereits deine Koffer packen", sagte er leise.

„Ich habe darüber nachgedacht."

„Und zu welchem Schluss bist du gekommen?"

„Zu keinem."

„Das heißt, du bleibst?" Hoffnung machte sich auf seinem Gesicht breit.

Ich atmete lächelnd aus. „Ja", sagte ich. „Vorerst … Und nun geh! Ich kann deinen Anblick kaum ertragen."

Ryan lachte auf und zuckte zusammen. „Au, verdammt!", fluchte er, strich mit den Fingerspitzen über den Riss an seiner Unterlippe und warf mir einen zweiten samtgrünen Blick zu. „Ich bin sehr froh, dass du nicht fortgehst, Jo."

„Ryan, das heißt nicht, dass ich …"

„Aye, ich weiß", unterbrach er mich leise, lächelte bittersüß, stand auf und ging zur Tür.

Mit gemischten Gefühlen schaute ich ihm nach. „Sag Severíne, sie soll dir ein rohes Steak aus der Küche holen!"

„Das hole ich mir lieber selbst", erwiderte er und machte die Tür von außen zu.

Am nächsten Morgen sah Ryan aus wie ein Porträt aus der blauen Periode Pablo Picassos. Ailsa, die diesen Vergleich beim Frühstück gezogen hatte, versteckte ihr Schmunzeln hinter der Teetasse. Finn hielt sich eine Serviette vor den Mund, und Malcolm grinste unverhohlen, Lucas verwandelte sein Lachen in ein Räuspern, und selbst Severínes Augen blitzten amüsiert auf.

Ich konnte Ailsa nur beipflichten. Ryan bot an diesem Morgen einen wahrlich verheerenden Anblick. Ailsa hatte ihn mit einer ihrer Wundersalben behandelt, die eine grässlich graugrüne Farbe hatte und nach Kompost roch.

„Vielleicht sollten wir ihn in die Galerie hängen“, schlug Finn vor, legte die Serviette beiseite und schlug lächelnd die Augen nieder. Ryan revanchierte sich mit einer Grimasse, zuckte zusammen und fluchte leise. Das tat er dauernd, etwa jedes Mal, wenn der heiße Tee oder der Porridge seine Unterlippe traf, und so vorsichtig, wie er kaute, vermutete ich, dass auch seine Zähne und sein Zahnfleisch etwas abbekommen hatten.

„Ja, ja, reißt ihr nur eure Witze“, knurrte er, hob den Kopf und sah mich aus blutunterlaufenen Augen an. „Alles okay?“, fragte er.

„Geht schon“, erwiderte ich und hob meine Tasse.

Ich hatte gehofft, der Kaffee würde mich ein wenig aufbauen, doch die Nacht steckte mir zu tief in den Knochen. Ich hatte kaum ein Auge zubekommen. Gegen Morgen hatte sich das Donnerwetter in mir zwar etwas gelegt, hauptsächlich da ich beschlossen hatte, sämtliche Empfindungen und Emotionen mit aller Kraft auszublenden. Doch jedes Mal, wenn ich Ryan ansah, wurde ich daran erinnert, und das brachte mein Blut aufs Neue in Wallung. Die Wut schwelte noch immer dicht unter der Oberfläche meiner Selbstbeherrschung wie das Knistern in der Luft kurz vor einem Gewitter, und ich hatte das Gefühl, dass beim kleinsten Wort oder Blick das Unwetter losbrechen könnte.

Ryan wollte mit Finn und Lucas gegen Mittag nach Fort William aufbrechen, um eine schnelle Untersuchung in dem dortigen Museum durchzuführen. Sie würden erst am Sonntagnachmittag wieder zurück sein, und er hatte mich gefragt, ob ich mitfahren wollte, doch ich hatte abgelehnt.

Es gab noch etwas zu erledigen, das ich nicht länger vor mir herschieben konnte.

Marlin … Und die Wetterlage war unberechenbar.

„Wie ging es Marlin gestern Abend?“, fragte ich und half Ailsa beim Einsammeln der Teller, während alle anderen bereits aufgebrochen waren. Sie zuckte mit den Schultern.

„Die Familienähnlichkeiten sind heute noch viel größer, vermute ich mal. Er hat in etwa dieselben Blessuren. Bei Marlin ist es das andere Auge. Es wird heute fast zugeschwollen sein, schätze ich. Er hat einen Riss am rechten Ohrläppchen und einen im Mundwinkel. Und er hat sich den Mittelfinger verstaucht.“

Sie hatte kaum zu Ende gesprochen, da wurde ich schon wieder wütend. Dennoch ging ich anschließend in mein Zimmer, setzte mich an den Kamin und nahm mein Telefon.

„Ich hätte nicht gedacht, dass du anrufst“, sagte er, als er nach dem ersten Klingeln sofort ranging.

„Wie geht es dir?“, fragte ich.

„Es tut mir leid, Jo!“

„Ich habe gefragt, wie es dir geht.“

„Du bist immer noch wütend, oder?“

„Marlin!“

„Es geht so“, sagte er schnell. „Mir tun die Knochen weh, und ich sehe ein bisschen aus wie Rocky, eins bis vier.“

Ich biss mir auf die Lippe.

„Es ist schön, dass du anrufst“, sagte er dann, und am liebsten hätte ich ihn durchs Telefon gezogen und ihn so lange geschüttelt, bis die Vernunft in seinem malträtierten Schädel wieder Einlass fand.

„Brauchst du irgendetwas?“, fragte ich stattdessen.

„Ich brauche dich, Jo.“

Da legte ich auf. Ich schloss die Augen und atmete ein

paarmal tief durch, öffnete sie wieder und starrte auf die brennenden Torfstücke im Kamin. Dann wählte ich erneut seine Nummer, und bevor er auch nur irgendetwas von sich geben konnte, sagte ich: „Ich bin in zwei Stunden da.“

„Glaub nicht, dass ich dir verziehen habe“, erklärte ich, als Marlin die Tür öffnete. „Ich bin nur hier, um nach deinen Verletzungen zu sehen.“

„Okay.“ Ein Lächeln blitzte auf in seinem Gesicht. Der Wangenknochen auf der rechten Seite war lila, und Ailsa hatte recht, das Auge darüber war zugeschwollen. Die Haut zwischen dem rechten Ohrläppchen und der Wangenseite war eingerissen.

„Das sieht böse aus“, meinte ich, hob die Hand und drehte sein Gesicht zur Seite, um es besser einschätzen zu können.

„Das wird schon wieder“, erwiderte er grinsend. „Du solltest mal den andern sehen.“

„Den habe ich gesehen“, entgegnete ich trocken, trat an ihm vorbei in den Flur, ließ mir aus der Regenjacke helfen, die ich mir von Malcolm geliehen hatte, und ging ins Wohnzimmer. Im Fernsehen lief eines dieser Snooker-Matches, und der Tisch war vollgestellt mit Ordnern und Akten. Daneben stand unbenutztes Verbandszeug.

„Setz dich da hin!“, befahl ich und zeigte auf die kleine Sesselgruppe vor dem Kamin. „Ich will es mir ansehen.“

Der Riss war Gott sei Dank nur oberflächlich, er würde von allein zusammenwachsen. Ich nahm den kleinen Tiegel Wundsalbe, den Ailsa mir mitgegeben hatte, aus der Tasche, öffnete ihn und ignorierte Marlins Naserümpfen.

„Wer schön sein will, muss leiden“, sagte ich und strich die klebrige Masse auf die Kratzer in seinem Nacken und auf die Schrammen an Kinn und Ellbogen.

„Ich sollte mich öfter prügeln, wenn du mich danach jedes

Mal so liebevoll umsorgst", meinte er, woraufhin ich mit den Fingern gegen das Ohr schnippte.

„Au!"

„Noch so einen Spruch, mein Lieber, und Doktor Ross wird dir deine Ohren wieder annähen müssen."

„Rücksichtsloses Frauenzimmer!", murmelte er mit einem Lächeln in der Stimme.

Ich drehte den Deckel wieder auf den Tiegel, stellte diesen auf den Tisch und wischte mir die Finger an einem Papiertaschentuch ab. „Was tut dir sonst noch weh?", fragte ich.

„Willst du es alphabetisch?"

Ich stemmte die Hände in die Hüften. „Okay, anders gefragt, was tut dir nicht weh?"

„Mein Schwanz."

„Na, Gott sei Dank", sagte ich nur und drehte sein Gesicht nach allen Seiten.

„So! Und wenn ihr noch mal versuchen solltet, euch gegenseitig umzubringen, bin ich weg, und ihr beide könnt eure Familienzwistigkeiten bis ins hohe Alter austragen."

Marlin lächelte und wollte mich auf seinen Schoß ziehen.

„Nein!", sagte ich und drohte mit dem Finger. „Lass das! Ich bin immer noch wütend."

„Aye, das sehe ich."

„Ich dachte, du wärst der vernünftigere von euch beiden, Marlin! Aber du bist genauso wie er, immer zum Angriff bereit. Um was zum Teufel ging es da eigentlich?"

„Was glaubst du denn, um was es da ging?"

Ich starrte ihn an. Er legte den Kopf schief und erwiderte den Blick freiheraus. Ich hatte es nicht wahrhaben wollen, als ich sie dort vor dem Torhaus sitzen sah, blutig, zerschrammt und voller Hass aufeinander, aber was ich da nun in seiner Miene las, bestätigte es.

„Wo leben wir denn? Im Mittelalter?", fragte ich. „Soll ich mich jetzt geschmeichelt fühlen?"

„Er hat geschworen, dich mir wegzunehmen, und ich habe nicht vor, brav danebenzustehen und tatenlos zuzuschauen. Nicht, wenn ich es verhindern kann."

„Habe ich da noch ein Wörtchen mitzureden, oder bin ich bloß die Trophäe?"

„Natürlich bist du keine Trophäe. Und du bist nicht schuld an dem, was geschehen ist. Früher oder später wäre es so oder so dazu gekommen."

„Ihr zwei habt also lediglich nach einem passenden Grund gesucht, um euch zu prügeln. Und der war ich? Habt ihr Schafsköpfe denn nichts Sinnvolleres zu tun?"

„Jo, bitte!"

„Nein, ich muss nachdenken", wehrte ich ab, nahm meine Tasche und wollte gehen.

„Jo, ich liebe dich", sagte er leise hinter mir.

Ich blieb stehen und drehte mich um. „Ich liebe dich auch, Marlin – und ich liebe Ryan. Und glaube mir, ich wünschte, es wäre nicht so, aber es ist, wie es ist. Und deswegen werde ich nicht fröhlich mit ansehen, wie ihr euch weiterhin die Köpfe einschlagt. Wenn ihr euch schon das Leben schwermachen müsst, dann tut es nicht meinetwegen."

Ich wandte mich um und suchte mein Heil in der Flucht.

Dritter Teil

Erkenntnis

Wenn du erkennst, dass du richtig oder falsch lagst, bist du noch lange nicht am Ziel.

Café au Lait

Ich lief durch den Park, der nun nach dem Sturm einer unordentlichen Idylle glich. Überall lagen verwehte Blüten, Blätter und kleine Äste auf den Wegen. Die Zweige von Goldregen und Spieren hingen tief, schwer vom Wasser, so dass ihre Blüten den Boden berührten. Die Luft war rein und frisch und roch nach Fruchtbarkeit. Von den Bäumen tropfte es auf meinen Kopf, und der Regen war zu einem Nieseln abgeflaut, der sich wie ein sanfter Schleier auf alles legte.

Ein Schleier, der es jedoch nicht vermochte, meine Gefühle vor mir selbst zu verbergen. Ich liebte sie tatsächlich beide. Ich konnte mich nicht länger vor dem verschließen, was offensichtlich wurde, als sie aufeinander losgingen. Mein Herz hatte sich von einem Moment auf den anderen geteilt, als hätte die Angst um Ryan und Marlin es entzweigerissen wie ein Blatt Papier. Seitdem hatte ich diese Gefühle energisch verdrängt, doch langsam sah ich ein, dass ich da gegen Windmühlen kämpfte.

Bilaterale Liebe, ging es mir durch den Kopf. War so was tatsächlich möglich?

Ich wanderte ein Stück abseits vom Hauptweg durch eine duftende Ansammlung von weiß blühenden Büschen und stand plötzlich auf einer kleinen Felsnase. Unter mir in etwa drei bis vier Metern Tiefe schlugen die sanften Wellen des Loch Monadail gegen das Gestein. Bocan uaimh. Ich beugte mich etwas vor, um hinunterzuschauen, und fragte mich, ob unter Wasser tatsächlich eine Höhle war. Zu sehen war jedenfalls nichts. Ich drehte mich wieder um und wanderte zurück zum Hauptweg.

Als ich mich der Burg näherte, sah ich Finn und Ryan in den Landrover steigen und wegfahren. Ich blieb stehen und verfolgte, wie der Wagen den Zufahrtsweg hinunterbrauste und schließlich im grünen Dickicht verschwand. Dann kamen Rupert und zwei Bedienstete von der anderen Seite der Burg. Die Männer schoben mit Holz beladene Karren vor sich her. Rupert winkte mir zu, ich grüßte zurück. Milly erschien an einem Fenster und rief Rupert etwas zu, was ich nicht verstand. Dann trat Ailsa aus einer Seitentür mit einem Korb voll Wäsche, blinzelte in die Luft und ging weiter zum Wäscheplatz. Hoch oben auf den Zinnen sah ich Malcolm und Lucas, und über den Bergen bahnte sich die Sonne langsam einen Weg durch die Wolken. Das Unwetter war vorbei, alles ging seinen gewohnten Gang. Irgendwie hatte dies etwas Versöhnliches an sich. Ich atmete tief durch, wandte mein Gesicht dem ersten Sonnenstrahl zu und machte mich auf den Weg zurück in die Burg und ging schnurstracks in die Bibliothek. So nach und nach betrachtete ich diesen Raum mit seiner dunklen Holzvertäfelung, den abgeriebenen Ledersesseln, den deckenhohen Regalen und seinem unverwechselbaren Duft als mein höchstpersönliches Refugium. Daher war ich ziemlich verwundert und etwas verärgert, als ich Severíne dort vorfand. Sie stand am Tisch, in Jeans, Hemd und einer Mohair-Strickjacke, hatte die blonden, glänzenden Haare zu einem simplen Pferdeschwanz gebunden und blätterte lustlos in Annies Briefen.

„Kann ich dir helfen?“, fragte ich und machte die Tür hinter mir zu.

Sie blickte auf. „Da bist du ja. Ich habe auf dich gewartet.“

„Ach, tatsächlich?“

„*Oui*!“, sagte sie und lächelte. „Ich wollte mit dir reden und mich bei dir entschuldigen.“

„Weswegen?“

„Ich war nicht gerade charmant zu dir, oder?“

„Das ist mir kaum aufgefallen“, sagte ich und ging zu ihr, nahm ihr das Blatt aus der Hand und legte es auf den Stapel, den ich noch lesen wollte.

„Jo, seien wir mal ehrlich. Du mochtest mich doch von Anfang an nicht. Als du sahst, dass ich Ryan geküsst habe, bist du auf und davon. Ich hatte keine Chance zu erklären.“

„Severíne, das ist doch kalter Kaffee.“

„Wie? Kalter Café?“

„Das ist ein altes Thema, meine ich. Das müssen wir nicht mehr vertiefen.“

„Findest du nicht? Ich schon. Ich bin dir nicht aus Groll – wie heißt das? – aus dem Weg gelaufen?“

„Gegangen.“

„Aus dem Weg gegangen“, sagte sie und betonte die Silben. „Ich glaubte eher, du wolltest nichts mit mir zu tun haben.“

Sie stand da in ihrer grazilen Vollkommenheit, und ich versuchte, in ihrem Gesicht zu lesen, so wie Ryan es oft bei mir getan hatte, doch ich entdeckte keine Anzeichen von Verschlagenheit in ihren grauen Katzenaugen. Aus ihrem Gesicht sprach Betroffenheit. Nichts weiter. Ich hoffte, dass ich nicht falschlag.

„Ja, vielleicht“, erwiderte ich. „Vielleicht hatten wir einfach nur einen schlechten Start.“

„Siehst du?“, sagte sie und lächelte. „Das meine ich. Einen schlechten Start.“

„Und was machen wir jetzt?“

„Wir fangen von vorne an.“ Sie lachte und reichte mir ihre zarte, feingliedrige Hand. „Hallo! Ich bin Severíne Françoise de Leroux. Ich habe mittelalterliche Symbolik an der Sorbonne und in Oxford studiert und arbeite für Professor Sutherland als Forscherin am Institut von Edinburgh.“

Immer noch voller Skepsis griff ich zu. „Ich bin Johanna Bergman und ich habe drei Semester Philosophie studiert und kann ansonsten nicht viel vorweisen.“

„Das macht nichts!“, sagte sie lachend und winkte ab. „Hast du Lust auf einen echt französischen Café au Lait?“

„Hier?“

„*Mais oui!* Komm mit mir!“ Sie hielt meine Hand fest und zog mich vom Stuhl.

Es war halb zwölf, und anders als in Deutschland war Millys Küche um diese Uhrzeit verwaist. Ich ließ mich am Tisch nieder und beobachtete Severíne, wie sie den Kessel mit Wasser füllte, Milch in einen Topf goss und beides auf dem Herd abstellte. Es waren banale Tätigkeiten, doch jede ihrer Handbewegungen war graziös und anmutig wie die einer feinen Dame und wirkte auf irgendeine Weise verführerisch.

„Kann ich dich etwas fragen?“, bat ich und schaute zu, wie sie zwei verschiedene Kaffeesorten in eine kleine, gläserne Filterkanne tat.

„*Naturellement!*“

„Hast du gemerkt, dass Malcolm in dich verliebt ist?“

„Malcolm?“ Sie sah mich überrascht an. „Nein. Er ist wirklich ein lieber Junge. Aber ich hatte nicht das Gefühl, dass ich ihm … Hoffnungen gemacht hätte. Er scheint eher dich zu mögen. Bist du sicher?“

„Es ist ziemlich offensichtlich, Severíne. Er lässt den Kopf hängen wie ein geprügelter Hund. Sei mir nicht böse, aber vielleicht könntest du einfach nur ein bisschen weniger Charme sprühen lassen, wenn er dabei ist.“

Severíne lachte. „Das werde ich bedenken. Merci, *Chérie!*“ Sie warf dem Herd einen prüfenden Blick zu und ließ sich geschmeidig mir gegenüber nieder, schlang die Beine übereinander und strich sich mit den Fingerspitzen eine Haarsträhne aus dem Gesicht.

Herrgott!, dachte ich, das ist noch nicht mal einstudiert. Bekommt man so was in Frankreich in die Wiege gelegt? Ich kam mir vor wie ein Trampel und schlug klammheimlich meine Beine unter dem Tisch übereinander.

Schottisches Wetter, schottisches Essen, Schottenröcke, Olivier Martinez und Markus Schenkenberg in ebenjenen, Berlin, Marseille, deutscher Wein, französischer Wein, Whisky … Als der Teekessel endlich zu pfeifen begann, hatten wir alle unverfänglichen Themen durch, und ich machte mir langsam Sorgen, weil mir der Gesprächsstoff ausging. Ich schaute zu, wie sie die letzten Handbewegungen ausführte und roch bereits den Duft, der aus der Kanne aufstieg.

Severíne drückte die Filterscheibe stetig und langsam nach unten, nahm dann den Milchpott vom Herd und goss Kaffee und Milch gleichzeitig in zwei große, bauchige Suppentassen. Zu guter Letzt nahm sie die Zuckertüte, streute braunen Zucker obendrauf und schob mir eine der Tassen über den Küchentisch zu.

„Voilà!“

Ich beugte mich über die Tasse und sog den Duft tief ein. „Oh Gott! Ich habe das Gefühl, so was seit Monaten nicht mehr getrunken zu haben.“

„Allez! Trink vorsichtig! Er ist heiß“, sagte sie lächelnd.

Ich nahm den Löffel und rührte ein wenig darin herum, steckte ihn mir in den Mund und schloss die Augen vor lauter kaffeegetränkter Glückseligkeit.

„Ich habe mit Ryan geredet. Gestern am Abend.“

Ich riss die Augen auf. „Worüber?“

„Über ihn und seinen Bruder – und über seinen Vater. Und ich glaube, ich habe etwas erreichen können.“

„Du glaubst, du …“

„*Oui*!“ Sie nickte. „Wir werden, nachdem wir hier fertig sind, zu seinem Vater fahren. Er hat mir sein Versprechen gegeben.“

„Wenn dir das gelungen ist, Severíne, dann verdienst du meine Anerkennung.“

Severíne lächelte und rührte in ihrem Kaffee, hob den Kopf und blickte mich an. „Ich möchte nicht deine Anerkennung, Joanna, sondern dein Einverständnis. Ich weiß, er wird nicht mitgehen, wenn du es nicht, ähm … gutheißt?“

„Du willst mein Okay?“

„*Oui*! Joanna, schau! Ryan ist uneins mit sich und der Welt. Das war auch der Grund, warum ich ihn damals nicht halten konnte. Ich liebe ihn, und ich weiß, dass auch du ihn liebst, und darum bitte ich dich, mir zu helfen. Um seinetwillen – nicht für mich.“

Bevor ich antworten konnte, drang vom Korridor her eine laute, wutschnaubende Stimme zu uns in die Küche: „Dieses verfluchte Mistvieh! Dem Biest drehe ich den Hals um!“ Im nächsten Augenblick rauschte Milly um die Ecke, mit Nelly im Schlepptau und dem zerfledderten Rest eines ehemals monströsen Lachses in den Händen. Severíne und ich schafften es gerade noch rechtzeitig, unsere Tassen vom Tisch zu heben und von den Stühlen zu springen, bevor Milly den Kadaver mit einem Klatschen auf die Tischplatte fallen ließ. Wasser, Sand und Grasfetzen flogen durch die Luft.

„Jemand sollte diese gottlose Kreatur erschießen, bevor ich sie in die Finger kriege!“

„Mackenzie?“, fragte ich.

„Ersticken soll er daran!“, fauchte Milly. „Ich habe mich nur kurz umgedreht und zack! – Aus dem Korb hat er ihn mir geklaut.“ Sie stemmte die Fäuste in die Hüften. „Was mache ich denn jetzt?“

„Bouillabaisse“, schlug Severíne vor, und ich fing an zu lachen.

Da uns laut Rezeptur sechs weitere Fischsorten fehlten, um eine anständige Bouillabaisse zuzubereiten – Milly hatte zwar vorgeschlagen, Mackenzie zu filetieren, um diese Fische zu ersetzen, konnte aber davon abgebracht werden –, sollte es nun eine einfache Fischbrühe geben. Also hatte Milly den angefressenen Teil des Lachses großzügig abgetrennt, Nelly in die Hand gedrückt und sie aufgefordert, ihn mit Rattengift zu spicken und in den See zu werfen. Nelly war daraufhin aus der Küche geflüchtet.

Später erfuhr ich, dass Rupert das Stück heimlich an Mackenzie verfüttert hatte, was mich zu der Frage veranlasste, ob er dies wohl öfter tat. Sein schelmischer Gesichtsausdruck war Antwort genug auf die Frage, warum der Fischotter keine Scheu vor Milly hatte.

Die Brühe war köstlich, das frisch gebackene Brot dazu ein Festschmaus, und Ruperts Schilderungen, der Millys Jagd vom Nordturm aus verfolgt hatte, untermalten den Lunch.

„Und dann ist sie mit der Lauchstange Mackenzie hinterher", rief er und schwang seinen Löffel wie eine Keule, während ihm die Lachtränen über das Gesicht liefen. „Und gebrüllt hast sie: ‚Gib ihn wieder her! Gib ihn wieder her!'"

Alle am Tisch brachen in erneutes Gelächter aus und schauten Milly schadenfroh und doch voll Nachsicht an.

„Dieses Vieh hasst mich!" Milly wischte sich mit der Serviette die Tränen aus den Augenwinkeln.

„Nein, *mo chridhe*!" Rupert hielt sich den Bauch und schüttelte noch immer glucksend den Kopf. „Mein Herz, er hasst dich doch nicht. Er lebt nur schon viel zu lange in der Nähe von uns Menschen und hat sich eben an uns gewöhnt."

„Nicht zuletzt, weil du ihm stets Leckerbissen zusteckst. Glaub nicht, dass ich das nicht weiß!"

Rupert gab Milly einen stürmischen Kuss auf die Wange, woraufhin sie ihm verlegen gegen den Oberarm schlug, ihren Kopf an seine Schulter legte und Tränen lachte.

Dieser Anblick inniger Liebe ging mir zu Herzen. Ich fragte mich, wie lange Rupert und Milly wohl schon verheiratet waren, und erinnerte mich an eine von Millys Anekdoten, die sich zugetragen hatte, als sie siebzehn war und Rupert ihr im Kilt nachgestellt hatte. Wie schaffte man es, dass sich über eine so lange Zeitspanne die Verliebtheit nicht abnutzte? Mein Blick glitt zur Seite. Severínes Gedankengänge schienen in dieselbe Richtung zu laufen. Sie hatte das Kinn in die Hand gestützt und schaute fast sehnsüchtig und mit einem Lächeln auf den Lippen dem Schäkern der Eheleute zu.

Schwarz auf weiß

„Trotzdem! Ich glaube dieser Frau kein einziges Wort“, begehrte Ailsa im Flüsterton auf, nachdem ich ihr am folgenden Tag vor dem Gottesdienst von Severíne erzählt hatte, was sie dazu brachte, auch noch während der Predigt von Pastor Livingston darüber zu debattieren. „Dieses falsche Luder lügt dir das Blaue vom Himmel herunter!“

„Ich weiß nicht, Ailsa. Kann sich jemand so verstellen?“

„Die kann! Vorne kocht sie dir einen Kaffee, und hintenherum mischt sie dir Gift in die Tasse.“

Eine Frau zwei Reihen vor uns drehte sich um und warf uns einen missbilligenden Blick zu. „Guten Morgen, Mrs. Chilvers!“, sagte Ailsa leise, aber betont. „Haben Sie alles gehört?“

Der Frau blieb vor Entrüstung der Mund offen stehen. Grimmig schloss sie ihn wieder und drehte sich so abrupt zurück, dass die Blume von ihrem Hütchen fiel.

„Den Kaffee habe ich aber gut vertragen“, murmelte ich.

„Das habe ich ja auch metaphorisch gemeint.“

„Ich weiß.“

Ailsa warf mir einen Blick zu. „Du glaubst ihr doch wohl nicht etwa?“

„Nein … doch … irgendwie. Ich meine, wenn es die Möglichkeit gibt, dass sich Ryan mit seiner Familie aussöhnt, dann bin ich die Letzte, die da im Weg stehen möchte. Selbst wenn es hieße, ich müsste dafür mit Severíne fraternisieren.“

„Und man sollte stets mit den Gedanken dort sein, wo sich auch der Körper und die Seele befinden!“, rief Pastor Livingston und warf uns einen mahnenden Blick zu.

Ailsa ignorierte den Tadel.

„Ich bin gespannt, was Ryan dazu sagt“, flüsterte sie, setzte sich aufrecht hin und warf dem Pastor ein Lächeln zu, das hochgradig geheuchelt war.

„Da hatte ich ja heute das richtige Thema in meiner Predigt, nicht wahr, Ailsa Ferguson?" Pastor Livingston schloss die Tür, setzte sich an seinen Schreibtisch und neigte lächelnd den Kopf.

„Was schauen Sie mich so an?", fragte Ailsa. „Ich weiß nicht, was das Thema war."

„Ja, dachte ich mir schon. Ich habe darüber gesprochen, dass man seinen Nächsten zu Wort kommen lassen und sich in Bescheidenheit üben sollte, was die eigenen Ansichten betrifft, sobald sie nicht dem Gemeinwohl dienen."

„Wollen Sie damit sagen, dass man seine Meinungen für sich behalten sollte, Herr Pastor? Heißt es nicht in der Bibel: Recht raten gefällt den Königen, und wer aufrichtig redet, wird geliebt?"

„Fang mit mir keine Diskussion über die Auslegung der Heiligen Schrift an, Ailsa. Das haben schon andere vor dir versucht." Er drohte mit dem Zeigefinger, lächelte aber. „Nun denn, meine Lieben!", sagte er und zog ein paar lose zusammengebundene Blätter aus der Schublade. „Joanna, mein Kind, du wirst verstehen, dass ich dich oder Ailsa nicht einfach in allen Amtsbüchern stöbern lassen kann. Die meisten sind Eigentum der Pfarrei und nicht für die Öffentlichkeit gedacht. Somit …"

„Ja, aber Sie … schon gut!", lenkte ich sofort ein, da Pastor Livingston mir einen seiner Eulenblicke zuwarf. „Reden ist Silber, Schweigen ist Gold, ich weiß. Fahren Sie bitte fort!"

„Danke, mein Kind. Du hättest auch besser meiner Predigt folgen sollen."

„Ja, Herr Pastor. Tut mir leid!"

„So denn!" Er rückte seine Brille zurecht und beugte sich über die Papiere. „In unseren Büchern war nicht viel über Annie zu finden, aus dem Grund habe ich mich mit Vater Ramsay, meinem katholischen Amtskollegen, getroffen, und es kam heraus, dass Annie Guthrie als Zwölfjährige mit ihrer Mutter aus Irland kam und am 19. Mai 1857 in die katholische Gemeinde von Skyraffin aufgenommen wurde. Ihre Mutter starb zwei Jahre darauf, und Annie kam als Dienstmädchen nach Caitlin Castle.“

„Mit vierzehn?“, fragte ich.

„Das war damals nichts Ungewöhnliches, mein Kind. Zu den Zeiten waren Mädchen oft schon mit siebzehn verheiratet.“

„Verheiratet worden, meinen Sie“, warf Ailsa ein und erntete dafür einen von Pastor Livingstons Blicken.

„Eine Ehe würde dir auch nicht schaden, Ailsa Ferguson.“

„Gott bewahre!“ Ailsa verdrehte die Augen gen Zimmerdecke, und Pastor Livingston holte schon Luft, doch bevor er sich über gottesfürchtige Beziehungen auslassen konnte, ging ich dazwischen. „Meinen Recherchen nach ist Annie 1865 gestorben. Haben Sie darüber etwas finden können? Vielleicht sogar wie sie starb?“

Pastor Livingston hielt inne, und seine buschigen Augenbrauen hoben sich überrascht. „Woher hast du diese Erkenntnis?“

„Nun“, sagte ich. „Ich habe einen Dienstplan gefunden, und ab dem 6. Mai 1865 taucht sie nicht mehr darin auf, da bin ich davon ausgegangen, dass … na, Sie wissen doch, die Gerüchte um ihren Tod. Warum lächeln Sie?“

„Weil sie nicht starb. Zumindest nicht zu diesem Zeitpunkt. Sie hat die Gemeinde am 8. Mai 1865 verlassen und ist zurück nach Irland gegangen.“ Er reichte mir die Fotokopie aus einem Register, in dem das Datum stand und nur ein Wort daneben. Irland.

„Und ich habe noch etwas.“ Pastor Livingston strahlte nun über das ganze Gesicht. Er reichte mir wortlos eine weitere Kopie – eine Heiratsurkunde.

„Oh mein Gott!" Ich glaubte zu träumen.

„Sie hat geheiratet?", rief Ailsa aus und beugte sich zu mir. „Wen?"

„Samuel", murmelte ich.

„Wer ist das?"

„Lord Samuel Norrington", erklärte Pastor Livingston und lehnte sich zufrieden im Sessel zurück. „Der Sohn des Dukes, dem Caitlin Castle damals gehörte."

„Das heißt, sie sind gemeinsam weggegangen", sagte ich völlig in Gedanken. „Sie ist gar nicht gestorben. Samuel war derjenige, dem sie die Briefe schrieb. Samuel war der junge Magier in der Legende der weißen Annie! Oh, Samuel!" Plötzlich sah ich diesen jungen Mann, der vor so langer Zeit gelebt hatte, in einem ganz anderen Licht. Ein sturer Sohn fürwahr, der sich nichts sagen ließ, schon gar nicht von seinem Vater. Somit nicht gerade der erhoffte Nachfolger für einen Duke – aber klug und neugierig, ein bisschen aufbrausend vielleicht und stolz, aber ehrlich und zu seinem Wort stehend. An irgendwen erinnerte mich das.

„Vater Ramsay sagte mir, dass das damals wohl ein riesengroßes Desaster war." Pastor Livingston erhob sich von seinem Platz und ging zur Tür, um Frances um Tee und den guten Scotch zu bitten, kam dann zum Tisch zurück und setzte sich wieder. „Samuels Vater hat nach diesem Eklat das gesamte Personal auf die Straße gesetzt, Caitlin Castle von da an dem langsamen Verfall überlassen, und er hat seinen einzigen Sohn enterbt. Ach, und noch etwas: Angeblich soll es ein Gemälde von Annie geben, das Samuel bei dem Maler John Fallon Fraser, der damals noch in Ullapool lebte, in Auftrag gegeben hatte. Aber ob das noch existiert, weiß heutzutage niemand mehr. Es hieß, es wäre verschollen."

„Sie haben die Nase eines großartigen Schnüfflers", sagte ich.

„Aber nein, nicht doch!“, wehrte er ab und lachte. „Ich bin nur jedes Mal schrecklich neugierig, wenn ich einen unbekannten Brief in der Hand halte. Gott mag mir vergeben, aber mein Wissensdurst ist erst dann gestillt, wenn ich alles über die Verfasser und ihre Geschichte weiß. Das bringt mich zu der Frage, ob ich Annies Brief wohl meiner Sammlung zufügen dürfte.“

Ich lächelte. „Das kann ich allein nicht entscheiden, Herr Pastor, aber ich denke, das lässt sich einrichten.“

In diesem Moment tauchte die mürrische Frances mit Tee, einem Teller Sandwiches und Talisker auf, und ich war so guter Dinge, dass ich ihr ein herzliches Lächeln schenkte, das sie erst zusammenzucken ließ, doch dann überraschenderweise erwiderte.

Als wir zurück waren, las ich noch einmal in aller Ruhe Annies Briefe durch und sah sie nun, da ich wusste, an wen sie gerichtet waren, in einem ganz anderen Licht. Ob Samuel diese Zeilen jemals zu Gesicht bekommen hatte, wusste ich nicht, aber ich vermutete, dass dem nicht so war. Ich ging eher davon aus, dass Annie diese Briefe, wie auch ihre anderen Notizen, als eine Art Tagebuch geführt hatte. Ich konnte Annie, während ich ihren Worten folgte, fast sehen, wie sie in ihrer Dachkammer saß und beim Schein einer Öllampe oder einer Kerze mit Federhalter und Tinte ihre Gedanken zu Papier brachte. Seltsamerweise sah Annie dabei aus wie ich.

„Wusste ich doch, dass ich dich hier finde“, sagte Ryan und schloss die Tür hinter sich.

Ich hob den Kopf und zuckte vor seinem Anblick zurück. „Du siehst noch furchtbarer aus als gestern.“

„Danke! Ich freue mich auch, dich zu sehen“, sagte er säuerlich und setzte sich zu mir. Der Riss an seiner Lippe war zwar so gut wie verheilt, aber der Wangenknochen war noch immer blau, und an den Rändern der Hämatome veränderte sich die Färbung ins Grüne hinein. Er sah aus wie ein Clown, dem man mit einem nassen Lappen eins übergezogen hatte.

„Entschuldige!", murmelte ich. „Ich habe dich gar nicht kommen hören. Seit wann seid ihr denn wieder da?"

„Seit eben. Wie war der Gottesdienst?"

Ich zuckte mit den Schultern. „Nett – und lang."

Ryan lachte leise. „Und? Habt ihr etwas herausgefunden?"

Ich reichte ihm die beiden Kopien aus dem Gemeindebuch des katholischen Pfarramts, in dem die Aufnahme von Annie und der Tod ihrer Mutter vermerkt waren. Ryans Augen wurden groß.

„Mit vierzehn kam Annie hierher", sagte ich. „Und entgegen aller bösen Zungen ist sie weder umgebracht worden, noch hat sie sich das Leben genommen. Sie war schwanger, hatte ich dir das erzählt?"

„Nein, aber das gehörte zu den Gerüchten, und somit wussten es alle. Denkst du, dass Samuel der Vater gewesen sein könnte?"

„Ja."

„Was glaubst du, ist aus ihnen geworden?", fragte er. „Aus Annie und dem Baby, meine ich."

Ich lächelte und schob ihm die Heiratsurkunde zu.

„Sie haben geheiratet?"

„Und sie lebten glücklich bis ans Ende aller Tage – hoffe ich mal."

„Samuel und Annie? Er hat ein Dienstmädchen geheiratet?"

„Erzähl mir nicht, dass dich das schockiert?"

„Nein, aber es wundert mich. Bei dem Leben, das Samuel in Oxford geführt hatte, hatte ich ihn eher als Playboy gesehen. Ich hätte nicht gedacht, dass er so ehrenhaft sein würde und ein schwangeres Dienstmädchen zur Frau nimmt."

„Ehrenhaft? Ist dir schon mal der Gedanke gekommen,

dass er sie einfach nur geliebt haben könnte?“

„Spricht da die Romantikerin aus dir?“, fragte er und lächelte gönnerhaft. „Schau mal, wir reden hier von einem Lord des neunzehnten Jahrhunderts. Einem Sassenach noch dazu. Diese Sorte heiratete keine Angestellten.“

„Dieser schon!“, fuhr ich ihn an.

„Du hast zu viele Jane-Austen-Romane gelesen, Jo.“

„Vielleicht, na und? Es ist doch verdammt egal, ob der eine mit dem goldenen Löffel im Mund geboren wurde und der andere mit dem Hintern im Mist.“

Ryan sah mich einen Moment lang verdattert an und kniff dann voll Argwohn die Augen zusammen. „Sag mal, reden wir hier eigentlich noch von Samuel und Annie, oder haben wir schon das Thema gewechselt?“

Ich schnaufte und spürte schon wieder, wie sich die Gewitterwolken über mir zusammenballten, und wenn ich gekonnt hätte, hätte ich einen Hagelschauer auf ihn niedergehen lassen.

„Weißt du was?“, rief ich und riss ihm die Schriftstücke aus der Hand. „Vielleicht solltest du mit Severíne wirklich zu deinem Vater fahren, und wenn ihr schon mal da seid, kannst du sie ihm ja gleich als deine Verlobte vorstellen, da sie mit ihrem blaublütigen Gehabe viel besser zu deinem feudalen Weltbild passt.“

„Wovon zum Teufel redest du?“

„Ach, tu nicht so heuchlerisch, Ryan McKay! Du sagst, du liebst mich, und du redest von Verrat und Untreue – und kaum drehe ich mich um, gehst du mit Madame Pompadour ins Bett! Du prügelst dich mit Marlin – deinem Bruder! –, führst einen Krieg gegen deine eigene Familie, bezichtigst deinen Vater der Lüge und verleugnest deine Herkunft, obwohl sie dir förmlich auf der Stirn geschrieben steht. Du schwörst, du liebst mich, aber mit mir redest du nicht darüber. Nein, du redest mit Severíne! Und was die Krönung ist: Du sagst ihr, es läge in meiner Hand, ob du dich wieder mit deiner Familie versöhnst. War es ihr französischer Akzent, der dich überzeugt hat?"

Ich wollte aufstehen, doch er griff nach meinem Arm und zog mich zurück auf den Stuhl. „Moment mal!", sagte er drohend. „Was genau hat sie dir erzählt?"

„Du hast Severíne versprochen, wenn ich dich gehen lasse, wirst du dich mit deiner Familie aussöhnen."

Er sah mich an und atmete verächtlich aus.

Ich sprang vom Stuhl hoch.

„Setz dich!", sagte er.

Als ich mich nicht rührte, blickte er auf. „Setz dich hin, Jo. Sofort."

Ich erkannte, dass ich es nicht bis zur Tür schaffen würde, also nahm ich wieder Platz und verschränkte die Arme vor mir.

„Dass ich mit ihr geschlafen habe, war ein Fehler, das gebe ich zu", sagte er völlig ruhig. „Aber falls du dich nicht mehr daran erinnern solltest: Du hast mit Marlin geschlafen. Was …"

„Ich habe nicht gewusst, dass ich dich liebe", fuhr ich auf.

Er neigte den Kopf. „Und weißt du es jetzt?"

„Jetzt ist es zu spät."

„Wofür? Wie meinst du das?"

„Ich liebe euch beide. Dich und Marlin."

Ryan lehnte sich zurück und sah mich an. Er war so verdammt gelassen, dass ich ihm am liebsten an die Kehle gegangen wäre.

Auf einmal holte er tief Luft, beugte sich vor, nahm meine Hand und hielt sie fest umklammert. „Jo, ich habe Severíne gesagt, dass es nur einen einzigen Menschen gibt, der mich dazu bringen könnte, mich mit meiner unseligen Sippe zu vertragen."

„Das wird sie sicher gefreut haben zu hören. Lass mich los!"

„Und dass du dieser Mensch bist."

Ich hob den Kopf. Ryans Blick ging mir durch Mark und Bein.

„Wie machst du das?", fragte ich ungläubig.

„Wie mache ich was?"

„Ich bin stinkwütend auf dich und fühle mich absolut im Recht, und dann sagst du einen Satz, und ich komme mir vor wie ein Schaf."

Ryan lächelte. „Vieles, was du sagst, hat durchaus Hand und Fuß, Jo. Aber du bist zu impulsiv und denkst oft nicht zu Ende. Du glaubst immer nur an das, woran du glauben willst, und vernünftig bist du auch nicht gerade. Aber ich kann dich echt gut leiden, und … du hast einen tollen Hintern."

Genau in diesem Moment ging natürlich die Tür auf, Marlin trat ein und blieb wie angewurzelt stehen.

„Oh!", sagte er nur.

Ryan hob langsam den Blick in Richtung Tür und betrachtete seinen Bruder, als würde er seine Chancen auf Freispruch wegen Unzurechnungsfähigkeit ausloten, während ich bereits überlegte, mit welchen Mitteln ich sie wieder auseinanderbringen könnte. Ob es reichen würde, einem von ihnen die Enzyklopädie über den Schädel zu ziehen? Plötzlich zuckte Ryan mit den Schultern und erhob sich. „Ach, was soll's", sagte er. „Geprügelten Hunden sollte man nicht auch noch einen Tritt vor die Tür verpassen."

Damit ging er auf Marlin zu, nickte und sagte: „In einer halben Stunde gibt es Abendessen. Wenn er will, kann er bleiben."

Und dann ging die Tür hinter ihm zu.

Marlin blickte die geschlossene Tür an, drehte sich dann zu mir, räusperte sich, kam langsam näher und setzte sich seelenruhig auf den Stuhl, auf dem vor ein paar Sekunden noch Ryan gesessen hatte. Ich vermutete, dass sogar die Sitzfläche noch warm war.

„Verzeih, aber ich musste dich sehen", sagte er.

„Was?" Ich blinzelte verwirrt und wiederholte die Frage. „Was?"

„Was meinst du?", fragte er und runzelte die Stirn.

„Das!", rief ich, wies hektisch in Richtung Tür, auf ihn und wieder auf die Tür, und sagte: „Das!"

Er drehte sich noch mal kurz um und lächelte dann. „Du hast doch gesagt, wir sollen uns benehmen."

„Ja, aber …" Es nutzte nichts. Ich brachte keinen vollständigen Satz zustande. Also machte ich den Mund zu und starrte Marlin nur fragend an.

„Ich bin gekommen, um mich bei dir zu entschuldigen. Du hattest recht, Jo. Diese Schlägerei war dumm und kindisch. Ich hätte es besser wissen müssen."

„Ach!", sagte ich nur.

„Aye. Ich denke, ich habe meine Lektion gelernt."

Ich holte tief Luft und probierte es erneut mit einem ganzen Satz. „Welche Lektion genau, meinst du? Dass Prügel weh tun können?"

Marlins Mundwinkel zuckten. „Die auch, ja. Aber ich meinte, dass eine Prügelei einen nicht weiterbringt."

„Ist dir das bei einem Blick in den Spiegel eingefallen? Du siehst übrigens fürchterlich aus."

„Aye, ich weiß." Er schaute mich an. „Verzeihst du mir?"

„Versprichst du, von nun an deinen Kopf statt deine Fäuste zu benutzen?"

„Ich verspreche es." Er lächelte auf einmal wie ein kleiner Junge, der etwas ausgeheckt hat.

„Marlin?", warnte ich, und schon wich das aufgeregte Glitzern aus seinen Augen und machte einem unbeteiligten

Lächeln Platz.

„Ja?", fragte er unschuldig.

In diesem Moment ging die Tür auf, und Nelly steckte ihren Kopf herein. „Oh! Lord Marlin!" Sie wurde rot bis über beide Ohren. „Seine Lordschaft, Ihr Bruder, schickt mich. Ich soll sagen, das Dinner wartet."

„Ja, wir kommen, Nelly", sagte Marlin lächelnd und bot mir seinen Arm. „Verzeihst du mir also?"

In diesem Moment wünschte ich mir sehnlichst, auch in Marlins Gesicht lesen zu können, doch dieser Wunsch blieb mir verwehrt. Seine Augen strahlten lediglich Freude und Erleichterung aus.

„Verziehen!", murmelte ich und reichte ihm meine Hand.

Während des Abendessens linsten sämtliche Augen in regelmäßigen Abständen zu Ryan und Marlin hinüber, so als ob sie den Zünder zweier Zeitbomben verfolgen würden.

Doch die Kontrahenten übten sich in Gelassenheit, dass es fast unheimlich war. Es ging sogar so weit, dass Ryan auf eine Frage von Marlin mit einer vernünftigen verbalen Antwort reagierte.

Wenn ich es nicht besser wüsste und wenn die blau geschlagenen Gesichter nicht unwiderlegbare Beweise geliefert hätten, wäre ich geneigt gewesen zu sagen, dass alles in bester Ordnung war. Doch so revoltierte mein Magen derart, dass ich kaum einen Bissen hinunterbekam, und das war ein untrügliches Zeichen dafür, dass zumindest mein Bauch dem Frieden nicht traute.

„Wann kommt ihr wieder zurück?", fragte Severíne, und ich horchte auf.

„Warum? Wollt ihr schon wieder weg?", fragte ich.

„Wir müssen", sagte Ryan. „Morgen früh. Der neue Auftrag in Fort William ist verzwickter, als es den Anschein hatte, und wir haben dort noch ein bisschen was vorzubereiten. Dauert nicht lange. Morgen Abend sind wir wieder da."

„Was für ein Auftrag?", fragte Marlin und kniff die Augen zusammen.

„Nichts Weltbewegendes", erklärte Finn. „Ein paar Türen, die sich ständig von alleine öffnen, Stühle, die sich einem in den Weg stellen, wenn man nicht aufpasst, und ein defekter Projektor."

„Heißt das, wir gehen von hier fort?" Der Gedanke zerriss mir das Herz. Mir war zwar klar gewesen, dass wir nicht ewig hierbleiben konnten, aber die Tatsache, dass die Abreise in gewisser Hinsicht bereits geplant wurde, brachte sie in Reichweite, und die verbleibende Zeit kam mir vor wie eine Galgenfrist.

Ryan warf mir einen Blick zu. „Wenn sich auch in den nächsten Tagen hier nichts tut, ja."

„Du hast aber noch immer keine Erklärung für die Dinge, die hier ablaufen", wandte Marlin ein.

„Welche Dinge meinst du? Bei allem Respekt, wir haben nur das Wort von zwei Bauarbeitern und von Malcolm und Jo. Nicht, dass ich den beiden nicht glauben würde, aber keines unserer Geräte zeigte auch nur den Hauch einer Unstimmigkeit."

„Ihr könnt ni-nicht g-gehen!", rief Malcolm aus, und in seinem Gesicht zeigte sich so etwas wie Panik.

„Tut mir leid, Malcolm", sagte Ryan knapp. „Ich habe deinen Vater bereits informiert."

„Ja, aber Annie!", rief ich.

„Deine Annie war nur ein Dienstmädchen, Jo, das zu einer Art Verhütungsmethode für junge Mädchen und Tratschobjekt für alte Tanten wurde."

„Nein, das glaube ich nicht", rebellierte ich. „Sie hat etwas zu bedeuten. Ich spüre es."

„Dein Gespür in allen Ehren, Jo. Aber glaubst du wirklich, dass der Geist von Annie Guthrie hier umherwandert?“

„Nein, natürlich nicht. Aber …“ Ich blickte ihn an. „Haben deine plötzlichen Abreisepläne noch einen anderen Grund?“

„Nein!“, erwiderte er, und ich wusste, dass er log.

In diesem Moment krachte es laut, und alle drehten sich zu den Fenstern.

„Seht euch das an“, sagte Finn. „Da zieht schon wieder was auf.“

„Ja, das denke ich auch“, entgegnete ich und funkelte Ryan an.

Innerhalb von zehn Minuten hatte sich draußen ein Sturm zusammengebraut, der seine ersten Ausläufer vorausschickte. Am Himmel zog eine graue Wolkenbank auf, und der Park von Caitlin Gardens verwandelte sich in ein aufgewühltes, dunkelgrünes Meer. Die großen Bäume und Büsche bewegten sich im Wind, als ob sie plötzlich zum Leben erwachten und wie eine Streitmacht auf die Burg loszumarschieren drohten. Marlin war sofort zurück ins Cottage gefahren, um es gegen das herannahende Unwetter zu sichern. Der Rest von uns machte sich rasch auf, alle Fenster und Türen in der Burg zu verriegeln und zu verrammeln.

Ich hatte den Südflügel im Erdgeschoss übernommen und war gerade auf dem Weg zurück zu den anderen, als ich Severínes hohe, aufgebrachte Stimme durch das Vestibül schallen hörte:

„Ich werde nicht zusehen, wie diese kleine salope dich mir wegnimmt! *Elle est bête comme ses pieds*!“

„Pass auf, was du sagst!“, donnerte Ryan.

Salope? Auf der Suche nach einem Versteck oder einem Loch, in das ich mich zurückziehen konnte, schaute ich mich um und verdrückte mich schleunigst hinter eine große Statue.

„Ich lasse nicht zu, dass du so von ihr redest!“

„Ich rede, wie es mir passt!“, keifte Severíne.

„Nicht hier!“, brüllte Ryan zurück. „Verstanden?“

„Mais ce n’est pas juste!“

„Was hier fair ist und was nicht, das bleibt noch abzuwarten.“

Etwas – vielleicht eine Faust? – traf die holzvertäfelte Wand.

„Ich will, dass du dich von ihr fernhältst. Herrgott! Hast du in deinem Leben nicht schon genug angerichtet?“

„Sie ist ein Nichts, Ryan! *Espece de paysanne!* Du kannst doch nicht ernsthaft in Erwägung ziehen, sie zu …“

„Halt den Mund, Severíne! Halt um Gottes willen den Mund, bevor ich mich vergesse!“

„Ich gebe dich nicht auf!“

„Es wird dir nichts anderes übrigbleiben“, schoss er zurück, und dann wurde seine Stimme abrupt leiser. „Ich habe den Professor bereits angerufen. Ab nächste Woche wirst du wieder in Edinburgh arbeiten.“

„Du schickst mich fort?“

„Endgültig.“

Einen Moment lang blieb es still, dann hörte ich Severínes Absätze auf dem Steinfußboden verhallen.

„Komm raus“, sagte er mit tiefer Resignation in der Stimme.

Zuerst war ich mir nicht sicher, ob er damit tatsächlich mich meinte, doch dann fuhr er fort: „Ich kann dich sehen, Jo.“

Ich blickte um die Statue herum und schaute in Ryans Gesicht, in dem sich mindestens zehn verschiedene Gemütszustände gleichzeitig abzeichneten.

„Na los, komm schon!“, wiederholte er und bewegte die Finger.

Ich atmete tief durch und trat vor. „Ich wollte nicht lauschen, bestimmt nicht. Ich hätte nur an euch vorbeigemusst, und das … tut mir leid!"

„Was denn?"

„Severíne, meine ich. Vielleicht habe ich sie auch einfach falsch verstanden, Ryan!"

„Nein, hast du nicht, glaub mir. Severíne ist eine falsche Schlange durch und durch. Marlin hat das schon vor Jahren erkannt. Ich war nur zu blind, um ihm zu glauben, oder zu verstockt, um ihm zuzuhören."

„Marlin?", fragte ich. „Was hat Marlin damit zu tun?"

Ryan nickte. „Severíne hat damals die Betten zwischen uns gewechselt wie ein Kopfkissenbezug. Und ich war blind vor Liebe, um zu erkennen, dass sie uns nur gegenseitig ausspielen wollte."

„Severíne und Marlin?" Mir drehte sich der Kopf.

Ryan lächelte gutmütig. „Siehst du?", sagte er. „Du bist viel zu anständig, um die schlechten Seiten an einem Menschen zu sehen, selbst wenn sie so deutlich sind wie eine Plakatwerbung."

In diesem Moment erklangen von neuem Severínes Absätze. Sie rauschte aus dem Treppenturm, zerrte einen großen Koffer hinter sich her und blieb wie angewurzelt stehen, als sie uns sah. In ihrem Gesicht lagen so viel Wut und Abscheu, dass es ihr sonst liebliches Antlitz verunstaltete. „Ihr zwei verdient einander", fauchte sie, stampfte weiter und riss die Haustür auf. Der Sturm, der sich sofort Einlass in die Burgmauern verschaffte, riss Severíne fast von den Beinen. Es sah lächerlich, ja beinahe absurd aus. Sie stand x-beinig auf ihren High Heels, versuchte verzweifelt das Gleichgewicht zu halten und dann auch noch Stolz und Würde auszustrahlen. „Ich bleibe keine Sekunde länger in diesem verdammten Haus!", keifte sie.

„Severíne!“, rief ich. „Du kannst doch nicht bei diesem Wetter rausgehen!“

„*Pauvre connasse!*“

Und dann fiel die Tür laut krachend ins Schloss.

„Okay“, murmelte ich. „Das hörte sich nicht sehr nett an.“

„Sie ist weg“, sagte Ryan und holte erleichtert Luft. „Komm!“

Er nahm meine Hand und zog mich mit sich. Es schien fast, als wäre ihm eine Last von den Schultern gefallen, und ich war überrascht, dass noch nicht mal eine Spur von Verlust oder Zweifel in seinen Augen zu finden war.

„Meinst du nicht, dass wir sie lieber zurückholen sollten? Bei dem Sturm …“

„Sturmhexen soll man besser nicht aufhalten, wenn sie auf dem Wind reiten wollen.“

„Ist das schon wieder so eine schottische Legende?“

„Sicher! Storm witches beeinflussen die Winde mit ihrem *geasan*, ihren gälischen Beschwörungen, und sorgen dafür, dass die Fischer wohlbehalten heimkehren oder an den Gestaden Schottlands zugrunde gehen.“ Er blieb plötzlich stehen und wies auf ein Gemälde, auf dem eine Frau mit wehendem Kleid und Haar auf einem Felsvorsprung stand, die Hände ausgebreitet, und zusah, wie ein Boot an den darunterliegenden Klippen zerschellte. Ja, sie hatte Ähnlichkeit mit Severíne.

„Selkies“, sagte ich. „*Brownies, Glaistigs* – oder wie die heißen. Weißt du, Ryan? Es ist kein Wunder, dass hier Gespenster umgehen, das war mir schon an dem Tag klargeworden, als wir hierhergefahren sind.“

Neben diesem Gemälde hing jenes, das Rupert uns an unserem ersten Tag gezeigt hatte: die nackte Selkie am Strand.

„John Fallon Fraser“, murmelte ich, da mein Blick plötzlich auf das kleine Schild darunter fiel. „Hey! Ryan? Pastor

Livingston hat mir gesagt, dass dieser John Fallon Fraser damals Annie Guthrie porträtiert hatte. Ob es das ist?"

„Ich denke nicht, Jo. Das da auf dem Bild ist eine *Silkie* und nicht deine Annie."

„Vielleicht war meine Annie eine Selkie", meinte ich und lächelte.

Ryan lachte leise auf und schlang seinen Arm um mich.

„Ach, Joanna! Manchmal glaube ich, du selbst bist eine Silkie. Einige Eigenschaften, die ihnen zugesprochen werden, treffen auch auf dich zu."

„Die da wären?"

„Nein, das sage ich lieber nicht. Es ist gerade so schön friedlich."

Der Geist spielt

Das Unwetter tobte noch spät in der Nacht und schien in seinem Treiben nicht müde zu werden. Der Wind drang in die Spalten und Ritzen des Mauerwerks und sang ein klagendes Lied, das hin und wieder von leisem Gemurmel, Gelächter und dem Knistern des Kaminfeuers begleitet wurde. Wir hatten uns alle vor dem Wetter in die Wohnräume zurückgezogen. Ich hatte mir Annies Briefe geholt und es mir mit einem Single Malt, der angenehm weich schmeckte und ein wenig nach Kirschlikör duftete, in einem der Sessel gemütlich gemacht. Lucas und Malcolm saßen neben mir an einem kleinen Tischchen und spielten Scrabble, während Ryan und Finn mit Rupert seit Stunden um den großen Tisch im Esszimmer herum hockten und ihre Köpfe über uralten Burgskizzen zusammengesteckt hatten, die am Morgen per Kurier aus Edinburgh gekommen waren.

Obwohl es draußen alles andere als friedlich zuging, durchströmte mich ein schwereloses Gefühl. Zuerst konnte ich es nicht richtig einordnen, doch dann erkannte ich es – Zufriedenheit. Ich lächelte still vor mich hin und blickte zur Seite.

„*Z-zigzag*.“ Malcolm kicherte und legte ein A und ein weiteres G auf das Brett.

„Das ist kein Wort“, sagte Lucas und verzog das Gesicht.

„Doch, natürlich!“, mischte ich mich ein. „Es ist sogar ein Hauptwort.“

Lucas warf mir einen Blick zu. „Wolltest du nicht lesen?“

Ich lachte. „Tut mir leid! Aber was recht ist, muss recht bleiben. Wie viele Punkte sind das?“

Malcolm blickte auf seinen Zettel, hob dann den Kopf und grinste. „Ich habe gew-wonnen.“

Lucas ließ seine restlichen Buchstaben von der Hand auf

das Brett fallen und blickte mich an. „Danke, Jo!", sagte er mit einem gezwungenen Lächeln. „Wirklich nett von dir!"

„Ach, komm schon!", meinte ich lachend und zeigte auf die Buchstaben, die er fallen gelassen hatte. „Sieh mal! Du setzt viel zu kurze Worte!" Ich nahm das L und das E von *curricle* weg und legte stattdessen seine restlichen Buchstaben an. „*Curriculum* – dreifacher Wortwert!" Ich grinste ihn an. „Ich scrabble besser, als ich puzzeln kann, das kannst du mir glauben." Dann hielt ich inne. „Darf ich mal?", fragte ich, zog das Brettspiel etwas dichter und begann die Buchstaben zurechtzulegen.

„Was wird das?"

„Ich will etwas ausprobieren."

„D-das ist das vom B-Bogen", sagte Malcolm einen Moment später und beugte sich über den Tisch.

„Genau." Ich nickte. „*Mutus Permaneo*, und jetzt wartet." Ich verteilte die Steine wieder und arrangierte sie neu.

„Kennst du *Sneakers*, Jo?", fragte Lucas.

„Ja. Toller Film mit Robert Redford." Ich nahm die Hände vom Brett und lächelte. „*Mousetrap Menu.*"

Malcolm grinste breit, und Lucas lachte laut auf. „Mäusefallenmenü? Ich bitte dich! Wer soll das essen?"

„Na gut. Dann eben was anderes. Helft mir mal! In Englisch ist es für mich nicht so leicht."

Gemeinsam tauschten wir so lange die Buchstaben aus, bis das Wort treason auf dem Spiel lag – Verrat. Aus den restlichen Buchstaben war nichts Brauchbares zu legen, doch das Wort leuchtete wie eine Anklage.

Lucas schüttelte den Kopf. „Das ist Unsinn, Jo."

„Du hast recht", sagte ich, unterdrückte das ungute Gefühl und raffte die Steine zusammen.

Stunden später stiegen Ryan und ich hundemüde die Stufen zu den Mansarden hinauf. Malcolm war schon längst schlafen gegangen, und auch Lucas und Finn hatten sich auf den Weg gemacht. Ich konnte sie über mir im Turm lachen hören.

„Ich finde es sehr schön, dass du dich mit Marlin vertragen willst", meinte ich und unterdrückte ein Gähnen.

„Wer sagt, dass ich das will?"

„Niemand. Ich bin einfach davon ausgegangen. Immerhin hast du dich heute sehr, wie soll ich sagen, gentlemanlike benommen."

„Ich habe nur erkannt, dass es nichts bringt, wenn ich tobe, brülle und ihn zusammenschlage. Im Gegenteil. Also muss ich dich davon überzeugen, dass ich der bessere Mann bin."

„Der bessere Mann!" Ich schnaubte durch die Nase, da mir Marlins Worte einfielen, die fast dieselben gewesen waren.

Wir waren endlich an meiner Tür angekommen. Ich wollte ihm gerade eine gute Nacht wünschen, als Ryan meinen Arm nahm und mich zurückhielt.

„Ich bin der bessere Mann, Jo. Du wirst es erkennen. Eines Tages."

Dann küsste er mich sanft auf die Stirn und lächelte. „Gute Nacht!"

Kaum hatte ich mein Zimmer betreten und die Tür hinter mir geschlossen, begann es. Es fing in der linken Fensterecke an und schien dann aus allen Wänden zu strömen.

„Ryan?", rief ich leise, doch da hatte sich bereits die Tür hinter mir geöffnet.

„Aye. Ich höre es auch", sagte er und rief nach den Jungs.

Fast augenblicklich kam Lucas in seinen Boxershorts angelaufen. Ein breites Lächeln im Gesicht und ein kabelloses seltsames Gerät in der Hand, prallte er beinahe mit Finn zusammen, der soeben aus dem Bad gestürmt kam und noch immer Zahnpasta im Gesicht hatte. „Endlich!", sagte er mit leuchtenden Augen und wischte sich mit dem Handrücken über den Mund.

Finn, Ryan und ich standen auf der Schwelle zu meinem Zimmer und lauschten dem seltsamen Gelächter, während Lucas mit dem Aufnahmegerät die Wände abtastete.

Mir stellten sich die Nackenhaare auf.

Plötzlich schoss das Geräusch durch die Wand meines Zimmers und zog den Flur entlang. Ryan griff nach meiner Hand, und wir rannten los. Nach einigen Metern wurde es unerwartet leiser.

„Wo ist es?" Finn drehte sich um sich selbst.

„Runter! Wir müssen runter!" Lucas sauste um die Ecke zum Turm. Wir liefen ihm nach und eilten die Treppen hinab. Die Lautstärke nahm wieder zu, als wir eine Etage tiefer angekommen waren. Wir setzten dem Geräusch in den Ostturm nach, eilten die Treppen hinab bis ins Vestibül und verfolgten es dann Richtung Haupthalle. Das Lachen schwoll weiter an.

Als wir um die Ecke der Vorhalle bogen, wurden wir frontal von einer Windböe erfasst, dann gingen plötzlich alle Lichter aus. Mir stockte der Atem vor Schreck, doch Ryan zog mich rechtzeitig an der Hand zurück, bevor die schweren Portale der Haupthalle mit einem lauten Knall vor unseren Augen zufielen. Sofort verstummte das Lachen. Blasses Mondlicht fiel zu den Fenstern herein und malte Schatten auf den Boden.

„Finn!", sagte Ryan im Befehlston.

„Die Fenster sind allesamt weit offen", antwortete dieser. „Die meisten Bilder sind von den Wänden gerissen. Die Vitrinen an der rechten Seite sind zerschlagen."

„Was noch?"

„Der Rundbogen ist weg."

„Verdammt!"

Von einem Moment auf den anderen ging das Licht wieder an. Nur der Gesang des Windes und das Trommeln des

Regens an den Fensterscheiben waren zu hören. Diese abrupte Ruhe wirkte auf mich wie Heimtücke und war beängstigender als der ganze Tumult zuvor. Ich spürte, wie Malcolm plötzlich meine Hand nahm und schaute auf. Er war blass und sah völlig verängstigt aus. Ich nickte und erwiderte den Druck seiner Finger. Dass es so sein würde, hatte auch ich mir nicht vorstellen können.

Ryan und Lucas standen vor der Tür und wechselten Blicke mit Finn. „Wie lange war das jetzt?", fragte Ryan.

Finn sah auf seine Uhr. „Etwas mehr als fünf Minuten."

„Er hatte es eilig", sagte Lucas und grinste, als hätte er gerade eine wilde Achterbahnfahrt hinter sich.

„Mit euch alles in Ordnung?", fragte Ryan.

„Nicht so recht", sagte ich. „Aber es geht schon."

„Okay, dann gehen wir rein, hm?" Er lächelte.

„Ich schätze, den Rundbogen hier zusammenzusetzen war doch keine so gute Idee." Finn schloss gerade das letzte Fenster, trat zurück und hob einen Kerzenständer vom Boden auf.

„Aye, er ist sauer, richtig sauer", entgegnete Ryan.

Mir lag die Frage nach dem Wer auf den Lippen, doch der Anblick, der sich mir bot, schnürte mir die Luft ab, so dass ich kein Wort herausbrachte. Milly hatte mit ihren Mädchen drei Tage zuvor die Halle wieder in ihren ursprünglichen, kreidestaubfreien und prachtvollen Zustand versetzt und stundenlang gewienert, gewischt und gebohnert, bis alles glänzte und funkelte. Doch nun sah die große Halle mit ihren herrlichen Bildern, Statuen und Wandteppichen, mit dem pompösen Holztisch und den Stühlen, den Vitrinen und der Schwertergalerie an der Wand über dem riesigen Kamin aus wie nach einer völlig eskalierten Party. Neben mir war ein elektrischer Kandelaber aus seiner Verankerung gerissen und baumelte nun tot an seinem Kabel herab, und am großen Kronleuchter war mehr als die Hälfte der Lampen zu Bruch gegangen. Doch das wenige Licht reichte aus, um sich einen ersten Eindruck zu verschaffen, und ja, wer auch immer hier gewütet hatte, er war sauer, richtig sauer.

Es gibt keine Geister, sagte ich mir und unterdrückte mit viel Mühe das Bedürfnis, den zahllosen dunklen Schatten im Raum ihre Ursprünge zuzuordnen. Die Glasvitrinen auf der rechten Seite waren tatsächlich zum Großteil völlig zerschlagen, und die in jahrelanger Arbeit zusammengesuchten und liebevoll restaurierten, wunderbaren Ausstellungsstücke lagen in böswilliger Nachlässigkeit davor und rundherum verteilt auf dem Fußboden. Mehrere Gemälde und Wandteppiche waren von ihrer Halterung gelöst und zu Boden geworfen worden.

Ich blickte zu den Fenstern. Draußen stürmte es noch immer, und die Zweige des Efeus schlugen in gespenstisch gleichen Intervallen gegen die Scheiben. Eine Gänsehaut zog sich über meinen Rücken, und ich wandte den Blick ab.

Unser sorgsam zusammengetragener und ausgelegter Rundbogen war zerstört. Ein paar der Steine lagen noch in den Vitrinen, der Rest war auf den Fensterbrettern, den Tischen und über dem Fußboden verteilt.

„Was machen wir jetzt?", fragte ich.

Ryan zuckte mit den Schultern und trat zu mir. „Im Moment können wir nicht viel tun, Jo. Wir müssen warten, bis es hell ist." Er drehte den Rest der Glühlampe aus der Fassung eines Strahlers und fluchte leise, aber herzhaft.

„Ich denke, wir könnten vorläufig einige der Strahler aus der Galerie nehmen", meinte Finn und kratzte sich am Kinn.

„Gute Idee. Schaffst du das? Am besten noch, bevor Milly hier auftaucht?"

„Sicher!", sagte Finn und lachte leise. „Mit der Angst im Nacken klappt das wunderbar."

„Lucas, hilfst du ihm? Ich bringe Jo schnell auf ihr Zimmer und komme dann nach. Malcolm, du gehst auch rauf!“

„Heißt das …“, begann ich und schluckte den Kloß in meinem Hals hinunter. „Heißt das, du willst uns jetzt einfach so ins Bett schicken?“

Er sah mich an und lächelte. „Ist schon gut, Jo! Keine Angst! Ich gehe fest davon aus, dass der Rest der Nacht ruhig sein wird. Also, ab mit dir!“

„Ich will aber nicht!“

„Jo, du kannst doch kaum noch aufrecht stehen! Und du zitterst wie Espenlaub! Geh ins Bett! Los!“

Ich versuchte das Zittern meines Körpers abzuwehren und drückte den Rücken durch. „Hör auf, mich herumzukommandieren!“

„Was heißt hier herumkommandieren? Es ist Viertel nach zwei in der Nacht, und wenn unser Poltergeist keinen Hang zu penibler Ordnung hat, wird das hier morgen noch da sein. Versprochen!“

„Ja, aber …“

„Mach den Mund zu, Jo! Du kannst auch in meinem Zimmer schlafen, wenn es dir lieber ist.“

Ich hob den Kopf, funkelte ihn an, baute mich vor ihm auf und verschränkte starrsinnig die Arme. „Nein!“

„Was, nein?“, fragte Ryan seelenruhig und verschränkte nun selbst die Arme, was bei seinen körperlichen Ausmaßen eindeutig mehr hermachte als mein kläglicher Versuch.

Ich schluckte noch einmal. „So lasse ich mich von dir nicht behandeln!“

„Ryan hat recht, Jo“, sagte Finn, um Frieden bemüht. „Leg dich lieber ein paar Stunden aufs Ohr. Morgen ist auch noch ein Tag. Außerdem hat er das sicher nicht so gemeint.“

„Oh, doch!“ Ryan nickte, und in seinen funkelnden grünen Augen fand sich nicht die Spur von Nachgiebigkeit.

„Beweg dich!", sagte er und tat einen Schritt auf mich zu.

„Hat dir schon mal jemand gesagt, dass du ein Despot bist?"

„Beweg deinen Hintern hier raus, Jo. Bevor ich dir zeige, was ein Despot damit macht."

Finn und Lucas lachten auf, verstummten jedoch schleunigst, als ich sie ansah, und taten dann so, als wären sie auf einmal ziemlich beschäftigt. Malcolm – dieser kleine Verräter – machte auf dem Absatz kehrt und eilte zum Turm, als würde seine Kehrseite auf dem Spiel stehen.

„Das würdest du nicht wagen", sagte ich leise und machte einen Schritt rückwärts, ohne Ryan aus den Augen zu lassen.

In seinen Mundwinkeln zuckte es.

„Fordere mich lieber nicht heraus, Joanna!", flüsterte er, und seine Augen glitzerten gefährlich.

Ich wusste nicht, ob es daran lag, dass ich zugegebenermaßen völlig erschöpft war, an meiner Wut im Bauch oder an der Mischung aus Wut, Angst, Müdigkeit und Erregung – aber ich spürte mehr als deutlich Ryans Gegenwart, während er mich die schmalen Treppenstufen hinauf eskortierte. Ich schlich an der Außenwand entlang und zuckte fast zusammen, wenn seine Schultern mich streiften – was verhältnismäßig oft geschah, so dass ich mich schon fragte, ob es wirklich jedes Mal ein Versehen war.

„Ich verspreche, du kannst morgen bei der Spurensuche helfen", sagte er und warf mir einen Seitenblick zu. „Okay?"

Ich wich seiner Hand aus und nickte.

„Noch wütend?", fragte er.

„Du hast damit gedroht, mir den Hintern zu versohlen! Und das vor aller Augen!"

„Also ja."

„Wie man's nimmt", knurrte ich und schob die Tür zu den

Mansarden auf. „Wundere dich nur nicht, wenn ich es dir heimzahle!“

„Oho!“, rief er großspurig und folgte *mir* in den Korridor. „Willst du mir jetzt etwa drohen?“

„Nicht doch! Ich gebe nur zu bedenken, dass man auch mit Echos umgehen können muss.“ Ich stand an meiner Zimmertür und hatte bereits die Hand auf der Klinke. „Gute Nacht, Ryan!“

„Was denn?“ Er hob fragend beide Arme. „Willst du mir, wenn ich schlafe, an die Gurgel gehen?“

„Fordere mich lieber nicht heraus!“

Schon hatten sich seine Finger um mein Handgelenk gelegt, und seine Arme zogen mich an sich.

„Wie willst du mir an die Gurgel gehen, *mo neas*, wenn die Arme des Wolfes dich umschlingen?“

Das Herz schlug mir bis zum Hals, doch Ryan lächelte nur, ließ mich frei und schritt stolz den Gang in Richtung Turm zurück.

Ich stand da wie gelähmt. Meine Knie drohten jeden Moment unter mir nachzugeben. Wackelig ging ich in mein Zimmer und setzte mich aufs Bett. Je länger ich dort saß und darüber nachdachte, was Ryan gesagt und getan beziehungsweise nicht getan hatte, umso wütender wurde ich. Schlussendlich war ich so zornig, dass ich meine Schuhe auszog und sie gegen die Tür warf. Wutschnaubend kroch ich unter die Bettdecke und wünschte Ryan McKay von dort einen Fluch nach dem anderen an den Hals. Mein letzter Gedanke war ein Schwur, diesen vermaledeiten Schotten von nun an mit tödlicher Missachtung zu strafen.

Irgendwann wurde ich wach. Ich spürte, dass jemand in meinem Zimmer war, und vernahm ein gleichmäßiges, tiefes

Atmen. Leise hievte ich mich auf die Unterarme – und sah, dass Ryan in dem kleinen Sessel am Kamin saß und schlief. Die langen Beine hatte er von sich gestreckt, und sein Kopf hing über der Rückenlehne. Oberkörper und Arme waren unter einer kurzen Decke verborgen.

Das Ganze sah so furchtbar unbequem aus, dass ich von einer Woge heftigster Zärtlichkeit überflutet wurde. Ich biss in meine Bettdecke, legte mich zurück, schloss die Augen und bemühte mich, das Kribbeln in mir zu ignorieren.

Doch das Gefühl, das dieses Bild in mir hervorgerufen hatte, war so überwältigend, dass ich immer wieder die Augen öffnete, um mich zu vergewissern, dass er tatsächlich da war. Schließlich schlief ich mit einem Lächeln auf den Lippen ein.

Versteckte Türen

Und ich hatte wunderbar geschlafen. Als ich aufwachte, schien die Sonne in mein Zimmer. Der Sessel, in dem Ryan die restliche Nacht verbracht hatte, war leer. Ich stand auf, reckte mich und atmete tief durch. Die furchterregenden Erlebnisse der letzten Nacht hatten auf wundersame Weise keine Spuren in mir hinterlassen. Vielleicht war es der Anblick der Sonne, vor dem sie verblassten. Ich wickelte mich in meinen Bademantel, nahm Waschtasche und frische Kleidung und verließ das Zimmer.

Ryans Zimmertür stand sperrangelweit offen, und ich hörte, wie er telefonierte.

„Nein, Miss Bergman geht es gut. Ich habe sie gleich danach in ihr Zimmer geschickt. Doch, doch! Ich glaube schon, dass sie schlafen konnte", sagte er mit einem Schmunzeln in der Stimme. „Aye, dadurch verschiebt sich nur die Sache in Fort William um zwei, drei Tage. Ich denke, wir werden morgen oder übermorgen noch mal runterfahren. Wie? Ja, natürlich! Bis bald, Professor! Ja, ich melde mich."

Ich hörte, wie er das Handy zusammenklappte und weglegte. Leise betrat ich die Türschwelle, und der Anblick, der sich mir bot, verschlug mir den Atem. Ryan stand vor dem Schreibtisch, mit dem Rücken zu mir, und las etwas. Sein Körper war von Sonnenlicht überflutet, das zum Fenster hereinfiel … Lange, kräftige Beine, mit hellbraunem Flaum überzogen, runde, bezaubernde Pobacken, in die sich zwei Grübchen eingegraben hatten, und ein breiter, muskulöser Rücken, der so perfekt geformt war, als sei er einer römischen Statue nachempfunden. Auf einmal kratzte er sich am Po, und ich holte erschrocken Luft. Zu laut! Er drehte sich um.

Hektisch wich ich zurück, stolperte über die Kante des Flurläufers und verlor fast das Gleichgewicht. Meine

Waschtasche glitt mir aus den Händen, fiel geräuschvoll zu Boden, und der Inhalt verteilte sich zu meinen Füßen. Sekunden später sah ich einen nackten, schlanken Fuß neben meinem hin und her kullernden Parfümfläschchen auftauchen und eine große, kräftige Hand, die es aufhob. Ich blickte in glitzernde, grüne Augen.

„Du hast was verloren", sagte er um den Türrahmen herum und hatte offenbar große Mühe, sich das Lachen zu verkneifen.

„Tut – tut mir leid!", stotterte ich und nahm ihm das Parfüm ab.

„Möchtest du reinkommen?", fragte er anzüglich, und ich flüchtete mit hochrotem Kopf ins Bad.

Himmelherrgott! Die Familienähnlichkeiten der Gebrüder McKay gingen weit über die Form der Lippen hinaus. Doch wo Marlin dunkel, geheimnisvoll und tiefgründig wirkte, mutete Ryan an wie ein sonnendurchfluteter Herbstmorgen – leuchtend, strahlend wie das Licht. Ich stand an der Tür, lehnte meine heiße Stirn an das kühle Holz und schloss die Augen. Sehen konnte ich ihn allerdings immer noch. Und hören konnte ich ihn auch.

Leises Lachen klang durch das Holz, dann hörte ich seine Schritte, die von der Tür wegführten, und ich atmete auf.

Nach einer Weile verlangsamte sich mein Herzschlag, und als ich mir sicher war, dass Ryan sein Zimmer und auch die Mansarde verlassen hatte, öffnete ich die Tür wieder. Der Flur war leer, doch auch meine Waschtasche war fort. Ich runzelte die Stirn und biss mir auf die Lippen. Was, wenn er ... Oh, dieser nichtsnutzige Mistkerl! Ich schlich hinüber zu Ryans Zimmertür, verharrte lauschend und klopfte zaghaft. Niemand antwortete, also öffnete ich leise und erblickte tatsächlich meine Tasche auf dem Tisch. Flugs lief ich hinüber, schnappte danach und wollte schon kehrtmachen, als mein Blick auf eine A4-große Karte fiel, auf der der Grundriss der Pinakothek zu sehen war – und eine Tür, die nicht existierte. Oder doch? Was, wenn da eine Geheimtür war? Warum hatte Ryan die Karte eigentlich nie erwähnt?

Ich faltete sie zusammen, steckte sie ein und eilte wieder hinaus.

Nachdem ich geduscht und mich angezogen hatte, machte ich mich auf den Weg ins Esszimmer. Den Grundrissplan hatte ich in meine hintere Hosentasche gesteckt, und ich hatte fest vor, im Laufe des Tages eine Stippvisite durch die Pinakothek zu unternehmen.

Im Esszimmer traf ich nur noch auf Nelly, die dort bereits mit dem Staubsauger zugange war. „Wo sind denn alle?“, fragte ich laut, und sie zuckte heftig zusammen.

„Oh! Tut mir leid!“, rief ich. „Ich wollte dich nicht erschrecken.“

„Ist schon gut, Miss Jo!“ Sie schaltete den Sauger ab und lächelte verschüchtert. „Ähm … die Herrschaften sind bereits alle unten in der großen Halle.“

„Danke, Nelly!“ Ich wandte mich bereits wieder um, als ihre zarte Stimme noch mal erklang.

„Miss?“

„Ja?“ Ich drehte mich wieder zu ihr zurück.

Sie strich sich fahrig ein paar Strähnen aus dem Gesicht und blickte abwechselnd zu mir und auf den Boden. „Waren Sie dabei, ähm … letzte Nacht?“

Plötzlich erkannte ich, wie blass sie um die Nase und wie nervös sie war. Laufend blickte sie sich um und fuhr beim kleinsten Geräusch zusammen. Sie hatte Angst. Ich ging zu ihr und legte eine Hand auf ihren Arm.

„Keine Sorge, Nelly“, sagte ich sanft. „Ich bin sicher, dass sich alles aufklären wird und dass es eine logische Erklärung gibt. Du musst keine Angst haben, hörst du?"

Nelly schluckte und versuchte zu lächeln. „Ja, Miss. Danke!"

„Sag einfach Jo, okay?"

„Jo?"

„Genau."

Über Nellys Gesicht huschte ein Lächeln, ihre Schultern sackten ein wenig zusammen, und sie holte tief Luft. „Gerne, Jo. Danke! Haben Sie – äh, hast du noch Hunger? Soll ich …"

„Nein, ist schon gut. Ich nehme mir nur einen Apfel. Kommst du klar?"

„Ja." Sie lächelte.

Ich drückte noch einmal kurz ihren Arm, der sich jetzt etwas weniger angespannt anfühlte, und lächelte aufmunternd. Dann nahm ich mir einen Apfel aus dem Obstkorb und machte mich schließlich auf den Weg nach unten.

Bei Nellys Anblick war mir klargeworden, dass es mir letzte Nacht genauso ergangen war wie dem Dienstmädchen an diesem Morgen. Ich hatte auch furchtbare Angst gehabt, überlegte ich und lächelte still vor mich hin. Mit Wut im Bauch ließ sich leichter zu Bett gehen als mit lähmender Angst. Ryan wusste das. *Dieser Schlawiner!*

Die Geräusche, die schon von den unteren Stufen des Turms aus zu hören waren, ließen darauf schließen, dass Milly nicht ganz damit einverstanden war, die Halle ihrem momentanen Chaos zu überlassen. „Es ist mir egal, ob hier ein Magnetfeld liegt", brüllte sie, „ihr habt vierundzwanzig Stunden!", und rauschte wie eine Dampflok an mir vorbei. „Die fabrizieren hier mehr Unordnung als eine Horde streikender *Brownies*", hörte ich sie rufen, und dann verschwand sie mit wehendem Rock im Turm.

„Jo! Geht es dir gut?“ Marlin stürmte von draußen herein und nahm mich erleichtert in die Arme. „Ich habe gerade Ailsa getroffen. Ist alles okay mit dir?“

„Ja, es geht mir gut. Wo kommst du denn her? Ich dachte, du wolltest wegfahren?“

„Ja, aber ich wollte erst nach dir sehen. *A Diah!* Das sieht ja aus wie in einer Schießbude.“

„Gut, dass du da bist!“, rief Finn. „Kannst du kurz mit anpacken?“

„Natürlich!“, rief Marlin zurück und lief hinüber, um ihm beim Raustragen der zerschlagenen Vitrinen zu helfen.

„Wo ist Ryan?“, fragte ich.

„Ich bin hier“, sagte dieser dicht an meinem Ohr und schob sich dann grinsend an mir vorbei. „Hast du mich gesucht?“

Ich verdrängte das Bild, das mir plötzlich vor Augen stand, wieder in die hinterste Ecke meines Kopfes und folgte ihm auf dem Fuß.

„Erstens!“, sagte ich leise. „Können wir bitte die Peinlichkeit von heute früh vergessen?“

„War dir das peinlich?“

„Na ja, nicht direkt, aber ich … Können wir also?“

„In Ordnung“, sagte er und stutzte. „Was macht Marlin hier?“

„Helfen“, erwiderte ich und fuhr dann fort. „Zweitens. Hast du mich letzte Nacht nur wütend gemacht, damit ich schlafen konnte?“

Er wandte den Blick von den Männern ab, sah mich an und lächelte. „Und? Konntest du schlafen?“

„Ja. Ich bin sogar einmal wach geworden, und rate mal, wer da in meinem Sessel lag.“

Ryans Augen glitzerten amüsiert. Dann reichte er mir die Lampe und wies hinüber zu Malcolm und Lucas. „Bring die dahin, aye?“

Ich überlegte kurz, ob ich ihm sagen sollte, dass ich die Karte der Pinakothek von seinem Tisch genommen hatte, doch irgendetwas hielt mich davon ab. Besser, ich ginge alleine auf die Suche. „Danke!", sagte ich, nahm ihm die Lampe ab und gab ihm einen Kuss auf die Wange.

Am Nachmittag verdrückte ich mich aus der Haupthalle und schlich in die Pinakothek.

Minutenlang tigerte ich durch den Saal, hob Bilder an, klopfte Wände ab, tastete an Rahmen und Säulen entlang, doch nichts. Auf der Karte war die Geheimtür dort eingezeichnet, wo sich das Gemälde mit dem Brunnen und der Statue befand, doch weder dahinter noch daneben war auch nur der geringste Hinweis auf eine Geheimtür zu entdecken.

Auf einmal ging die große zweiflügelige Tür hinter mir auf. Ich schoss herum und sah mich Ryan gegenüber, der noch immer den Knauf in der Hand hatte und ebenso erschrocken schien wie ich. Allerdings fasste er sich schnell.

„Kannst du mir mal sagen, was du hier treibst? Malcolm erzählte, du wolltest dich hinlegen?"

Flugs versteckte ich die Karte hinter dem Rücken, doch es war zu spät. Er hatte sie gesehen.

Er kam auf mich zu und streckte die Hand aus. „Gib sie her, Jo!"

Ich atmete resigniert aus und reichte sie ihm. „Tut mir leid!", sagte ich. „Ich war neugierig, okay? Ich wollte sehen, ob ich die Tür hier vielleicht irgendwo finde."

„Das habe ich auch schon versucht", entgegnete Ryan und klappte die Karte zusammen. „Ich schätze, man hat sie längst zugemauert."

„Das glaube ich nicht! Weißt du noch? Die Nacht, in der ich dem Licht nachgegangen bin? Wo du mich hier aufgegriffen hast und …"

„Aye. Ich erinnere mich“, knurrte er, strich sich über den Bauch und blickte dann auf die Karte. „Du glaubst, er könnte durch die Geheimtür verschwunden sein?“

„Ja! Bitte! Du musst mir glauben, dass da jemand war. Und wenn, dann muss er durch eine Tür entkommen sein. Ich vermute, dass sich hier irgendwo ein Hebel oder so was befindet, der den Mechanismus in Kraft setzt, um die Tür zu öffnen.“

Ryan sah mich an. Ich erwiderte den Blick standhaft, auch als mir ein Schauer den Rücken hinunterlief, weil mein Verstand mich ganz dezent darauf hinwies, dass er unter dem schwarzen Hemd nichts weiter anhatte. *Halt die Klappe!*, sagte ich mir still. *Das ist jetzt weder der richtige Moment noch der richtige Ort!*

„Na gut!“, meinte er und faltete die Karte wieder auseinander. „Die Tür ist angeblich etwa an dieser Stelle.“ Er wies auf das Gemälde. „Warte! Ich hebe das Bild herunter. Hier! Nimm du sie!“ Er gab mir die Karte, griff mit beiden Händen nach dem mit Blattgold überzogenen Bilderrahmen und hob unter einigen Mühen das große Gemälde von der Wand, drehte sich herum und wollte es gerade abstellen, als mein Freudenschrei ihn vor Schreck fast umwarf.

„Was ist?“, rief er und suchte mit wildem Blick die Wand ab.

„Vorsicht! Ryan, stell es bitte mit der Rückseite zur Wand! Ja! Das ist es! 1864! Oh mein Gott! Es befand sich all die Jahre hier in diesem Raum, und niemand wusste davon.“ Ich hockte mich vor das Bild und fuhr mit den Fingern immer wieder über die Worte:

Für Annie! Leben heißt lieben. Sam.

„Du und diese Annie … Jo, ich mache mir langsam Sorgen.“

„Verstehst du nicht?“, rief ich aus und starrte ihn an.
„John Fallon Fraser hat dieses Bild gemalt. Es gilt seit vielen
Jahren als verschollen. Das Mädchen am Brunnen! Ryan! Das
ist Annie Guthrie!“

„Warte! Geh ein Stück beiseite! Ich drehe es wieder um.“

Ich saß auf dem Fußboden, beobachtete Ryan dabei, wie er
das Gemälde umdrehte, und starrte dann voller Begeisterung
das Mädchen auf dem Brunnenrand an. Annie Guthrie hatte
langes, rotbraunes Haar, das in kleinen Ringellocken bis weit
über die Schultern reichte, und grasgrüne Augen. So grün wie
Ryans Augen.

„Was ist das?“, fragte Ryan plötzlich, nestelte am Rahmen
herum, zog einen kleinen, verrosteten Schlüssel aus dem
Holz des Rahmens und hielt ihn vor sich in die Höhe.

„Das ist ein Schlüssel“, sagte ich unnötigerweise.

Nach einigem Suchen fanden wir das dazu passende
Schlüsselloch hinter der Fußleiste. Der Schlüssel drehte sich
leichter als gedacht, und vor unseren Augen schwang eine kleine, völlig unscheinbare Tür auf, die so perfekt in die holzvertäfelte Wandverkleidung eingelassen war, dass sie bei bloßem
Hinsehen nicht zu erkennen und auch nicht zu fühlen war.

„Ähm, Ryan? Habe ich schon mal erwähnt, dass ich ein
bisschen unter Klaustrophobie leide?“, fragte ich und blickte skeptisch in den finsteren und für mich viel zu schmalen
Gang.

„Nein, aber … Moment! Wir brauchen erst einmal Licht.“
Er ging hinüber zum Kamin und nahm den Kandelaber herunter, zündete die Kerzen an und lächelte mir zu. „Soll ich
vorangehen?“

„Ja, bitte! Aber sei vorsichtig! Hörst du?“

„Warum? Glaubst du, Annie Guthrie steht da irgendwo mit einem Beil und wartet darauf, dass zufällig jemand
vorbeikommt?“

„Machst du dich mal wieder über mich lustig?"

„Aye", sagte er und zwinkerte wie eine Eule. „Aber du bietest mir heute auch einigen Anlass dazu."

„Wenn du auf heute früh anspielst, Ryan McKay … Ich dachte, wir hätten beschlossen, das zu vergessen?"

Er stieß lachend die Luft durch die Nase, ging voran, und ich überlegte kurz, ob ich hinter ihm die Tür zuwerfen sollte, doch dann folgte ich ihm grummelnd.

Der Gang wurde nach etwa fünf Metern endlich luftiger und höher. Ich drehte mich ein paarmal zurück, um bange Blicke auf die Tür zu werfen, als ich plötzlich gegen Ryan stieß.

„Hey! Pass auf, wo du hinläufst!", warnte er, hob den Kandelaber an und entzündete eine alte Öllampe, die an der Wand hing.

„Entschuldige!", meinte ich und schaute mich um.

Der Gang endete in einem Raum, von dem aus eine schmale Wendeltreppe irgendwo in die Tiefe führte. An den grauen Steinwänden hingen Pergamente, seltsame Tabellen, Listen und Diagramme, alle schon sehr alt und brüchig. Mittig befanden sich ein in die Jahre gekommener Schreibtisch und ein Lehnstuhl, von dem ein Bein fehlte. An der linken Seite stand ein geschlossener, in die Wand eingelassener Schrank, und auf der anderen befand sich eine Art Werkbank, die übersät war mit verrosteten Werkzeugen, Schrauben, Muttern, Teilen von alten Rohren und Stahlfedern. Alles war bedeckt von einer dicken Staubschicht.

„Was ist das alles?", fragte ich und betrachtete die bis zur Decke reichenden und mottenzerfressenen Regale daneben. Zahlreiche uralte Bücher, Schriften und lose zusammengebundene Manuskripte lagen und standen dort. Werke eines John Dee, John Locke, Isaac Newton und Nicolas Flamel teilten sich die Regalböden mit unzähligen leeren, verstaubten

Glaskolben, zusammengerollten Sternenkarten, seltsamen bräunlichen Zylindern und einer kleinen Maschine, die aussah wie eine antike kleine Waage, an der die Gewichte auf einer Skala hin und her geschoben werden.

„Das ist ein Klangschreiber – ein alter Phonograph!“, sagte Ryan und pustete den Staub von dem Gerät. „Das muss einer der ersten gewesen sein, die jemals gebaut wurden. Ein Mann … wie hieß der noch? Er hatte doch den gleichen Namen wie … Edison!“

„Edison? Der mit der Glühlampe?“

„Nein, nein.“ Ryan schüttelte den Kopf und lächelte vor Begeisterung. „Sie hießen beide Edison. Einer hat die Glühlampe erfunden, und der andere hat das hier entwickelt. Nach diesem Prinzip wurden später die Grammophone gebaut. Siehst du diese Zylinder hier?“ Er strich mit dem Finger vorsichtig über einen der bräunlichen Kolben im Regal, so dass die Oberfläche fast golden schimmerte. „Sie wurden in das Gerät eingespannt, und dann konnte man erste, kurze Töne aufnehmen und abspielen.“

„Ich weiß, was das hier ist“, sagte ich und drehte mich um.

„Aye. Ich auch.“ Ryan nickte. „Samuels Hobbyraum.“

„Sieh mal!“ Stirnrunzelnd ging ich hinüber zum Schrank und strich mit den Händen über die Oberfläche. „Der ist beinahe staubfrei. Es muss also jemand hier gewesen sein.“

Langsam öffnete ich erst die eine Tür und dann die andere.

„An ainm an aigh!“, kam es von Ryan, und in seiner Stimme schwangen Verwunderung und vorsichtiger Jubel mit.

„Was glaubst du, ist das?“, fragte ich und starrte die in Wurzelholz eingepassten Apparaturen an. In der Mitte befand sich eine Art Trichter, davor war ein weiterer Klangschreiber eingebaut, und rundherum waren wie an einer Schalttafel herausziehbare Knaufe angeordnet, die mich an Registerzüge einer Pfeifenorgel erinnerten.

„Auf den ersten Blick? Samuels Hi-Fi-Anlage würde ich sagen.“

„Wie bitte?“

Ryan atmete mit einem Lächeln aus. „Aye! Tja, Jo! Ich denke, wir haben den Ursprung des nächtlichen Gelächters enttarnt.“

„Du meinst …“

„Genau das! Ich will es nicht gerade jetzt austesten, aber ich bin mir ziemlich sicher. Komm! Lass uns zurückgehen. Wir müssen den Jungs Bescheid sagen.“

Er nahm meine Hand und zog mich von dem Schrank fort.

„Wer könnte dieses Gerät bedienen?“

„Wenn man erst mal die Funktionsweise herausgefunden hat, praktisch jeder, Jo.“ Ryan wischte mit den Händen ein paar Spinnweben beiseite und duckte sich, zumal der Gang nun wieder niedriger wurde, und da er den Kerzenleuchter hielt, musste ich im Halbdunkel hinter ihm herlaufen. Den Boden unter mir konnte ich kaum erkennen, und doch sah ich etwas Kleines über die Steine huschen. Ich schrie auf.

„Was ist?“, rief Ryan.

„Ratten! Oh Gott, Ryan! Hier sind Ratten!“ Ich trat auf etwas Weiches, was ein schreckliches Fiepen von sich gab, und nackte Panik erfasste mich. Schreiend verlor ich den Halt und taumelte gegen die Wand.

Und dann fiel die Tür vor uns zu.

„Scheiße!“ Ryan lief los und rammte seine Schulter gegen das Holz. „Verdammte schottische Eiche!“, schrie er und fluchte dann lauthals auf Gälisch weiter. Mir wurde schwindlig, und ich schloss fest die Augen.

„Ryan! Tu etwas! Bring mich hier raus!“

Ich zitterte am ganzen Leib und wagte kaum zu atmen, wollte mich irgendwo verstecken, fliehen. Nur weg von hier. „Oh Gott! Bitte!“

„Ich versuche es ja!", knurrte Ryan, und seine Fäuste traktierten die Tür. „Mist! Jo, sie will nicht aufgehen. Wir müssen den anderen Weg versuchen. Komm mit!" Er nahm meine Hand.

Ich zuckte wie von einer Tarantel gestochen zusammen, riss mich los und versteifte mich. „Nein! Ich bewege mich hier kein Stück weg! Ich will, dass du die Tür öffnest! Sofort!"

„Jo! Mach die Augen auf!"

„Nein!"

„Jo!"

„Nein!" Ich schüttelte verbissen den Kopf, kämpfte gegen das Entsetzen an und war mir todsicher, dass ich den Kampf verlieren würde. Vor lauter Hysterie und Panik würde ich hier in diesem Rattenloch sterben, nie wieder die Sonne sehen, von Ratten aufgefressen werden … Ich wollte sterben.

Auf einmal drückte Ryan mich gegen die Wand. Ich schrie und schlug panisch um mich, doch dann fühlte ich seine Lippen auf meinen. Warm und weich und vollkommen. Meine Gegenwehr verpuffte. Ich schlang die Arme um ihn wie eine Ertrinkende.

„Siehst du? Nun sind die Augen auf", sagte er leise, als er sich von mir löste. „Alles ist gut, Jo."

Ich starrte ihn verblüfft an. „Du bist total verrückt!"

„Manchmal." Er lächelte mich an. „Geht's wieder?"

Ich atmete ein paarmal tief durch, nahm den Geruch des heißen Kerzenwachses wahr, den Staub in der Luft, ein wenig von Ryans Schweiß und nickte. „Ja, ich glaube schon. Danke …"

„Keine Ursache", sagte er grinsend. „Komm! Wir finden schon einen Weg hinaus. Versprochen, okay?"

Ich holte noch einmal Luft und nahm die Hand, die er mir reichte. „Okay!"

Ich dachte schon, die Stufen, die teilweise schmal und gefährlich brüchig waren, würden nie enden, als Ryan mich plötzlich in einen weiteren Raum zog.

„Flipp nicht aus, Jo! Hier liegt ein Gerippe."

„Was?"

Ryan ließ meine Hand los. „Die Frage sollte eher lauten: Wer?", meinte er gelassen und hockte sich neben die sterblichen Überreste eines längst verschiedenen Menschen.

„Großer Gott! Wir müssen die Polizei rufen. Fass es nicht an!"

„Ich fasse es doch gar nicht an", sagte Ryan und schob mit dem Ellbogen den kaputten Koboldhocker beiseite, der neben der Leiche lag.

„Ihr wurde der Schädel eingeschlagen."

„Ihr?"

„Aye, den Resten der Kleidung nach war sie eine Frau."

Ich wagte einen Blick auf die Leiche und schauderte.

„Die Dienerin des Magiers", murmelte ich, weil mir die Geschichte einfiel, die Lady Ellen erzählt hatte.

„Wie bitte?" Ryan hob überrascht den Kopf.

„Die Dienerin des Magiers. Deine Großmutter hat mir die Geschichte von *Annella'bán* erzählt, und darin heißt es, dass die Dienerin des Magiers in den Kerkern von Caitlin Castle ihren Tod fand. Sie nahm sich das Leben, als die weiße Annie sich in den Seehund verwandelte."

„Du warst bei meiner Großmutter?"

Zu spät erkannte ich, dass ich ihm diese Kleinigkeit bislang noch verschwiegen hatte. „Ja, Marlin und ich, wir waren neulich bei ihr, zum Abendessen. Tut mir leid, Ryan! Ich hätte es dir schon viel früher gesagt, aber …"

„Aye, schon gut. War das bei eurem Date?"

Obwohl er versuchte, gelassen zu bleiben, merkte man seinem Tonfall durchaus an, dass es ihm immer noch unter die

Haut ging.

„Ja“, sagte ich leise und erwiderte seinen Blick.

„In Ordnung.“ Er nickte ausdruckslos und stand auf. „Da hinten geht es weiter. Komm!“

„Warte mal!“, sagte ich, machte einen großen Bogen um die Leiche und ging auf eine Wand zu. Irgendetwas an ihr kam mir merkwürdigerweise bekannt vor. War es die Größe? Die Form? „Ryan?“

„Ich sehe es“, erwiderte er und kam näher, strich mit der freien Hand an den Ecken entlang und betrachtete die Fugen zwischen den Steinquadern. „Diese Wand wurde nachträglich eingebaut.“

„Hör doch mal! Was ist das?“

Ryans Augen wurden vor Überraschung größer. „Das ist der Kompressor! Hinter dieser Wand ist die Krypta. Hallo? Lucas? Finn? Ist jemand da?“ Keine Antwort.

„Die sind alle in der großen Halle“, murmelte er und trat einen Schritt zurück. „Komm, Jo! Lass uns gehen.“

Eine Weile lang unterhielten wir uns noch über den seltsamen Schrank, die Leiche und Samuel und Annie, dann wechselten wir nur noch hin und wieder ein paar Worte, und bald redete keiner von uns mehr. Ich setzte alles daran, nicht hysterisch zu werden, gleichmäßig zu atmen und dem zermürbenden Drang zu widerstehen, zurückzulaufen und mit den Fingernägeln die Wand zur Krypta einzureißen. Bei einer kurzen Rast erhaschte ich einen Blick in Ryans Gesicht, sah die tiefen Sorgenfalten und fragte mich, ob jemand jemals unsere zerfledderten Leichen finden würde. Die Kerzen würden bald ausgehen, und dieser Gang nahm kein Ende. Mehr als einmal hatte ich das Gefühl, wir würden im Kreis laufen. Und als wir plötzlich, nach gefühlten zehn Stunden, vor einer weiteren Holztür standen, war ich kurz davor zusammenzubrechen, weil ich fest davon überzeugt war, dass sich hinter dieser Tür der nächste Weg ins Nichts befand. Doch allen Geistern sei Dank, lag ich falsch.

Der Ausgang befand sich inmitten von Caitlin Gardens, an der Südwand der alten Kapelle, verborgen hinter dichtem Efeu. Ich riss die Ranken mit bloßen Händen durch, stolperte ins Freie, fiel auf die Knie und fing hemmungslos an zu weinen.

Ryan nahm mich fest in den Arm und murmelte Worte in mein Haar, die ich zuerst nicht verstand, doch als sich der Nebel meiner Panik etwas löste, konnte ich ihnen folgen. Der schottische Singsang in den beruhigenden Worten glättete die Wogen in mir.

Schniefend setzte ich mich zurück, hielt Ryans Hand aber noch immer fest wie eine Rettungsleine. Nach einer Weile konnte ich freier atmen, und mein Herzschlag hatte sich etwas verlangsamt. Hoch über uns schwangen die Baumkronen vor dem fast lila schimmernden Himmel sanft hin und her, und ihr Rauschen im Wind legte sich wohltuend auf meine Seele.

„Sieh mal!", sagte ich endlich. „Es wird schon Abend. Wie lange waren wir weg?"

„Ein paar Stunden, schätze ich." Ryan blickte auf seine Uhr. „Die anderen werden sich Sorgen machen. Wie sieht's aus? Kannst du laufen?"

„Ja, ich denke schon. Oh Gott! Tut das gut, den Himmel zu sehen." Ich schloss für einen Moment die Augen und atmete tief durch.

Die Vögel in den Bäumen begleiteten uns auf dem Weg zurück zur Burg mit ihrem abendlichen Gesang. Ein sanfter, kühler Wind strich über meine Haut und ließ mich wohlig erschauern. Aber und abermals blickte ich nach oben. Nie wieder würde ich den freien Himmel als etwas Selbstverständliches hinnehmen. Nie wieder, das schwor ich mir.

Ryan lief seit einer Weile wortlos neben mir her. In seinem Haar hingen Spinnweben und Staub, auch sein Gesicht war von einer Staubschicht überzogen. Sein Aussehen erinnerte mich an den Tag, als wir uns im Vorzimmer von Professor Sutherland das erste Mal sahen. Wie lange war das her? Jahre, so kam es mir vor.

Meine Hände hatten blutige Striemen vom Efeu, und bei einem Griff in mein Haar hatte ich das Gefühl, sie würden beim kleinsten Druck wie Strohhalme brechen.

Ryan nahm meine linke Hand, betrachtete sie und strich vorsichtig über meine Schrammen. „Ailsa hat eine prima Salbe", meinte er. „Sie stinkt zwar ein bisschen, aber sie wirkt Wunder."

„Sie kann nicht mehr stinken als das Zeug, das sie mir auf den Sonnenbrand geschmiert hat, glaub mir."

„Hat es sehr weh getan?", fragte er leise.

„Und wie! Es fühlte sich an, als ob meine Haut abgeschält wird."

„Es tut mir leid, Jo!"

Ich hob überrascht den Kopf. „Was denn?"

„Dass ich dir noch mehr Schmerzen bereitet habe."

„Du? Das war der Efeu. Schon vergessen?"

„Nein, das meine ich nicht. An dem Morgen, nachdem Marlin und du – du weißt schon. Ich habe gesehen, dass ich dir weh tue, aber ich konnte nicht aufhören."

Ich erinnerte mich noch gut an den Druck seiner Hände auf meinem verbrannten Leib, an das Laken, das die Hitze nicht verbergen konnte – und an den Ausdruck in seinen Augen.

„Ryan, ich glaube, dir hat es ebenso Schmerzen bereitet wie mir. Also lass es uns vergessen, ja?"

Er blieb stehen, nahm meine Hand und küsste sanft die Innenfläche. Dann hob er den Kopf und sah mir tief in die Augen. „Ich werde dir nie wieder weh tun – das schwöre ich."

Der Kloß in meinem Hals war so groß, dass ich kaum Luft bekam. Ich schluckte dagegen an und nickte.

Alles, was Beine hatte, hatte sich auf dem Vorhof von Caitlin Castle versammelt. Selbst die Hunde waren bereit für den Aufbruch und zogen nervös an ihren Leinen. Rupert schien gerade letzte Anweisungen zu erteilen, als Marlin sich umdrehte und den Kopf in unsere Richtung hob.

„Jo!", rief er und lief uns entgegen. „Jo! Geht es dir gut? Was hast du mit ihr gemacht! Bist du wahnsinnig?", brüllte er Ryan an und zog mich in seine Arme.

„Es tut mir leid", murmelte Ryan nur und ließ uns stehen, ging auf die Burgpforte zu und wich allen Händen, Ratschlägen und Fragen aus. Nach ein paar Metern hielt er an und blickte zu mir zurück. Ich sah ein kleines Lächeln in seinem Gesicht. Dann verschwand er, flankiert von Lucas und Finn, in der Tür.

„Jo?"

„Was?", fragte ich und versuchte, mich auf Marlin zu konzentrieren.

„Ich fragte, ob es dir gutgeht." Er blickte mich aus großen, blauen und sorgenvollen Augen an.

„Es ist meine Schuld, Marlin. Ryan kann nichts dafür."

„Das ist keine Antwort, Jo."

„Ja, es geht mir gut." Ich löste mich aus seinen Armen und lächelte tapfer. „Ich will bloß eine Dusche und etwas zu essen, dann bin ich glücklich."

„Ich lasse dir ein Bad ein, *mo chridhe*", sagte Milly und streichelte fürsorglich lächelnd meinen Arm. „Dann geht es dir gleich besser. Wirst sehen."

„Das wäre wundervoll."

„Komm!" Marlin legte den Arm um mich. „Ich bringe dich hinauf. Kannst du laufen, oder soll ich dich hochtragen? Was ist mit deinen Händen passiert?"

„Es geht mir gut, wirklich!"

„Aye. Das sehe ich", meinte er und zog mokant eine Augenbraue hoch.

Im großen Goldrahmenspiegel des herzoglichen Bades konnte ich es auch sehen. Mein Gesicht war aschfahl und staubig. Die Spuren meiner Tränen waren deutlich zu erkennen wie ausgetrocknete Flussbette auf schlammfarbenem Untergrund. Das Haar stand mir stumpf und wirr zu allen Seiten ab und hatte eine Farbe, die mich um hundert Jahre älter machte. Meine Augenränder waren rot und aufgequollen, genauso wie meine Lippen.

Marlin hatte mich bis ins Bad hinein begleitet, mir ständig Wörter wie Unverständnis und Leichtsinn ins Ohr gemurmelt und war dann Gott sei Dank von Milly hinauskomplimentiert worden.

„Wir sehen uns morgen!", hatte er noch gerufen, bevor Milly die Tür vor seiner Nase zugeschlagen hatte.

„Ja, morgen", murmelte ich, griff mir vorsichtig ins Haar und nieste kräftig. Eine Staubwolke umnebelte mein Spiegelbild.

Hinter mir schwirrten Milly und Ailsa herum, und der Duft von Veilchen kitzelte meine Nase. Dicke Dampfwolken stiegen aus der großen, auf verschnörkelten Füßen stehenden Gusseisenwanne auf, der Spiegel beschlug und versteckte meinen Anblick nach und nach unter duftenden Nebelschwaden.

„So!", sagte Milly. „Raus aus den Klamotten, Mädchen!" Sie kam entschlossen auf mich zu und verlor keine Sekunde. Im Handumdrehen lag ich nackt in der Wanne, ließ mir von Ailsa das Haar waschen und schaute träge zu, wie Milly meine völlig eingestaubte Kleidung mit spitzen Fingern nach draußen trug.

Eine Stunde später fühlte ich mich wie frisch aus dem Ei gepellt. Milly hatte noch etwas vom Abendessen für mich übrig gelassen, was ich gemütlich bei ihr in der Küche verschlang, während sie, Ailsa und Nelly Ordnung schafften, lustige Anekdoten von sich gaben und das Frühstück für den nächsten Tag vorbereiteten.

Gesättigt, zufrieden und ziemlich müde machte ich mich auf den Weg in mein Zimmer, und als ich aus dem Turm stieg, schlug mir der Krach mit voller Wucht entgegen. Sie standen keine fünf Meter von mir entfernt und waren so in ihren Wortwechsel vertieft, dass sie meine Anwesenheit nicht mal bemerkten.

„Und was habt ihr gefunden?", brüllte Marlin. „Die verdammte Erfindung eines durchgedrehten Engländers. Wenn ihr was passiert wäre, Ray!"

„Ihr ist nichts passiert!"

„Es hätte aber leicht dazu kommen können. Wenn du sie in Gefahr bringst, sehe ich nicht einfach zu und applaudiere."

„Nein, du spielst dich auf wie der große Zampano!"

„Hey!", rief ich. „Wenn ihr zwei fertig seid, können wir dann zum üblichen Schlagabtausch zurückkehren?"

Sie starrten mich an, als wäre ich eine Fata Morgana. „Was ist?", fragte ich. „Soll ich die Schwerter holen?"

In Ryans Gesicht zuckte ein Mundwinkel. Marlin sank in sich zusammen und holte tief Luft. „Nein, ist schon gut, Jo."

Ich schaute Ryan an und neigte den Kopf. „Lässt du uns kurz allein? Bitte?"

Er erwiderte meinen Blick lächelnd und nickte.

„In Ordnung, Jo. Aber erklär diesem Hampelmann bitte, dass es dir gutgeht, aye?"

„Ja, mache ich.“

Ryan nickte noch einmal und lächelte mich entschuldigend an, bedachte seinen Bruder dann mit einem Blick, aus dem der pure Zynismus sprach, und ging kopfschüttelnd davon.

„Hattest du nicht gesagt, wir sehen uns morgen?“, fragte ich, als Ryans Schritte nicht mehr zu hören waren.

Marlin hob den Kopf und sah mich an. „Ich habe mir große Sorgen gemacht, Jo. Ryan ist ein Hitzkopf und geht unbekümmert sämtliche Risiken ein. Wenn dir etwas passiert wäre …“

„Mir ist aber nichts passiert, Marlin. Und ich sage es dir jetzt zum zweiten Mal. Es war meine Schuld, und du kannst froh sein, dass Ryan zur Stelle war. Ohne ihn hätte ich niemals den Ausgang gefunden. Du solltest ihm lieber dankbar sein!“

Seine blauen Augen hefteten sich auf mich. Plötzlich machte er einen Satz und riss mich in seine Arme. „Tu so etwas nie wieder, hörst du?“ Er legte beide Hände um mein Gesicht und sah mich eindringlich an. „Nie wieder! Versprich es!“

„Ja, versprochen.“ Ich nahm seine Hände herab und nickte. „Pfadfinderehrenwort!“

Ein kleines Lächeln erschien in seinem Gesicht. „Du warst doch bestimmt nie bei den Pfadfindern, oder?“

„Nein.“ Ich erwiderte das Lächeln. „Vielleicht hätte ich es besser sein sollen.“

„Ja, vielleicht.“ Er lachte leise und küsste mich sanft auf die Lippen. „Ich werde jetzt gehen. Ich muss morgen früh raus.“

„Bringst du mich noch auf mein Zimmer?“

„Wolltest du nicht …“ Er wies in die Richtung, in der Ryan verschwunden war, und hob fragend eine Augenbraue. Ich schüttelte den Kopf. „Nein, ich bin völlig erledigt. Ich habe nur Angst, dass ich bereits auf dem Weg in mein Zimmer einschlafe."

„In Ordnung. Sehr gerne! Dann komm!" Er bot mir galant seinen Arm, ich hakte mich bei ihm ein und legte den Kopf gähnend an seine Schulter.

Ich hatte diesen Vorschlag nicht nur ihm zuliebe gemacht, er war auch tatsächlich rein praktischer und eigennütziger Natur, da ich in der Tat kurz davor war, an Ort und Stelle einzuschlafen.

Marlin brachte mich in mein Zimmer, half mir in meine Schlafsachen, schüttelte das Bett auf und deckte mich zu. Ich bekam sicherlich auch einen Gutenachtkuss, doch den verschlief ich bereits.

Charlie Foxtrott

Als ich die Augen aufschlug, schien blasses Sonnenlicht zu meinem Fenster herein, und jemand klopfte zaghaft an der Tür.

„Jo?", erklang leise Ryans Stimme.

„Ja, komm rein! Ich bin wach."

Ryans Kopf schob sich durch den Türspalt. „Guten Morgen!", sagte er. „Bist du bereit?"

„Wofür?", fragte ich und setzte mich auf.

„Die Wand der Krypta einzureißen. Ich dachte mir, dass du vielleicht dabei sein möchtest."

„Und ob ich das möchte!", rief ich, und Ryan schüttelte lächelnd den Kopf und nickte dann. „Okay. Frühstück in zwanzig Minuten. Dann geht's los."

Er wollte die Tür schon wieder schließen, als ich ihn noch einmal zurückrief. „Ryan?"

„Zu Diensten?"

„Danke! Du warst großartig gestern."

Ich konnte fast zusehen, wie sich seine Ohren vor Begeisterung röteten, und seine grünen Augen funkelten wie Smaragde.

„Na los!", rief er. „Hoch mit dir!"

„Zu Befehl!", erwiderte ich und schlug die Bettdecke beiseite.

Kurz nach dem Frühstück erschienen die beiden Bauarbeiter in der Vorhalle und bugsierten schweres Gerät in die Kellergewölbe.

„Na, Miss?", fragte der alte Mac, als ich ihm über den Weg lief. „Sie scheinen sich ja schon ganz gut eingelebt zu haben, sehen schon fast wie eine Schottin aus."

„Ach? Wie sieht denn eine typische Schottin aus?"

„Oh! Die besten haben einen prallen Hintern, Sommersprossen und lockiges Haar.“

„Danke, Mac“, murmelte ich, verfluchte still Millys Kochkünste, kniff meine Pobacken zusammen und verdrückte mich in Richtung Haupthalle. Macs Gelächter erklang in meinem Rücken und hörte sich an wie ein alter Dieselmotor.

Über Nacht war auf Caitlin Castle eine Art fröhlicher Gelassenheit ausgebrochen. Nun, wo wir wussten, woher die nächtlichen Geräusche – aller Vermutungen nach – kamen, schien es, als wäre jedem Bewohner eine Last von den Schultern genommen worden. Allerdings schien keiner von ihnen daran zu denken, dass ein Unbekannter nachts durch die Burg geschlichen, in der Pinakothek verschwunden war und den merkwürdigen Apparat in Gang gesetzt hatte. Hin und wieder ertappte ich mich dabei, wie ich den einen oder anderen verstohlen anblickte, und schämte mich fast dafür, so argwöhnisch zu sein. Ich hatte sie alle derartig ins Herz geschlossen, dass ich bei jedem eine Ausrede fand, warum er oder sie nicht als Täter in Frage kam.

Sämtliche Zugänge zu den Kellergewölben waren mit dichten Planen verschlossen, Lucas und Finn hatten all ihre Geräte in Sicherheit gebracht, und Viertel vor elf ging es los.

Ohne Gnade und unter riesigem Radau stemmten Mac und sein junger Kollege die Wand der Krypta ein. Finn, Lucas und Malcolm gingen ihnen zur Hand und schafften den Schutt beiseite. Ryan war durch die Geheimtür gegangen, stand nun auf der anderen Seite und überwachte von dort aus die Arbeiten. Ich konnte seine Stimme durch ein Headset hören, wenn ich es fest an mein Ohr presste und mir das andere zuhielt. Als er nach etwa zweieinhalb Stunden verstaubt und breit grinsend zum Vorschein kam, atmete ich erleichtert auf.

Am Nachmittag wurden die sterblichen Überreste der Frau abtransportiert und nach Edinburgh überführt, und am frühen Abend standen Lucas, Ryan, Malcolm, Finn und ich mehr oder weniger aneinandergedrängt in dem kleinen, beengten Raum und betrachteten die Apparatur.

„Sieht wie eine kleine Orgel aus", sagte Finn bereits in Gedanken und setzte sich auf den Stuhl davor.

„Was meinst du?", fragte Ryan. „Kriegst du das Ding in Gang?"

„Denke schon. Gib mir ein bisschen Zeit."

„Die hast du. Lucas, wie viele Headsets haben wir?"

„Vier."

„Vier und unsere Handys", verbesserte Ryan. „Okay! Finn, du siehst zu, dass du das Ding in Gang bekommst. Ich schicke dir Ailsa mit was zu essen runter."

Finn war schon längst in den Aufbau des Apparates vertieft und machte nur eine wegwerfende Handbewegung, was wohl so viel hieß wie, mach, was du willst, aber lass mich in Ruhe.

Ryan lächelte. „Kommt!", sagte er und ging allen voran den schmalen Gang zurück. Überall standen Rattenfallen, und Malcolm hatte mir mit leuchtenden Augen erzählt, dass Rupert noch am Abend vorher zwei von ihnen mit der Flinte erlegt hatte. Mir grauste schon allein bei dem Gedanken daran, und ich blickte wachsam umher, ob sich nicht doch irgendwo ein nacktschwänziges Ungeheuer aus den Ecken an mich heranpirschte. Dem war erfreulicherweise nicht so.

Die Geheimtür war nun durch einen kleinen Riegel von beiden Seiten aus zu öffnen und zu schließen. Und obwohl wir alles Mögliche unternommen hatten, um die Pinakothek zu schützen, schaffte es hin und wieder ein Luftzug hinauf, um dort den Staub aufzuwirbeln und weiterzuschicken. Der Boden der Galerie war bereits jetzt mit einer feinen Schicht

überzogen, und unsere Fußspuren waren deutlich zu erkennen. Milly und ihre Mädchen hatten vorsichtshalber die
Gemälde und Statuen der Pinakothek mit riesigen Laken und
Tischdecken abgedeckt. Doch bei jeder Bewegung wirbelten
wir den Staub erneut auf.

„Wenn wir mit Caitlin Castle fertig sind, braucht die Burg
eine Säuberung vom Kerker bis zu den Zinnen", sagte ich
und zog im Vorbeigehen die Ecke eines Lakens etwas tiefer,
um auch den Sockel der Statue zu bedecken.

„Wo gehobelt wird, fallen nun mal Späne", meinte Lucas
ungerührt und nieste kräftig.

Nach dem Essen fanden wir uns im Kaminzimmer zusammen, tranken Whisky und warteten. Um Viertel nach zehn kam
Ailsa mit der Nachricht zu uns, dass wir uns langsam vorbe-
reiten sollten. Ryan verteilte drei Headsets an Lucas, Malcolm
und mich, erklärte uns kurz deren Bedienung und schickte uns
dann einzeln in verschiedene Burgflügel. Mich hatte er in den
Westflügel beordert, dorthin, wo ich das Lachen bereits einmal
gehört hatte. Ich war sehr nervös. Milly hatte mir aus diesem
Grund zwei doppelte Whisky eingeschenkt.
Und die tanzten gerade in meinem Blut.
„Bis jetzt ist alles ruhig. Over, Charlie Foxtrott." Ich ki-
cherte. „Entschuldigung! Das wollte ich schon immer mal
sagen."
„Jo, es wäre schön, wenn du den gebotenen Ernst bei der
Sache zeigen könntest", ertönte Ryans Stimme.
„Du hast recht. Tut mir leid! Over, Whisky Bravo."
Ein Knurren ertönte aus dem Gerät, dann klickte es, und
Lucas' Stimme erklang. „Der Wolf frisst das Kaninchen. Ich
wiederhole. Der Wolf frisst das Kaninchen."
„Lucas!", brüllte Ryan irgendwo hinter mir durch die
Gänge, und ich brach lachend auf meinem Stuhl zusammen.

Geschlagene dreißig Minuten später war immer noch nichts zu hören außer den gelegentlichen Fragen und Aufmunterungen von Ryan. Mir wurde langsam kalt. Ich raffte die Strickjacke vorne zusammen und zog den Reißverschluss hoch. „Wie lange soll das eigentlich so weitergehen? Sollen wir die ganze Nacht hier herumsitzen?"

„Beweg dich ein bisschen!", erklang Ryans Stimme. „Geh etwas umher. Das hilft."

„Na gut!", sagte ich und stand auf, schlenderte den langen Korridor hinauf und wieder runter, blieb schließlich an einem Fenster stehen, öffnete es und blickte hinaus in die Nacht. Die Luft draußen schien wärmer als inmitten der Burgmauern, und sie roch fast süßlich. Ich atmete tief ein und aus. Ein Nachtvogel ließ seinen Ruf erschallen. Es klang beinahe wie: *Komm mit! Komm mit!*

Ich war mitgegangen, dachte ich auf einmal. Und was hatte es mir eingebracht? „Nur Ärger!", murmelte ich voller Sarkasmus und lächelte dann doch leise vor mich hin. Na ja, nicht nur, überlegte ich. Auch neue Freunde. Freunde, die mir in diesen paar Wochen sehr ans Herz gewachsen waren.

Mit einem leisen Schreck erkannte ich, dass ich mich, wenn wir hier auf Caitlin Castle alles zu Ende gebracht hatten, entscheiden musste. Meine Probezeit hier war abgelaufen. Ich dachte plötzlich an Professor Sutherland und seine Worte: *Und wenn es Ihnen gefällt, reden wir danach noch einmal über mein Jobangebot.*

Mittlerweile hatte ich erkannt, dass ein Ghosthunter nicht unbedingt mit einem Photonenstrahl bewaffnet sein musste und Egon oder Dr. Wenkman heißen sollte. Es war viel realer. Nicht die Gespenster, nein, die nicht, sondern die Geschichten, die sich um sie rankten – Annella'bán zum Beispiel. Dies war eine Legende. Die Seehundfrau gab es nicht, aber es gab Annie. Sie war real. Diese Überlegung führte mich zu Samuel. Ich war mir sicher, dass er dieses Gerät, an dem Finn sich nun ausprobierte, vor vielen, vielen Jahren erschaffen hatte, doch wozu? Einsamkeit, schlug mein Verstand mir vor, und ich hatte das Gefühl, er könnte damit recht haben. Einsamkeit – bis Annie ihn rettete.

Mutus permaneo …

Ich hatte schon lange nicht mehr an die Inschrift des Bogens gedacht, doch nun lichtete sich die Bedeutung.

Samuel.

Ich spürte einen kalten Luftzug hinter mir, als ob irgendwo eine Tür aufgegangen wäre. Ich erschauerte, eine Gänsehaut überzog meinen Nacken, und ich drehte mich langsam um.

„Samuel?", flüsterte ich in die Nacht.

Und dann hallte Finns Stimme durch die Gänge. „Gegen Abend ist mit starken Schauern zu rechnen, die zum Morgen hin etwas nachlassen und am Nachmittag erneut eintreten."

„Als ich sagte, du sollst dich bemerkbar machen, hatte ich nicht gemeint, dass du als Wetterfrosch agieren sollst", sagte Ryan, kaum dass Finn zur Tür hereingekommen war und sich zu uns an den großen Tisch gesetzt hatte. Sein Tonfall ließ allerdings an Ernsthaftigkeit zu wünschen übrig. Finn grinste nur und stellte den Klangschreiber aus dem Regal vor sich ab. Daneben legte er zwei dieser Zylinder und setzte einen weiteren in den Klangschreiber ein. „Diese drei sind die einzigen, die eventuell noch etwas von sich geben könnten", sagte er. „Der Rest der Zylinder ist teilweise so von der Zeit und der Feuchtigkeit da unten zerfressen und verbeult, dass nichts mehr zu machen war, aber die drei hier sollten mit etwas Glück noch funktionieren." Er beugte sich leicht über das Gerät und zog eine letzte Flügelschraube fest. „Drückt die Daumen!" Er rieb sich die Hände und lächelte. „So! Und nun bitte alle ganz still."

Dann setzte er das Gerät in Gang. Der Zylinder begann sich langsam zu drehen, und plötzlich ertönte ein leises Schnarren und dann etwas, was sich mit viel Phantasie als Worte ausmachen ließ.

„Was ist das?", fragte Ailsa und rückte etwas näher.

Lucas runzelte die Stirn. „Shakespeare", murmelte er leise.

„Wie bitte?" Ich beugte mich über den Tisch.

„Du hast recht", meinte Ryan. „Da liest jemand aus Hamlet vor."

Ich kannte den Text aus Hamlet bei weitem nicht auswendig, aber die jambischen Pentameter erkannte ich am Rhythmus. Das war tatsächlich Shakespeare. „Wessen Stimme ist das?", fragte ich.

„Ich vermute mal, dass es Samuel ist." Ryan zwinkerte mir fröhlich zu. Ein Lächeln überzog unwillkürlich meine Züge, als mir klarwurde, dass ich nach hundertfünfzig Jahren die Stimme hören konnte, die auch Annie damals gehört hatte. Die Stimme, die Annie ewige Liebe geschworen hatte … Okay, Jo! Jetzt geht deine Phantasie mit dir durch, dachte ich, aber der Gedanke gefiel mir trotzdem.

Auf dem zweiten Zylinder war außer einem leisen, melodischen Summen nichts weiter zu hören, und keiner von uns erkannte die Melodie. Als Finn schließlich den letzten eingespannt und in Schwingung gesetzt hatte, überkam mich ein Frösteln.

„Das ist es!", flüsterte ich.

„Ja", sagte Ryan fast ebenso leise, und der Rest am Tisch nickte nur stumm, denn aus dem kleinen, unscheinbaren Gerät kam heiseres Gelächter.

Finn durchbrach die gespenstische Stimmung im Raum mit einer einfachen Handbewegung, mit der er den Klangschreiber ausschaltete. „Täter überführt", sagte er, schob das Gerät in die Mitte des Tisches und nahm einen Kugelschreiber aus seiner

Tasche. „Also, zur Funktion." Er räusperte sich und tippte mit dem Stift auf den kleinen Trichter. „Der hier nimmt die Töne auf und leitet sie weiter auf die Membran, die diese mit einem kleinen Griffel auf den rotierenden Zylinder schreibt; man sagt übrigens Walze dazu, und sie ist aus Harz. Ähm … Bei der Wiedergabe wird der Zylinder mit einem Diamanten sozusagen abgetastet wie bei einer alten Schallplatte. Der Diamant leitet die Schwingungen an eine weitere Membran aus Kupfer, die letztendlich den Schall erzeugt und den über den Trichter an die Umgebung abgibt. In unserem Fall wird der Schall durch verschiedene Rohre geleitet, die durch die Wände führen, überall. Durch Schieben und Ziehen der Registerzüge unten an der Apparatur kann die Richtung, in die die Töne verlaufen sollen, verändert werden. Ihr müsst euch das so vorstellen, dass es tatsächlich so ähnlich wie eine riesengroße Orgel funktioniert, nur dass in diesem Fall die Orgelpfeifen waagrecht in den Mauern liegen, die Burg selbst als Resonanzkörper dient und der Ton in den Mauern entlangrinnt wie Wasser in einer Rohrleitung. Samuel war wirklich gut, Freunde. Das ist riesig!"

„Samuel muss sehr viel Freizeit gehabt haben", sagte Lucas und nahm einen Schluck aus seinem Whiskyglas.

„Freizeit und Geld", meinte Ailsa.

„Na ja", bemerkte ich. „Er saß hier fest, und nach allem, was ich über ihn gelesen habe, war er kein Mann, der sich mit Alkohol, Frauen und der Jagd die Zeit vertrieben hätte. Er hat in einem geheimen Kreis in Oxford Mechanik studiert, sich für Philosophie interessiert und für die Alchemie. Die hat ihm den meisten Ärger eingebracht. Er war seiner Zeit weit voraus."

„Und so jemanden sperren sie hier oben ein?" Ailsa schüttelte den Kopf. „Er tut mir fast leid."

„Es waren andere Zeiten", sagte Ryan. „Damals hatte der Spross einer reichen englischen Dynastie nichts weiter zu tun, als den Reichtum zu vermehren, gewinnbringend zu heiraten und Söhne in die Welt zu setzen. Das war seine Aufgabe. Allerdings ist das heutzutage noch immer so", fügte er verbittert hinzu und nahm sich die Whiskyflasche.

„Fang jetzt nicht wieder an, in Selbstmitleid zu zerfließen!", sagte ich und nahm ihm die Flasche weg, nachdem er sich eingeschenkt hatte. „Samuel ist seinen Weg gegangen, so wie du. Und er ist glücklich geworden."

„Samuel hatte eine gute Frau an seiner Seite", erwiderte er und sah mich an. „Eine Frau, die zu ihm stand und ihn liebte."

Ich erwiderte seinen Blick, sagte jedoch nichts. Mir fiel dazu auch nichts ein. Nicht das Geringste.

„Ich geh schlafen", sagte Malcolm und stand auf. „G-gute Nacht!"

„Ja, ich lege mich auch hin", meinte Lucas gähnend und erhob sich ebenfalls. Er schnappte sich sein halbvolles Whiskyglas, tippte sich an die Stirn und verschwand durch die Tür. Kurz danach gingen auch Finn und Ailsa.

„Willst du auch ins Bett?", fragte Ryan, als wir allein waren.

„Wer, glaubst du, war es?"

„Was meinst du?"

„Jemand muss die Apparatur in Gang gesetzt haben, Ryan. Wer, glaubst du, war es?"

„Ich weiß es nicht", erwiderte er, doch ich sah einen kleinen Funken in seinen Augen aufglimmen.

„Aber du hast eine Vermutung, oder?"

„Ja, die habe ich."

„Erzähl sie mir!"

„Ich glaube nicht, dass du sie hören möchtest."

Ich blickte ihn einen Moment lang an und begriff. „Das ist nicht dein Ernst!", sagte ich erschrocken. „Marlin würde nie …"

„Er hatte die Möglichkeiten und ein Motiv", zählte er an seinen Fingern auf. „Er lebt teilweise mehrere Monate im Jahr hier. Er kennt die Burg und Caitlin Gardens wie seine Westentasche. Es wäre ein Leichtes für ihn gewesen, den Zugang an der Kapelle zu finden. Der Efeu und das ganze Gestrüpp dort, Jo!" Er beugte sich etwas vor. „Es ist nichts als Tarnung. Ich habe es mir angesehen."

„Das ist doch Unsinn! Ich meine, der Klangschreiber, das Gerät, wie soll er …"

„Marlin hat genauso viel drauf wie Finn, Jo. Sie haben damals bei der RNLI oft stundenlang zusammengesessen und an Funk- und Ortungsgeräten herumgebastelt. Den Klangschreiber in Gang zu setzen wäre ein Kinderspiel für ihn."

„Wie lange hegst du diese Vermutung schon."

„Eine Weile", sagte er und lehnte sich zurück.

„Wie lange?"

Er sah mich an und atmete hörbar aus. „Von dem Abend an, an dem du das Lachen im Westflügel gehört hast."

„Und du hast nichts gesagt?", flüsterte ich voll Bitterkeit.

„Du hättest mir nicht geglaubt."

„Das tue ich auch jetzt nicht", erwiderte ich, stand auf und ging hinaus.

Deus ex machina

Ich wollte ihm nicht glauben. Dies wäre wohl ehrlicher gewesen. Ich lag fast drei Stunden wach und grübelte hin und her und konnte oder besser wollte mir einfach nicht eingestehen, dass er recht haben könnte. Irgendwann fiel ich dann doch in einen unruhigen Schlaf. Im Traum hörte ich das Lachen. Ich lief durch die vielen Gänge der Burg, und hinter jeder Ecke, hinter jeder Tür stieß ich auf Marlin, der sich in Staub auflöste, wenn ich auf ihn zusteuerte.

Völlig verschwitzt und atemlos wachte ich auf. Ein Blick auf die Uhr sagte mir, dass es halb sechs war.

Ich schlug die Bettdecke beiseite, stand auf und zog mich an.

Ich musste es einfach wissen.

Der frühe Morgen in den schottischen Highlands hat eine Klarheit an sich, als würde die Welt in jeder Nacht von allem Bösen reingewaschen werden. Der Himmel war leuchtend blau, keine Wolke war zu sehen, und die Vögel zwitscherten um die Wette. Die Blätter an den Bäumen waren dunkelgrün und feucht, und das Licht brach sich in den Tautropfen, so dass es aussah, als würden Brillanten in den Zweigen hängen.

Es roch würzig nach Erde und frischem Grün, und ich atmete den Duft tief ein. Mit jedem Schritt und jedem Atemzug wurde mir leichter ums Herz, und als ich endlich am Cottage ankam, war ich mir sicher, dass Ryan unrecht hatte.

Aus dem Schornstein kam kein Rauch, und im Haus war es still und dunkel. Anscheinend war Marlin nicht zu Hause. Ein Rundgang über den Hof zeigte, dass auch sein Landrover fort war. Ich ging zurück zur Vorderseite des Cottages, wanderte zum Steg und wieder zurück und blieb schließlich unschlüssig vor der Tür stehen. Ich wusste nicht genau, warum, aber ich drückte trotzdem die Türklinke herunter und war kaum überrascht, dass nicht abgeschlossen war.

Sollte ich hineingehen, fragte ich mich und hatte noch immer keine Antwort, als ich bereits im Wohnzimmer stand. „Was glaubst du eigentlich hier zu finden?", murmelte ich und wanderte durch den Raum, zog wahllos Schubladen auf und betrachtete die gerahmten Bilder an den Wänden. In der Ecke stand ein kleiner Sekretär. Ich setzte mich auf den Stuhl davor und kaute auf meiner Unterlippe. Ich wusste, dass ich hier eigentlich nichts zu suchen hatte, und doch schob ich ein paar Geschäftsbriefe zur Seite und überflog die Zeilen. Nichts Ungewöhnliches. Nur Bestellungen, Rechnungen, Speditionsaufträge und ein alter Brief. Ein ziemlich alter Brief. Mir verschlug es den Atem. Meine Hände begannen zu zittern.

„Ich habe gerade an dich gedacht."

Ich schoss herum, der Brief fiel zu Boden. Marlin stand in der Tür, mit Brot und frischen Eiern in den Händen und einem überraschten Lächeln im Gesicht, das sofort erlosch, als er den Brief entdeckte.

„Ich kann das erklären", sagte er, legte Eier und Brot ab und hob abwehrend die Hände. „Bitte, Jo! Sieh mich nicht an, als wäre ich der Teufel in Personalunion!"

Ich nahm den Brief auf und erhob mich vom Stuhl. „Weiß Ryan davon?"

„Nein, er weiß nichts. Ich habe den Brief schon viele Jahre. Und eigentlich ist er auch ohne Bedeutung. Darin steht nur, dass seine Mutter unseren Vater bittet, ihren gemeinsamen Sohn aufzuziehen."

„Und dass sie nicht so stark ist wie ihre berühmte Vorfahrin Annie Guthrie! Du hättest mir das sagen müssen!"

„Warum? Es ändert doch nichts. Ryan ist der Sohn eines Lords. Mein Bruder! Willst du ihm sagen, er stammt von einem lasterhaften Dienstmädchen ab? Und das, wo er so schon an seinem Dasein zu knabbern hat? Vielleicht hast du es noch nicht gemerkt, aber er leidet darunter, was ich damals gesagt habe. Ihm jetzt auch noch diesen Wisch vorzulegen wäre bösartig."

„Annie? Lasterhaft? Marlin! Samuel ist sein Urururgroßvater!"

„Niemand kann das beweisen."

Vor lauter Verwirrung schüttelte ich den Kopf in der Hoffnung, Klarheit zu erlangen, und endlich mir fiel ein, dass Marlin nicht wusste, dass Samuel und Annie geheiratet hatten.

„Setz dich hin!", sagte ich, doch er rührte sich nicht.

„Setz dich hin, Marlin! Ich will dir nur was erzählen."

„Verdammt!", sagte Marlin aus tiefstem Herzen, nachdem ich ihm alles über Annie, ihre Briefe, ihre Liebe zu Samuel, die heimliche Hochzeit und ihre gemeinsame Flucht nach Irland berichtet hatte. Er schüttelte den Kopf und lächelte endlich. „Und die zwei haben wirklich geheiratet?"

„Ja, haben sie. Ich habe eine Kopie ihrer Heiratsurkunde."

„Weiß Ryan das?"

„Dass sie geheiratet haben? Ja. Er meinte, es sei sehr großzügig von Samuel gewesen."

„Ja, so ist Ryan. Er ist von der Liebe bislang immer ziemlich enttäuscht worden. Er glaubt nicht daran, dass es so was gibt."

„Das Gefühl habe ich auch."

„Und doch liebt er dich", sagte Marlin leise und betrachtete mein Gesicht. „Willst du es ihm erzählen?"

„Was?", fragte ich und wich seinem Blick aus.

„Dass er von Samuel und Annie abstammt."

„Nein." Ich schüttelte den Kopf. „Noch nicht. Ich glaube, er ist noch nicht so weit."

„In Ordnung! Ähm, hast du Hunger?“ Er stand auf und nahm das Brot und die Eier vom Tisch. „Ich kann uns schnell ein Frühstück machen.“

„Ja, gerne“, erwiderte ich lächelnd und sah zu, wie er in Richtung Küche verschwand. Irgendetwas hatte sich verändert, als ob sich die Welt von einem Moment zum anderen unbemerkt ein weiteres Mal gedreht hätte.

Nach dem Frühstück brachte Marlin mich bis zum Burgvorplatz. Ich stieg aus dem Wagen, mit einem seltsamen Gefühl in der Magengegend. „Sehen wir uns heute Abend?“, fragte ich.

„Nein, leider nicht. Ich habe bis morgen Nachmittag Termine. Ich komme her, wenn ich wieder zurück bin, aye?“

„Ist alles in Ordnung?“, fragte ich und nahm seine Hand.

„Aye! Kleine Jo!“ Er küsste mich auf die Finger und lächelte. „Alles ist in Ordnung.“ Seine Augen leuchteten auf.

Ich glaubte ihm kein Wort.

Dieses seltsame Gefühl hielt den ganzen Tag über an. Ryan war am frühen Morgen alleine und mit dreitägiger Verspätung nach Fort William gefahren und wurde erst spät am Abend wieder zurückerwartet. Er hatte mich nicht gefragt, ob ich mitwollte. Ich war auch ganz froh darüber. Finn, Malcolm und Lucas waren damit beschäftigt, die Messgeräte von der Haupthalle in Samuels Laboratorium zu tragen und sie dort aufzustellen. Den Vormittag über saß ich allein im Oktogon, bewachte die Bildschirme, erhielt über ein Headset Anweisungen von Finn, mal den einen oder anderen Knopf zu drücken, und drehte mein Handy zwischen den Fingern, aus Angst, ich könnte Marlins Anruf verpassen. Bis zum Nachmittag hatte ich dreimal versucht, ihn telefonisch zu erreichen, doch er ging nicht ran. Um mich abzulenken, schloss ich mich der Truppe um Milly an, die die Haupthalle wieder in ihren Ursprungszustand zurückversetzen wollte. Nachdem nun der Rundbogen in Holzkisten zusammengepackt und nach Edinburgh verschickt worden war und ein Lieferwagen mit funkelnagelneuen Vitrinen, Lampen und anderen Einrichtungsgegenständen vor der Burg vorfuhr, wich Milly von ihrer gewohnt hektischen Art ab und verwandelte sich in etwas beinahe Furchterregendes. Der Grund dafür war die nahende Ankunft Seiner Gnaden und der Familie, die in wenigen Tagen zurück nach Caitlin Castle kommen wollten, um die letzten Vorbereitungen der Highland-Games, die in knapp zwei Wochen stattfinden sollten, persönlich zu beaufsichtigen. Wir waren bis in den frühen Abend hinein beschäftigt, und als ich endlich die Putzhandschuhe von den Händen streifte, war das seltsame Gefühl in mir einer ernsthaften Besorgnis gewichen. Vor dem Abendessen probierte ich erneut, Marlin anzurufen. Ohne Ergebnis. Um halb elf immer noch nichts.

Ich klappte das Handy zu, nahm meine Strickjacke, verließ mein Zimmer und wanderte ziellos und nervös durch die dunklen Flure der Burg. Mein Weg führte mich unvermutet zum Söller. Ich schlang die Strickjacke etwas fester um mich und trat in die Nacht hinaus.

Der Mond war kreisrund. Er hing wie eine große, silberne Laterne über dem See und spiegelte sich in der glatten Oberfläche. Ich schaute über den Park hinweg – und stutzte. Da war Licht.

Am Cottage brannte Licht!

Von Neugier, Argwohn und leichtem Ärger erfüllt, drehte ich mich um, ging in mein Zimmer, nahm meine Taschenlampe, zog mir festes Schuhwerk und meine Jacke an und schlich mich unbemerkt aus den Burgmauern.

Mittlerweile kannte ich den Weg zum Cottage auswendig, zumindest bei Tage. Nachts sah die Sache schon ganz anders aus. Aber solange ich den See und die Berge zu meiner Linken hatte, würde ich irgendwann am Cottage ankommen. Und tatsächlich, nach einer Weile konnte ich Licht durch das Dickicht schimmern sehen. Marlin war also doch zu Hause. Ich machte die Taschenlampe aus und schlich mich näher heran, sah gerade noch, wie Marlin alle Lichter im Haus löschte und aufbrach. Wo wollte er denn um diese Uhrzeit hin? Bei dem Gedanken an die alte Kapelle und den Tunnel zur Burg wurde mir schlecht. Hatte Ryan womöglich recht gehabt? Vorsichtig ging ich ihm nach, wich Ästen aus, damit ich keinen Lärm machte, und folgte ihm zu einer kleinen, runden Lichtung. Dort stand jemand und wartete anscheinend auf ihn. Ich konnte ihn leider nicht erkennen, da das Gesicht im Schatten lag, doch es musste ein Mann sein. Sie redeten leise miteinander. Ich schlich mich von der Seite her näher heran, doch bevor ich in Hörweite war, wandte der Mann sich ab und ging weg. Marlin stand mit dem Rücken zu mir. Als er sich nun umdrehte und dummerweise genau auf mich zuhielt, schnappte ich erschrocken nach Luft, machte kehrt und rannte los — geradewegs ins Leere hinein. Während ich fiel, dachte ich noch, dass es wohl keinen blöderen Menschen gab als mich, und schon schlug das Wasser über meinem Kopf zusammen. *Bocan uaihm.*

Ich schlug hektisch um mich. *Jo! Du kannst schwimmen!*, schrie der Teil meines Verstandes, der noch nicht von Panik durchdrungen war. Ich stieß mich ab, schwamm nach oben und durchbrach die Wasseroberfläche genau in dem Moment, in dem neben mir ein mächtiges Platschen erklang. Ich schrie zu Tode erschrocken auf, und fünf Sekunden später erschien ein weiterer Kopf an der Wasseroberfläche. Im silbrigen Licht des Mondes sah ich die Überraschung in Marlins Augen.

„Jo?", rief er und starrte mich an, dann wurde sein Gesichtsausdruck ärgerlich. „Bist du jetzt völlig verrückt geworden? Verdammt noch mal! Dir hätte sonst was passieren können! Was treibst du dich um diese Uhrzeit hier rum?“

„Das Gleiche könnte ich dich fragen!“, schoss ich zurück und wischte mir nasses Haar und Wasser aus dem Gesicht. „Warum gehst du nicht an dein Telefon?“

„Was? Das liegt im Cottage!“ Er machte den Mund zu und funkelte mich an. Dann wandte er sich ab und schwamm los.

„Wo willst du hin?“

„Na wohin wohl! Raus aus dem Wasser natürlich. Ich habe keine Lust, hier mit dir zu streiten. Los, komm jetzt!“

Triefend vor Nässe, bibbernd vor Kälte und schnaubend vor Wut stapfte Marlin vor mir her, vom Ufer des Sees bis hoch zum Cottage; ich – in ähnlicher Verfassung – ihm auf den Fersen.

Er riss die Tür auf und stieg die Treppen zum Schlafzimmer hinauf, ging hinein und öffnete einen großen Holzschrank.

„Hier!“ Er warf mir eines seiner Hemden und ein paar Boxershorts zu, schob mich ins anliegende Badezimmer und knallte mir die Tür vor der Nase zu. Kurz danach ging sie wieder auf, und ein Wollpullover und ein paar dicke Socken flogen herein.

„Ich mache den Kamin an. Zieh dich um, und komm dann runter!“, sagte Marlin, funkelte mich noch kurz an und machte schließlich die Tür wieder zu. Ich konnte ihn fluchen hören.

Mit einem leisen Hauch von schlechtem Gewissen und einer gehörigen Portion Wut zog ich mir die nassen Sachen aus, rieb mich trocken und schlüpfte in die wärmende Kleidung.

Immer noch vor Kälte zitternd, stieg ich schließlich die Treppe hinunter und blieb auf der Schwelle zum Wohnzimmer stehen. Auf einem kleinen Tisch standen eine Flasche Whisky und zwei Gläser. Marlin saß in dem großen Sessel am Kamin, umgezogen und in ein großes, warmes Plaid gehüllt. Er blickte ins Feuer, das sein Gesicht goldfarben umrahmte. Er sah aus wie ein Engel.

„Okay, es tut mir leid!", sagte ich und schlang die Arme um mich. Es dauerte eine Weile. Ich dachte schon, er würde mich einfach auf der Schwelle erfrieren lassen, doch schließlich, ohne die Augen vom Kaminfeuer zu nehmen, öffnete er wortlos, aber einladend seine Arme. Ich verlor keine Sekunde, rannte zu ihm, kuschelte mich an seine Brust und genoss die Wärme von Marlins Körper und des Plaids, als seine Arme sich um mich schlossen.

„Ich brauchte etwas Zeit zum Nachdenken", sagte Marlin leise, nachdem wir minutenlang einfach nur dagesessen, Whisky in kleinen Schlucken getrunken und uns aneinander gewärmt hatten.

„Worüber?", fragte ich.

„Über dich und mich – und Ryan. Ich wollte herausfinden, ob ich die Kraft habe, dich aufzugeben. Ich wollte ein paar Tage raus aufs Meer fahren und nachdenken. Ich war auch draußen. Geschlagene zwölf Stunden."

Ich steckte die Nase aus dem Plaid und sah ihn an. „Und?"

„Und?" Er lächelte. „Dann bin ich zurück in den Hafen gesegelt und habe mich ins Auto gesetzt, bin hierhergekommen und fand dich im Loch Monadail."

„Ich habe Licht gesehen", sagte ich. „Vom Söller aus. Deswegen war ich dort. Ich dachte, du hättest mich angelogen, als du sagtest, du müsstest weg. Ich glaubte, du …" Ich hielt inne.

„Was?"

„Marlin, wer war der Mann, mit dem du dich auf der Lichtung getroffen hast?"

„Auf der Lichtung? Das war Malcolm."

Ich hob den Kopf. „Malcolm?“

„Ja, er sagte, er hätte gesehen, wie Ryan die Burg verlassen und in Richtung Cottage gegangen sei. Er wollte mich vorwarnen.“

„Ryan ist in Fort William.“

„Nein, ist er nicht. Beziehungsweise nicht mehr. Als ich die Auffahrt hochfuhr, stand der Landrover vor dem Westflügel. Was hast du?“

Ich wühlte mich aus dem Plaid und setzte mich auf. „Wann war das?“, fragte ich.

„So gegen zehn Uhr, warum?“

„Ich habe nicht gemerkt, dass er zurückgekommen ist.“

„Na ja, Caitlin Castle ist groß.“

„Marlin! Ryan glaubt, dass du die Apparatur in Gang gesetzt hast.“

„Dieses Ding, das ihr gefunden habt?“

„Ja. Es funktioniert wie eine Orgel. Finn hat es geschafft, es in Gang zu setzen. Der Klangschreiber und die Walzen. Damit wurde der ganze Spuk fabriziert. Von Menschenhand!“

„Und Ryan sagt, dass ich … aber warum sollte ich das tun?“

„Eben! Das habe ich mich auch gefragt. Mir kam das völlig unlogisch vor. Ich habe ihm auch nicht geglaubt.“

„Aber du hast gezweifelt, oder? Sonst wärst du nicht heute früh hier aufgetaucht. Gib es zu! Du wolltest sehen, ob ich hier eine dieser seltsamen Walzen aufbewahre.“

„Sagen wir mal, ich wollte mich von meinem eigenen Urteil überzeugen.“

Marlin lächelte. „Komm her, kleine Jo!“, murmelte er und zog mich an seine Brust.

„Ich denke, ich sollte langsam wieder zurückgehen.“

„Das kommt nicht in Frage. Du bleibst hier.“

„Marlin!“

„Nein! Vergiss es! Ich habe keine Lust, jetzt noch einen Fuß vor die Tür zu setzen, und alleine lasse ich dich schon gar nicht gehen. Außerdem hat es angefangen zu regnen. Du bleibst! Ich bringe dich morgen früh zur Burg.“

In diesem Moment erkannte auch ich, dass das leise Prasseln, das ich eigentlich für ein Knistern aus dem Kamin gehalten hatte, in Wahrheit Regen war, und ein Kälteschauer überzog meinen Rücken. „Na gut. Überredet.“ Ich lehnte mich an ihn und lächelte. „Und du warst wirklich draußen auf dem Meer?“

„Aye. Und es war das erste Mal nach sehr langer Zeit, dass sich alles in mir zurück an Land sehnte.“ Er küsste mich sanft auf den Scheitel. Die Geräusche aus dem Kamin vereinigten sich mit dem der Regentropfen und dem gleichmäßigen Rhythmus von Marlins Herzschlag unter meinem Ohr. Fünf Minuten später war ich eingeschlafen.

Am frühen Morgen wurde ich von lauten Stimmen geweckt. Ich lag in dem großen Bett im Schlafzimmer, und von unten drangen die erregten Stimmen von Marlin und Ryan an mein Ohr.

„Geht das schon wieder los“, murmelte ich, schlug die Bettdecke zur Seite, stand auf und stieg die Treppen hinunter. Unten angekommen, stieg ich in Marlins Gummistiefel Größe 46 und blickte nebenbei durch das kleine Fenster neben der Tür.

Sie standen im strömenden Regen vor dem Haus. Beide hatten Wetterjacken an und die Kapuzen tief ins Gesicht gezogen.

„Und warum bitte sollte ich so einen Schwachsinn fabrizieren? Kannst du mir das auch sagen?“, fragte Marlin in dem Moment, in dem ich hinaustrat.

„Sag du es mir!“, entgegnete Ryan.

„Guten Morgen!“, bemerkte ich betont fröhlich. „Herrliches Wetter heute; richtig schottisch, nicht wahr?“

Marlin schmunzelte, als er sich zu mir drehte und sah, wie ich in seinem Hemd, seinen Socken und den viel zu großen Stiefeln meine Nase in den Regen hielt.

Ryan registrierte meinen Aufzug mit der Miene eines gehörnten Ehemannes, doch er sagte nichts dazu. Noch nicht, dachte ich.

„Du wirst nass“, sagte Ryan. „Geh wieder rein!“

„Wir werden jetzt alle reingehen, mein Lieber!“, sagte ich energisch und streckte den Finger in Richtung Tür. „Bewegt euch!“

Marlin fand die Idee anscheinend mehr als adäquat, denn er setzte sich sofort in Bewegung. Nur Ryan rührte sich nicht.

Ich verschränkte die Arme vor der Brust und funkelte ihn an. „Es liegt an dir, ob ich mir einen Schnupfen hole.“

Ryan hob die Hand und wischte sich über die tropfende Nase, hob den Kopf gen Himmel und warf mir noch einen kurzen, abwägenden Blick zu. „Das ist Erpressung!“, sagte er schließlich und begab sich endlich ins Innere des Hauses. Ich folgte ihm, zog die Stiefel wieder aus und ging ins Wohnzimmer.

Dort schnappte ich mir das Plaid vom gestrigen Abend, wickelte mich darin ein und setzte mich auf den dicken Schafwollteppich vor den Kamin. Marlin hatte das Feuer bereits wieder angefacht und saß in seinem Sessel. Ryan stand einfach nur da, wie bestellt und nicht abgeholt. Immerhin hatte er sich Jacke und Schuhe ausgezogen.

„Setz dich!“, sagte ich und nickte zu dem anderen Sessel.

„Zuerst möchte ich wissen, warum du nicht deine eigene Kleidung trägst“, entgegnete Ryan und machte ein Gesicht, als ob er die Antwort lieber doch nicht hören wollte.

„Oh! Das!“, sagte ich, öffnete die Decke und sah an mir herab. „Ich bin letzte Nacht in den See gefallen.“

„Du bist was?" Ryan riss die Augen auf.

„Ja, ob du es nun glaubst oder nicht, es war so. Marlin ist mir hinterhergesprungen und hat mich rausgezogen, mehr oder weniger", fügte ich hinzu und wickelte die Decke wieder um mich.

Ryans ungläubiger Blick wanderte von mir zu Marlin. Marlin nickte bestätigend.

„Wo?", fragte Ryan und setzte sich in den anderen Sessel.

„Sie ist die Felsnase am *Bocan uaimh* runtergesprungen." Marlin lehnte sich zurück und lächelte. „Du hattest übrigens recht, Ray. Manche Frauen treiben einen tatsächlich so weit, dass man sie am liebsten irgendwo einsperren möchte, damit sie sich nicht aus Versehen selbst umbringen."

„Wann hat er das gesagt?", wollte ich wissen.

„An dem Tag, an dem wir – nun ja …" Er machte eine Handbewegung zu seinem noch immer leicht lädiert aussehenden Gesicht. „Übrigens, du hast eine verdammt gute Linke, Bruder." Marlin griff sich ans Kinn und grinste.

„Deine ist auch nicht von schlechten Eltern", entgegnete Ryan und imitierte die Geste.

„Genug der Lobeshymnen", sagte ich, bevor sie auf die Idee kamen, ihre gelblich schimmernden Hämatome zu vergleichen.

„Reicht dir das als Antwort?", fragte ich Ryan.

„Nicht ganz. Was hattest du nachts im Park zu suchen?"

„Das wollte ich dich eigentlich fragen."

„Mich? Bin ich in den See gesprungen oder du?"

„Ich bin nicht gesprungen, ich bin gefallen. Also, Malcolm hat dich gesehen, wie du die Burg Richtung Parkgelände verlassen hast. Wo wolltest du hin?"

„Nirgends." Er zuckte mit den Schultern. „Ich konnte nicht schlafen. Darum bin ich ein bisschen laufen gegangen."

„Und Malcolm hat gedacht, du wärst auf dem Weg zu mir." Marlin lächelte.

„Warum?", fragte Ryan.

„Na, ich vermute mal, er hat gesehen, wie erst Jo die Burg verließ und dann du, und dann hat er seine Schlüsse gezogen und entschieden, dass er mich wohl besser vorwarnt."

Ryan lachte leise auf und schüttelte den Kopf. „Armer Junge."

„Gut!", sagte ich. „Dann wäre das ja geklärt. Nächster Punkt – die Orgel und der nächtliche Spuk. Ryan! Marlin sagt, er war es nicht, und ich glaube ihm."

„Im Zweifel für den Angeklagten, was?"

„Erfasst."

„Okay", meinte Ryan und lehnte sich zurück. „Sagen wir, er war es nicht. Wer dann? Irgendjemand muss es gewesen sein. Ich glaube nicht, dass sich das Ding von allein in Gang gesetzt hat."

Marlin lachte. „Du arbeitest für eine Institution, die sich mit unerklärlichen Phänomenen befasst, und glaubst nicht, dass sich eine Maschine von allein aktivieren kann? Entschuldige, aber das glaube ich nicht."

Ryans Mundwinkel zuckten. „Nun ja. Finn und Lucas haben Samuels Laboratorium untersucht. Dort unten befindet sich ein ziemlich starkes Magnetfeld, und die MHD zeigt Abweichungen vom Normalstand an."

„Das heißt?", fragte ich.

„Möglich wär's." Ryan lächelte mich an.

„Ich bitte dich!", wandte ich ein. „Du meinst, es wäre möglich, dass sich die Orgel von selbst in Gang gesetzt hat? Das ist doch Schwachsinn!"

„Ich führe nur eine Alternativmöglichkeit an."

„Ja, danke!", frotzelte ich. „Aber das bringt uns nicht weiter."

„Warum wehrst du dich so dagegen, Jo? Du hast doch selbst in den letzten Wochen so viele Dinge erlebt, die du nicht erklären kannst."

„Es muss aber eine Erklärung geben. Ich kann mich mit deinen Alternativmöglichkeiten nun mal nicht abfinden!"

„Millys seltsame Blackouts, das Licht, dem du bis in die Pinakothek gefolgt bist, und diese merkwürdige Statue am Brunnen, weißt du noch? Am ersten Abend? Du hast sie gesehen!"

„Eine Statue am Brunnen?", fragte Marlin und runzelte die Stirn.

„Ja", winkte ich ab. „An unserem ersten Abend hier habe ich eine große Gestalt im Mondlicht gesehen, die auf dem Burginnenhof am Brunnen stand und mich angesehen hat."

„Hast du die vom Vestibül aus gesehen?"

„Ja! Woher weißt du das?"

„Ähm … Ich glaube, das war ich."

„Du?", fragten Ryan und ich gleichzeitig.

„Aye. Ich … ich wollte eigentlich einen Blick auf dich werfen", sagte er, schmunzelte Ryan an und wandte sich mir zu. „Aber dann kamst du aus dem Turm, und ich konnte die Augen nicht von dir abwenden."

„Marlin! Oh mein Gott!" Ich schlug die Hände an die Brust. „Dann war es gar keine Einbildung."

Marlin lächelte und schüttelte leicht den Kopf. „Nein, war es nicht."

Ich lachte vor Freude und Überraschung auf und erhaschte einen grimmigen Blick aus Ryans grünen Augen. „Nun gut!", sagte ich schnell. „Das beweist zwar noch nicht, warum ich dich sehen konnte, aber wenn man die Lichtverhältnisse genauer untersuchen würde, käme man sicherlich auch dabei auf eine logische Erklärung. Meinst du nicht?"

Ryan zuckte mit den Schultern. „Aye, vielleicht", murmelte er, bewegte die Schultern, als sei ihm sein Hemd zu eng, und stand auf.

„Ich muss zurück. Finn und Lucas …"

„Warte noch einen Moment, bitte!", sagte Marlin und erhob sich ebenfalls aus dem Sessel. „Ich möchte dir noch etwas sagen und ähm … etwas geben." Er ging zu dem kleinen Sekretär.

„Marlin, nein!", rief ich erschrocken. „Ich glaube nicht, dass das eine gute Idee ist."

„Jo! Früher oder später wird er es erfahren, und das muss er auch, also warum nicht jetzt?"

„Was muss ich erfahren?", fragte Ryan und setzte sich wieder hin. Er runzelte die Stirn, als Marlin den Brief aus einer der Schubladen nahm. „Was ist das?"

Wortlos reichte Marlin seinem Halbbruder den Brief, den dessen Mutter einst geschrieben hatte, und setzte sich wieder. Ich hielt den Atem an, während Ryan die Zeilen überflog, kurz und ruckartig Luft holte und ihn noch einmal las.

„Ray!", meinte Marlin leise. „Es tut mir leid, was ich zu dir gesagt habe, damals, als wir Kinder waren. Ich wünschte, ich könnte es rückgängig machen."

Ryan hob abrupt den Kopf und fixierte seinen Bruder mit wildem Blick. Innerlich zuckte ich zurück. Es war beinahe, als würden Blitze aus seinen Augen schießen.

„Woher hast du das?", fragte er und betonte jedes einzelne Wort. Ich spürte es deutlich, Unheil braute sich drohend zusammen. Marlin erwiderte Ryans Blick, ohne mit der Wimper zu zucken. „Von Dad. Ich habe ihn schon eine Weile. Ich wollte ihn dir längst geben, aber …"

„Und du wusstest davon?", unterbrach Ryan ihn und starrte mich mit demselben Blick an.

Innerlich zuckte ich noch mehr zurück. „Ja, seit gestern", erwiderte ich und versuchte es mit einem warmen Lächeln. „Annie und Samuel sind deine Urururgroßeltern, wenn ich das richtig gerechnet habe."

Ryans Gesichtsfarbe änderte sich von einer Sekunde zur

anderen. Plötzlich zerknüllte er den Brief, stand auf und warf ihn mit aller Kraft in den Kamin.

„Ryan! Nein! Was tust du?“ Ich wand mich aus der Decke, schnappte mir den Schürhaken und versuchte den Brief aus dem Feuer zu retten, doch es gelang mir nicht. Das Papier war durch die Jahre trocken und brüchig geworden, so dass es blitzschnell in Flammen aufging.

Ryan stand da und sah zu, wie die Flammen es vernichteten. Dann ging er in den Flur, nahm Jacke und Stiefel und marschierte ohne ein weiteres Wort durch die Tür.

Zum letzten Mal

Jene Menschen, die stur an ihren Prinzipien und Denkweisen festhielten, die es nicht schafften, ihren Ansichten etwas Beweglichkeit einzuräumen, obwohl die aktuelle Lage, die derzeitige Situation ja geradezu danach schrie, nannte man Rigoristen. Immanuel Kant sah diesen Namen als Lob an, nicht als Tadel. Kant war schon immer mein Lieblingsphilosoph, und Ryan war ein Rigorist, an dem er seine wahre Freude gehabt hätte.

Marlin und ich beschlossen, Ryan eine Zeitlang aus dem Weg zu gehen, da wir uns beide sicher waren, dass er diese Zeit brauchen würde, um das, was er erfahren hatte, zu verarbeiten. Doch ich befürchtete, dass Rigoristen wie Ryan McKay lange brauchten, um etwas einzugestehen, was ihnen eigentlich gegen den Strich ging. Das Wetter verhielt sich da nicht anders.

Während Ryan sich also seinem Starrsinn hingab und der Himmel vergaß, seine Schleusen irgendwann mal wieder zu schließen, verbrachten wir den verregneten Tag damit, dass Marlin mit mir zu der familieneigenen Whisky-Destille fuhr. Er zeigte mir alles und erklärte es zu meiner Überraschung so, dass selbst ich es begriff. Er ließ mich sogar von einem fünfzigjährigen Whisky kosten.

Am Abend waren wir erneut bei Lady Ellen zu Gast. Es wurde eine feuchtfröhliche und sehr gesellige Runde, da zu meiner Überraschung sogar Pastor Livingston anwesend war und er und Lady Ellen uns mit ihrer erheblichen Merkfähigkeit des genauen Wortlauts verschiedenster Liebesbriefe zum Lachen brachten. Selbst Alfred, der sonst stets das Gesicht einer nachdenklichen Bulldogge vor sich hertrug, konnte sich nicht erwehren. Ich sah, dass seine Mundwinkel zuckten, während er sich im Hintergrund hielt und das Dinner überwachte. In ihrer unnachahmlichen Konsequenz verfügte

Lady Ellen, dass wir alle über Nacht blieben, und ich schlief tief und traumlos in einem wunderschönen Zimmer, dessen bodentiefe Sprossenfenster zum angrenzenden Garten hinausgingen. Nach dem Aufwachen kreisten meine Gedanken erneut um Ryan. „Das grenzt auch schon an Rigorismus“, murmelte ich, drehte mich stur auf die Seite und zog mir die Bettdecke bis über die Ohren.

Gegen Morgen riss der Himmel etwas auf, doch schon am frühen Vormittag setzte der Regen erneut ein. Nach dem Frühstück verließen wir Linden Hall und fuhren zurück nach Caitlin Castle.

„Was meinst du?“, fragte ich und blickte hinaus in den trüben Tag. „Ob Ryan sich mittlerweile etwas abgeregt hat?“

„Du hast oft an ihn gedacht, oder?“

Ich wandte den Kopf, um ihn anzusehen. „Ja, du nicht?“

Marlin blickte mich lächelnd an. „Doch, aye. Ich auch. Wir werden sehen, ob er uns sofort an die Kehle springt, wenn wir zur Tür hereinkommen.“

„Marlin, ich denke, ich sollte erst einmal allein die Lage überprüfen. Wenn wir da zu zweit auftauchen …“ Ich biss mir auf die Lippen. „Nicht, dass du glaubst, ich …“

„Ist schon gut. Du hast recht.“ Er nahm meine Hand, drückte sie und nickte. „Ich habe so und so noch ein paar Sachen zu erledigen.“

Als ich Caitlin Castle betrat, kam mir Rupert mit einem Mann in Arbeitskleidung entgegen. „Oh! Guten Morgen, Jo!“, sagte Rupert fröhlich. „Darf ich dir Alec MacPherson vorstellen, den Bauleiter?“

„Guten Morgen, Miss!“, begrüßte mich der Mann, der eine Statur wie ein riesengroßes Whisky-Fass hatte und auch ein wenig nach dessen Inhalt roch.

„Guten Morgen!“, erwiderte ich. „Der Bauleiter? Können die Restaurierungsarbeiten nun weitergehen?“

„Aye, endlich!“, sagte Rupert. „Morgen. Und als Erstes kümmern sie sich um die Kläranlage. Der Regen, verstehst du?“

Ich verstand nichts, fand das Thema aber auch nicht so spannend. Also nickte ich nur. „Wo sind die anderen?“

„Milly und die Mädchen sind im Westflügel. Die Jungs sind in der Bibliothek.“

„Danke, Rupert! Ihnen noch einen schönen Tag, Mister MacPherson.“

„Danke, Miss!“, erwiderte dieser und verschwand mit Rupert zur Tür hinaus.

„Seine Gnaden, der Duke, wird morgen hier erwartet“, sagte Ryan in dem Moment, in dem ich die Tür zur Bibliothek aufstieß. „Wir sollten bis dahin alles zusammenpacken. Oh! Hi, Jo!“

„Hallo!“

„Schön, dass du dich mal wieder bei uns blicken lässt. Ich hoffe, du hattest einen schönen Tag.“

„Hast du dich abreagiert?“, fragte ich.

„Ich weiß nicht, was du meinst.“

„Ja, dachte ich mir“, sagte ich und setzte mich zu Finn ans andere Ende des großen Tisches.

„Gut!“, erwiderte Ryan. „Also! Die Haupthalle ist wieder in bestem Zustand. Die Krypta ist so weit, dass die Arbeiten unten in den Gewölbekellern weitergehen können. MacPherson, dieser Bauleiter, hat es sich angesehen. Finn? Lucas? Sorgt ihr dafür, dass das Oktogon wieder seinem früheren Zweck zugeführt werden kann?“

„Geht klar!“, sagte Finn. „Was ist mit dem Bericht?“

„Den Bericht für den Professor schreibe ich, keine

Sorge. Jo? Kannst du dich hier um deine ganzen Unterlagen kümmern?"

„Du meinst Annies Briefe?"

Ryans Ohren wurden rot. „Aye! Die meine ich. Wir nehmen sie mit nach Edinburgh."

„Okay!", sagte ich. „Wann fahren wir?"

Ryan hielt inne und schaute mich an. Ich hatte das Gefühl, dass er mal wieder versuchte, in meinem Gesicht zu lesen, doch da ich nichts zu verstecken hatte, erwiderte ich seinen Blick ungerührt.

„In zwei Tagen", antwortete er langsam.

„In Ordnung!", erwiderte ich leichthin. „Oh, übrigens. Ich soll dir Grüße von deiner Großmutter ausrichten. Und du sollst dich mal wieder bei ihr sehen lassen."

Die Röte, die seine Ohren überzogen hatte, breitete sich über Stirn und Nase aus. Noch ein Wort von mir, und er explodiert wie ein Hefeteig, überlegte ich und musste trotz allem ein Schmunzeln verdrängen.

Lucas und Finn schauten von mir zu Ryan und wechselten dann einen vielsagenden Blick. Malcolm, der sich bis jetzt zurückgehalten hatte, hob zaghaft eine Hand. „W-was m-mache ich?"

„Du kannst Finn und Lucas helfen", sagte Ryan, und seine Finger trommelten auf den Tisch.

„Na dann!", meinte Finn und räusperte sich. „Kommt, Jungs! Ich glaube, die Zeitbombe tickt schon."

Ryans Augen lagen noch immer auf mir. Ich lächelte Finn und Malcolm fröhlich zu. Lucas verabreichte mir einen aufmunternden Schlag auf die Schulter, flüsterte mir ein „Lass dich nicht unterkriegen!" ins Ohr und zwinkerte. Ich nickte.

Als sich die Tür hinter den dreien schloss, blickte ich zurück in Ryans Gesicht und wartete. Nichts geschah.

„Nun sag schon!", forderte ich.

„Was soll ich sagen?“

„All das, was dir auf den Lippen liegt. Ich bin kein Lippenleser, Ryan, aber wenn ich mich nicht irre, steht da eine ganze Menge geschrieben, und das meiste ist nicht gerade sehr höflich.“

„In Ordnung!“, sagte er und setzte sich hin. „Wie du möchtest, Jo.“

Seine Stimme war sehr ruhig, doch es lag ein Unterton darin, bei dem sich mir die Nackenhaare aufstellten.

Er holte tief Luft, faltete die Hände und sah mich an. „Jo, du hast in den letzten Tagen und Wochen mein ganzes Leben vor mir ausgebreitet, bist teilweise darauf herumgetrampelt, hast Dinge ans Licht gebracht, die niemals herauskommen sollten, und mir Fehler vorgehalten, die ich nie glaubte gemacht zu haben. Du hast mein Innerstes nach außen gekrempelt, dann deine spitzen Finger in Wunden gedrückt, die eigentlich verheilt sein sollten, mich dazu gebracht, dass ich mich vergesse, dass ich meine Arbeit nicht akkurat erledigen kann, weil ich ständig über dich nachdenken muss. Ich weiß nicht, ob ich dich an den Haaren zum nächsten Flughafen zerren oder vor dir niederknien, dir danken und dich anbeten soll. Und das Schlimmste daran ist … Ich liebe dich! Mehr als alles andere auf dieser Welt!“

Ich kam in genau dem Moment wieder zu mir, als sich die Tür zur Bibliothek hinter ihm schloss. Ich starrte die Schnitzereien und Intarsien auf dem Türblatt an und konnte nicht begreifen. Hatte ich wirklich all das getan? Hatte ich tatsächlich die Macht, einem Mann wie Ryan so zuzusetzen? Ich war doch nur – ich?

Ich war ein Niemand! Ich war ein kleines Mädchen aus einer deutschen Kleinstadt, das manchmal etwas zu weit über das Ziel hinausschoss, das oftmals erst redete und dann nachdachte, dessen Neugier und Beharrlichkeit hin und wieder so groß waren, dass es sich keine Gedanken über die Konsequenzen machte, die das Resultat dieser Neugier mit sich brachte.

Ich atmete ein paarmal tief ein und aus, stand auf, ging um den Tisch herum und begann langsam, mit den Gedanken bei Ryan und dem, was ich getan hatte, Annies Briefe und ihre Notizen zusammenzusammeln, zu ordnen und zu heften. Diese einfachen Tätigkeiten beruhigten mein aufgewühltes Inneres, und am frühen Abend kam mir die Erkenntnis, warum ich all das getan hatte. Und ich erkannte auch, dass Ryan recht hatte. Ich wusste auch nicht, ob ich eine Strafe oder eine Belohnung verdient hatte. Aber ich war mir sicher, das Schicksal, das mich hierhergeführt hatte, würde schon wissen, was davon mir zustand.

Zum Himmel!

Nach dem Abendessen hatte es endlich aufgehört zu regnen. Ich hatte mich mit einem Buch über die schottische Geschichte vor den Kamin gesetzt und lauschte nebenbei den leisen Gesprächen der Männer, die mit einer Flasche Whisky das Ende dieser Forschungsreise einläuteten. Um halb elf ging ich ins Bett, doch ich wälzte mich von einer Seite zur anderen. Jedes Mal, wenn ich die Augen schloss, begann sich das Gedankenkarussell zu drehen. Kurz vor zwölf stand ich auf und zog mich an. Als ich meine Taschenlampe nehmen wollte, fiel mein Blick auf den silbernen Kerzenleuchter, und ohne lange darüber nachzudenken, legte ich die Lampe wieder weg, zündete die Kerzen an und verließ mit dem kleinen Kandelaber das Zimmer. Still wanderte ich durch die Flure, nahm noch einmal die Gerüche wahr, die das alte Holz, die steinernen Mauern und die dicken Stoffe und Wandteppiche ausströmten. Ich hatte diesen alten Kasten tatsächlich liebgewonnen. Trauer erfasste mich, wenn ich daran dachte, dass ich ihn vielleicht lange Zeit nicht wiedersehen würde. Ich strich liebevoll über die vielen Gemälde, Rüstungen und Statuen, die meinen Weg kreuzten, und fuhr mit den Händen noch einmal über die hässliche Statue mit den Hörnern, die vor der Pinakothek stand. Rupert hatte mir vor ein paar Tagen erst gesagt, dass dies ein Urisk sei, ein einsames Feenwesen, das sich heimlich in Burgen und Schlösser schleicht, um den Menschen dort nahe zu sein. Er hatte mir auch erzählt, dass die vielen kleinen Holzhocker, die in jedem Zimmer der Burg neben dem Kamin standen, für die Brownies wären – kleine Geister, die den Menschen im Haushalt halfen. Rupert hatte mir den Nagel gezeigt, den er stets bei sich trug, um sich vor Feen und Kobolden zu schützen. Er hatte mir sogar noch am selben Abend einen Nagel geschenkt. Der lag irgendwo in meinem Zimmer. Ich lächelte den *Urisk* an und öffnete die Tür zur Pinakothek, trat ein, stellte den Kerzenleuchter auf den Fußboden und setzte mich vor Annies Gemälde.

Ihre Augen waren grün. Grün wie Ryans Augen.

Ich wusste nicht genau, wie lange ich dort schon saß und Annie anstarrte, mit ihr redete und ihr mein Herz ausschüttete, doch nach einer Weile fühlte ich mich seltsam leicht, als hätte sie mich tatsächlich gehört. Ich lächelte sie an, und es sah aus, als würde sie zurücklächeln. Sicher war es nur das Licht der Kerzen, das mir diese Scharade vorgaukelte, aber es kümmerte mich nicht. Nicht mehr! Sie hat gelächelt – und Schluss!

Irgendwann stand ich auf, strich zum Abschied mit der Hand über den Bilderrahmen, nahm den Kerzenleuchter und verließ die Pinakothek in Richtung Küche. Dort setzte ich Wasser auf, nahm etwas von Ailsas Tee, den sie mir geschenkt hatte, und trug die volle Teetasse den Gang zurück in Richtung Turm, als jemand an der offenen Tür des Turms vorbeilief und weiter in Richtung Vestibül hinabstieg. Ich war mir fast sicher, dass es Ryan war, und ein Gefühl sagte mir, dass ich ihm besser nachgehen sollte. Ich stellte Tasse und Kerzenleuchter auf einem Fensterbrett ab und lief los. Er trat im Vestibül aus dem Treppenturm, ging von dort durch die Glastüren hinaus in den Burginnenhof und verschwand dann um die Ecke des östlichen Wohnturmes. Ich folgte ihm in einigem Abstand und schlich dicht an den Mauern entlang. Ryan, wenn er es denn tatsächlich war, verschwand in Richtung Kapelle.

„Oh nein! Bitte nicht!", murmelte ich. „Lass es nicht Ryan sein! Bitte! Jeder, nur nicht er!"

Hatte ich mich geirrt? War er es die ganze Zeit? War es immer nur Ryan gewesen? Was wollte er an der Kapelle? Gab es womöglich noch mehr Geheimnisse?

Ich lief los. Nach nur ein paar Schritten gab der Boden unter mir plötzlich nach, und ich brach mit einem erschrockenen Ausruf ein. Nasser Schlamm, der so widerwärtig stank, dass sich mir der Magen umdrehte, fing mich in gut zwei Metern Tiefe auf. Matsch spritzte mir ins Gesicht. Ich verlor den Halt, fiel um und schrie wie am Spieß. Fluchend und zeternd richtete ich mich wieder auf, schüttelte Dreck von meinen Fingern, und es hätte nicht viel gefehlt, und ich wäre in Tränen ausgebrochen. Ich hätte alles darum gegeben, nicht zu ahnen, wo ich mich befand. Doch der unverwechselbare Geruch nach Fäkalien und Dreck sandte mir furchtbare Bilder ins Gehirn.

Auf einmal wurde mir der Lichtstrahl einer Taschenlampe ins Gesicht gehalten.

„Jo!“, rief Malcolm. „Was machst du da? Geht es dir gut?“

„Ja, es geht mir gut! Verdammt! Was ist das hier?“, fluchte ich und blickte an mir herab. Ich war von oben bis unten mit Moder und nassem Unrat besudelt. Und es stank zum Himmel!

„Du bist in einem Teil der Klärgrube gelandet.“

„Das wollte ich nicht hören!“, schrie ich hysterisch, und die Nackenhaare hoben sich mir vor lauter Entsetzen.

Zwei weitere Köpfe erschienen am Rand des Lochs über mir.

„Jo?“, fragte Ryan.

„Darling?“, sagte Marlin.

„Ja, wer denn sonst!“, fauchte ich zurück.

„Hm.“ Marlins Stimme klang völlig ungerührt. „Es ist offensichtlich, dass Kapitän Nemo entdeckt hat, was die Menschheit bisher vergeblich suchte.“

Alle beide brachen in dröhnendes Gelächter aus. „Holt mich hier gefälligst raus!“, kreischte ich.

Wenn ich Ruperts Flinte zur Hand gehabt hätte, hätte es in diesem Moment Tote gegeben.

„Reg dich nicht auf! Ich besorge dir eine Leiter“, rief Ryan lachend. „Ach und … geh nicht weg!“, fügte er hinzu, was bei Marlin und ihm neue Lachsalven auslöste. Ich schrie vor Wut und warf eine Handvoll Dreck in Richtung Loch, doch sie stoben rechtzeitig auseinander und brachten sich in Deckung.

„Was ist denn hier los?“

„Ailsa!“, rief ich. „Hilfe!“

„Jo?“ Ihr Kopf tauchte auf. „Oh mein Gott, Jo! Oh Gott, stinkt das.“

„Hol mich hier raus, bitte!“, rief ich, und vor lauter Wut und Ekel liefen mir die Tränen über das Gesicht.

„Ryan ist schon losgegangen. Mach dir keine Sorgen! Ein langes, heißes Bad, und alles ist vergessen. Wie konnte das passieren?“

„Sie ist eingeb-brochen“, sagte Malcolm.

„Ich schätze mal, der Regen in den letzten Tagen hat der Holzabdeckung den Rest gegeben“, sagte Marlin mit leichtem Glucksen in der Stimme.

„Hast du das Warnschild nicht gesehen?“, fragte Ailsa. „Mein Onkel hat es extra aufgestellt!“

„Was für ein Warnschild?“, brüllte ich. „Ich habe nichts gesehen. Es ist dunkel, Herrgott! Holt mich hier endlich raus!“

„Ganz ruhig, Jo! Ryan kommt bestimmt gleich.“

Gleich fühlte sich an wie hundert Stunden. Als Ailsa sagte, er käme schon!, war ich kurz vor einem Ohnmachtsanfall. Das Blut rauschte in meinen Ohren, und meine Knie drohten einzuknicken. Ich hatte Mühe, die Sprossen der Leiter hinaufzusteigen. Mehr als einmal wäre ich beinahe abgerutscht. Als ich oben ankam, griffen Ryan und Marlin mir unter die Arme und hoben mich gemeinsam hoch.

„Oh Himmel! Mädchen, du stinkst!“, sagte Marlin und lachte.

„Ach, sag bloß!" Fuchsteufelswild drehte ich mich zur Burg um und marschierte los. Ailsa lief in einigem Abstand neben mir her, gefolgt von den anderen. Als ich am Ostturm ankam und Richtung Ufer lief, blieb Ailsa verdutzt stehen. „Wo willst du hin?", fragte sie.

„Na, ich kann ja wohl schlecht so durch die ganze Burg bis ins Bad laufen. Bleib hier! Ich bin gleich wieder da."

„Warte, Jo! Wir helfen dir!" Ryan und Marlin zogen sich ihre Jacken aus und reichten sie an Ailsa und Malcolm weiter, dann kamen sie zu mir.

„Nein!", rief ich und hob eine Hand. „Kommt nicht näher! Ich warne euch!"

Es nutzte nichts. Beide hatten dasselbe Grinsen im Gesicht, ihre Augen glänzten im Mondlicht und drückten Entschlossenheit aus.

Sie holten mich im Handumdrehen ein, und Ryan hob mich ohne Federlesen auf seine Arme.

„Bist du wahnsinnig? Was tust du?", schrie ich und versuchte auf Abstand zu gehen, was nicht möglich ist, wenn man in den Armen eines großen und kräftigen Mannes liegt.

„Lass sie nicht fallen!", sagte Marlin und zog mir die Schuhe aus.

„Mach ich nicht. Jo, hör auf! Du zappelst wie eine Krabbe."

„Ich stinke, und ich bin so dreckig, dass ich mir am liebsten auch noch die Haut ausziehen würde. Lass mich runter!"

„Nein! Und nun halt still!"

„Ekelt ihr euch nicht?", fragte ich, nachdem Marlin mir auch noch die Hosen und die Socken ausgezogen hatte und alles mit einem Platsch am Ufer fallen ließ.

„Doch!", erklärten beide gleichzeitig. Ryan rückte mich noch einmal zurecht, und dann marschierten sie mit mir schnurstracks in den See hinein.

„Passt auf sie auf!", rief Ailsa vom Ufer aus.

Eine Stunde später lag ich in einer heißen Wanne, deren Schaumberge so hoch waren, dass ich kaum über sie hinwegschauen konnte. Ich hatte die Augen geschlossen, holte nun schon zum zwanzigsten Mal tief Luft und sog den Duft von Veilchen und Rosen in die Nase, in der Hoffnung, den Geruch der Klärgrube irgendwann vergessen zu können.

Die Tür ging auf, und Ailsa trat ein. In der Hand hielt sie einen großen Cremetiegel.

„Was ist das?", fragte ich. Sie lächelte und setzte sich zu mir auf einen Hocker, drehte den Deckel des Tiegels ab und hielt ihn mir unter die Nase. „Oh! Wahnsinn! Was ist das?"

„Jasmin."

„Wundervoll! Lass mich noch mal riechen, bitte!"

Ailsa lachte auf, tat mir aber den Gefallen.

„Ist das für mich?", fragte ich.

„Ja, natürlich", sagte sie. „Wie geht es dir?"

„Besser. Ich habe zwar immer noch einen Hauch von Fäkalien in der Nase, aber der ist schon so weit abgeschwächt, dass es endlich erträglich ist."

Ailsa nickte und lächelte mich an. „Du hast es geschafft, weißt du?"

„Was habe ich geschafft? In die Sch… du weißt schon, zu treten? Wohl wahr!"

„Nein!", sagte sie lachend. „Ich meine Ryan und Marlin."

„Was ist mit den beiden?"

„Sie vertragen sich."

„Ja, ich weiß. Wo sind sie?"

„Sie sitzen zusammen im Kaminzimmer und trinken Whisky."

„Um drei Uhr morgens", erwiderte ich und schüttelte den Kopf.

„Die Uhrzeit ist doch zweitrangig. Das Ergebnis ist alles, was zählt."

„Mag sein.“ Ich lächelte. „Tust du mir einen Gefallen, Ailsa?“

„Klar! Was möchtest du?“

„Ich möchte, dass du mich morgen zu einem Hotel bringst.“

„Wie bitte?“

„Es ist, wie du schon sagtest. Das Ergebnis ist alles, was zählt. Marlin und Ryan sind Brüder. Endlich wieder.“

„Ja, aber, ich dachte du liebst …“ Sie hielt inne.

„Genau!“ Ich lächelte. „Wen, nicht wahr? Das ist die Frage. Die Antwort ist, ich liebe den einen mehr als den anderen, aber das reicht nicht aus. Es würde immer wieder zu Zerwürfnissen zwischen den beiden kommen, wenn ich mich für einen von ihnen entscheiden würde. In gewisser Hinsicht hatte Severíne recht, weißt du?“

„In welcher?“

„Wenn ich nicht mehr da wäre, würde sich Ryan mit seiner Familie wieder vertragen.“

„Jo! Das ist Unsinn! Außerdem glaube ich nicht, dass Ryan und Marlin dich so einfach gehen lassen.“

„Darum werden wir ihnen auch nichts sagen.“

„Du verlangst ziemlich viel.“

„Ja. Wirst du es tun?“

Ailsa erhob sich, ging zur Tür und drehte sich dort noch einmal um. „Ja, ich werde es tun. Aber du wirst es eines Tages bereuen, glaub mir.“

„Ja, vielleicht. Ach, Ailsa?“

„Ja?“

„Ist Malcolm in seinem Zimmer?“

„Ja, warum?“

„Nicht so wichtig. Ich will mich nur von ihm verabschieden.“

„Okay. Wir sehen uns dann morgen – oder besser nachher. Ich gehe jetzt schlafen.“

„Mach das! Gib Finn einen Kuss von mir!"

„Okay."

Ich glaubte eine winzige Träne in ihrem Augenwinkel zu sehen, aber dann war Ailsa fort, und ich konnte sie nicht mehr danach fragen.

Der kleine Lord

„Malcolm?" Ich klopfte leise. „Malcolm, ich bin's, Jo", sagte ich und öffnete vorsichtig die Tür. Er schlief nicht, was ich auch nicht erwartet hatte, sondern saß in einem Sessel am Kamin, die Füße auf einen Hocker gelegt, und blickte ins Feuer. Auf seinem Schoß lag der Bildband, den er mir an unserem ersten Abend gezeigt hatte. Ich ging zu ihm, setzte mich in den anderen Sessel und stützte den Ellbogen auf der Lehne ab, bettete meine Wange in der Hand und betrachtete sein Gesicht. Es war ausdruckslos.

„Seit wann?", fragte ich ruhig und gelassen.

Malcolm tat gar nicht erst so, als würde er nicht verstehen, wovon ich sprach. Er zuckte mit den Schultern. „Seit fast zwei Jahren", sagte er. „Es hörte auf, als ich den Unfall hatte." Er berührte mit den Fingern die Narbe in seinem Gesicht und drehte mir den Kopf zu. „Habe ich dir je davon erzählt?"

„Nein."

„Es war eine Mutprobe, weißt du? Ich sollte durch das Fenster in das Büro des Dekans einsteigen und den Stab des Wissens holen. Ich bin abgestürzt. Ich habe es vermasselt."

„Das tut mir sehr leid, Malcolm!"

„Wirst du es ihnen sagen?", fragte er.

Ich lächelte. „Nein."

„Das ist lieb von dir, Jo. Danke!"

„Hm …" Ich nickte. „Seit wann weißt du von Annie und Samuel und der Orgel unten im Laboratorium?"

Malcolms Augen wurden groß. „Wie …?"

„Die Schrift", sagte ich mit einem Schmunzeln. „Deine Schrift. Auf der Rückseite von Annies Gemälde. Du hast das doch da hingeschrieben, nicht wahr? Warum?"

„Ich fand, dass sie das verdient hatten. Annie und Samuel, meine ich. Der Lord und das Dienstmädchen."

Ich lächelte, legte die Füße ein kleines Stück auf den Hocker und schaute schmunzelnd zu, wie Malcolm ihn mir dichter heranschob, damit ich es bequemer hatte. „Danke, Malcolm!", sagte ich.

„Bitte!"

„Du wusstest schon lange von Annies Briefen, nicht wahr? Du hast gelogen, als Ryan dich vor Wochen nach ihren Notizen gefragt hatte. Warum?"

„Ich wusste nicht, was mein Vater mit den Briefen gemacht hatte. Wir hatten uns gestritten. Ein Sohn des Hauses Torridon gibt sich nicht mit den unsinnigen Gedanken eines längst verstorbenen Dienstmädchens ab!" Er klang verbittert. „Aber ich wusste, wenn ich Ryan einen Hinweis geben würde, würde er die Briefe zurückbringen, nach Caitlin Castle. Ich brauchte jemanden, der nachforscht, der Fragen stellt und nicht lockerlässt. Ich konnte es nicht tun. Ich war Malcolm, der stotternde, unfähige, tolpatschige Sohn eines großen Mannes."

„Du bist alles andere als das. Und das weißt du."

„Ja. Aber man hätte mir nicht geglaubt. Ich dachte zu Beginn, Ryan wäre genau der Richtige, doch dann hast du beim Dinner mit meinem Vater darauf bestanden, dass ich bleibe."

Ich blickte in den Kamin. Ein rotglühendes Torfstück brach auf, Funken stoben hoch, tanzten für einen Atemzug in der Luft und erloschen dann. „Das Foto vom Brunnen", sagte ich. „Die Erwähnung des Gemäldes, das Licht in der Nacht, der Plan von der Pinakothek in Ryans Zimmer ... Du hast keine Mühen gescheut."

Malcolm sah mich an, und ein Lächeln überzog seine Züge. „Du warst genau die Person, die ich brauchte."

„Ja, das denke ich auch. Weißt du was? Eigentlich müsste ich wütend auf dich sein, weil du mich so manipuliert und benutzt hast."

„*Eigentlich*?", fragte er. „Das bedeutet, du bist nicht wütend auf mich?"

Ich überlegte einen Moment. „Nein", sagte ich schließlich. „Nein, das bin ich nicht."

„Das freut mich. Ich habe dich nämlich sehr gern, weißt du?"

„Ja, ich habe dich auch gern, Malcolm."

Ich schaute zum Fenster. Über dem See und den Bergen im Osten schimmerte der Morgen farbenprächtig herauf. Es würde ein schöner Tag werden.

„Und Marlin?", fragte ich. „Weiß er von allem?"

„Nein, aber ich denke, er ahnt es. Er hat mich eines Nachts an der Kapelle aufgegriffen. Er weiß das mit dem Stottern."

„Er hat nichts gesagt."

„Nein", antwortete Malcolm lächelnd. „Das hat er nicht." Er nahm den Schürhaken und lockerte die Glut etwas auf, legte noch ein Torfstück hinzu und lehnte sich wieder zurück.

„Nun ist es vorbei, Jo", sagte er und klang traurig. „Was wirst du jetzt tun?"

„Ich werde heute abreisen."

Malcolm sah mich an. „Und was ist mit Ryan?"

„Was soll mit ihm sein?"

„Du liebst ihn doch!"

Ich lachte leise auf. „Malcolm! Du bist der weiseste, einfühlsamste und romantischste junge Mann, den ich je die Ehre hatte, kennenlernen zu dürfen. Bewahre dir das, hörst du?"

„Ja, mache ich. Danke, Jo!"

„Gern geschehen!", sagte ich und stand auf. „Ich werde mich jetzt noch ein wenig hinlegen." Ich ging zu ihm und strich ihm noch einmal sanft durch das Haar, woraufhin er meine Hand nahm und sie zu einem freundschaftlichen Handschlag ergriff.

„Ich werde dich nie vergessen, *Joanna Bergman*“, sagte er und lächelte. „Niemals!“

Ich musste mich sehr zusammennehmen, um nicht zu weinen. Stattdessen beugte ich mich herab und gab ihm einen Kuss auf die Wange. „Ich Euch auch nicht, Euer Lordschaft!“, flüsterte ich und ging zur Tür. Dort drehte ich mich noch einmal um.

„Eine Frage noch, Malcolm. Wer …“

Er drehte sich zu mir und lächelte. „Der Lord und das Dienstmädchen, weißt du nicht mehr?“

Ich lachte auf und nickte. „Gib Nelly einen Kuss von mir, ja?“

„Versprochen!“, sagte er und sah plötzlich wieder sehr jung aus.

Erkenntnis

Edinburgh – Fünf Tage später

„Sie können jetzt zu ihm gehen“, sagte die Dame hinter dem Schreibtisch, legte den Hörer auf und lächelte mich freundlich an. Sie war jung. Viel jünger als Ethel. Ich nahm meine Tasche und stand auf, bedankte mich, ging zur Tür und klopfte.

„Kommen Sie rein, Miss Bergman!“

Professor Sutherland stand an einem bodentiefen Fenster und blickte hinaus. Als ich die Tür hinter mir schloss, drehte er sich um. Ein Lächeln umspielte seinen Mund.

„Ich bin erfreut, Sie wiederzusehen, meine Liebe! Wie ich hörte, wurden meine Erwartungen an Sie mehr als übertroffen.“

Ich blinzelte. „Entschuldigung!“, sagte ich verwirrt. „Wie meinen Sie das?“

Er strich sich durch den grauen Bart, rückte seine silberne Brille zurecht und wies dann auf den Stuhl an seinem Schreibtisch. „Setzen Sie sich erst einmal!“

„Danke!“, erwiderte ich und nahm das Angebot an.

Professor Sutherland ließ sich an seinem Schreibtisch nieder, faltete die Hände und blickte mich einen Augenblick lang über den oberen Rand seiner Brille hinweg an. Ich konnte mich des Eindrucks nicht erwehren, dass er mehr als gut gelaunt war. Er schien geradezu erheitert.

„Seit wann sind Sie eigentlich wieder in Edinburgh?“, fragte er.

„Ähm, seit vier Tagen, Professor. Mein Flug zurück nach Hamburg geht heute Abend.“

„Ich bin enttäuscht, das zu hören, mein Liebe! Ich hatte gehofft, Sie würden mein Angebot annehmen.“

„Herr Professor!", sagte ich, stellte meine Tasche ab und beugte mich etwas vor. „Was wollen Sie von mir? Ich habe nichts erreicht! Ich kann kein Ergebnis vorweisen, außer, dass der ganze Spuk meines Erachtens inszeniert war!"

„Ja, das weiß ich. Wissen Sie auch von wem?"

„Nein, tut mir leid!", sagte ich, lehnte mich wieder zurück und sandte einen heimlichen Gruß an Malcolm und Nelly.

„Nein, Sie wissen es nicht, oder nein, Sie sagen es mir nicht."

„Ich … weiß es nicht."

Der Professor schmunzelte. „Nun, dann wird es Sie freuen zu hören, dass der Sohn des Dukes von Torridon sich mit seinem Vater ausgesprochen hat und ab kommenden Monat an die königliche Akademie für Wissenschaft und Technik in Glasgow wechseln wird."

„Wie bitte?"

„Malcolm! Sie müssen ihn doch kennengelernt haben!"

„Ja, habe ich. Ich verstehe nur nicht …"

„Nun! Er hat alles zugegeben. Auch, dass Sie am Ende alles aufgedeckt haben."

„Er hat was?", rief ich. „Warum, um Himmels willen?"

Professor Sutherland lachte in seinen Bart, und seine Augen funkelten amüsiert „Nun, meine Liebe! Das habe ich ihn auch gefragt, und er sagte mir, er habe es der Liebe wegen getan und weil er Ihnen etwas schuldig war."

„Mir?"

„Gewiss!", sagte der Professor, nickte und nahm einen Hefter von seinem Tisch. „Ich habe hier den kompletten Bericht über die Ereignisse auf Caitlin Castle, die Forschungsergebnisse und Protokolle. Eines steht fest: Sie haben großartige Arbeit geleistet."

„Ich weiß nicht, was ich sagen soll."

„Wissen Sie, mit der Geisterjagd ist es wie mit der Liebe, Miss Bergman", meinte der Professor mit einem Lächeln in der Stimme. „Es gibt drei Stadien, die man durchlaufen muss: Unglaube, Prüfung und Erkenntnis.“

„Erkenntnis. Hm … Ich frage mich, zu welcher Erkenntnis ich gekommen bin.“

„Alles hat seinen Grund, Joanna“, sagte er und nannte mich zum ersten Mal bei meinem Vornamen. „Draußen steht übrigens ein junger Mann, der bestimmt gerne mit Ihnen reden möchte.“

„Wer? Wo?“

Professor Sutherland stand auf und ging zurück zum Fenster. „Kommen Sie!“, sagte er und winkte mich heran.

Ich erhob mich, stellte mich an seine Seite und blickte hinunter. Dort, mitten auf dem Rasen, umringt von blühenden Pfingstrosen und belaubten Schlehenbüschen, trabte Ryan wie ein Wolf im Käfig von einer Ecke des Rasens zur anderen.

„Weiß er, dass ich hier bin?“, fragte ich und schluckte gegen den Kloß in meinem Hals an.

„Nein“, sagte der Professor. „Er glaubt, Sie sind zurück nach Deutschland geflogen. Er hat mich übrigens gebeten, sein Kündigungsschreiben anzunehmen. Er sagte, er hätte es nicht verdient, weiterhin für das Institut zu arbeiten. Ist das wahr?“

„Nein, Professor, das ist es nicht“, erwiderte ich fest und kämpfte gegen meine Tränen an. „Ganz gewiss nicht.“

„Das dachte ich mir. Ich habe ihn aufgefordert, dort unten zu warten, bis ich meine Entscheidung getroffen hätte. Joanna! Gehen Sie zu ihm.“

Ich wandte die Augen mühsam von Ryan ab und blickte hoch in das gutmütige Gesicht des Professors. Er lächelte, holte ein Taschentuch aus seiner Jacketttasche und reichte es mir.

„Gehen Sie!“, sagte er noch einmal. „Bevor er mir den ganzen Rasen ruiniert!“

Ich lachte, während mir die Tränen übers Gesicht liefen,
stellte mich auf die Zehenspitzen und küsste ihn auf die
Wange. Dann schnappte ich mir meine Tasche und rannte
zur Tür. Dort blieb ich stehen und drehte mich noch einmal
um. „Was soll ich ihm sagen, Professor?"

„Sagen Sie ihm, dass ich nicht im Traum daran denke, seine Kündigung anzunehmen. Ach! Und morgen früh erwarte
ich Sie beide hier. Wir haben einen Auftrag in Aberdeen."

Epilog

Salvia Divinorum

Als ich um die Ecke des Gebäudes bog, konnte ich ihn sehen. Er tigerte gerade wieder an das andere Ende des englischen Rasens, blieb kurz stehen, sah hoch zum Fenster des Professors, schüttelte den Kopf, drehte sich um und erstarrte.

„Deine Kündigung kannst du vergessen", sagte ich.

Ryan zuckte zusammen und räusperte sich. „Aye. Gut! Ähm … Milly hatte übrigens etwas von Ailsas Kräutern genommen und sich Tee aus einem Zeug gemacht, das sich göttlicher Salbei nennt." Sein rechter Mundwinkel zuckte. „Ihr zweites Gesicht war nichts anderes als ein kleiner Drogentrip auf Pflanzenbasis."

„Oh Gott!", rief ich. „Geht es ihr gut?"

„Ja, ja!", winkte er ab. „Es geht ihr gut. Das Zeug macht nicht süchtig und hat auch keine Nebenwirkungen, wenn man mal von Ailsas Standpauke absieht."

Auf einmal begannen seine Augen zu leuchten. „Ich dachte, du wärst schon längst zurück in Deutschland."

„Das geht nicht", sagte ich. „Ich habe hier einen Job."

„Ach!"

„Ja! Ich bin Geisterjägerin, weißt du? Und du? Du wolltest kündigen? Du Trottel! Und wo wolltest du dann hin, kannst du mir das sagen?"

„Zu dir", erwiderte er. „Ich wollte dich zurückholen."

„Was ist mit Marlin?", fragte ich vorsichtig.

Ryan lächelte breit. „Wir sind um die Wette geschwommen. So wie früher, als Kinder."

„Und?", fragte ich.

„Na ja", sagte er ausweichend, kam auf mich zu und nahm langsam meine Hand. „Ich glaube, er hat gemogelt."

„Warum glaubst du das?“ Das Herz schlug mir bis zum Hals.

Ryan sah mich an, und seine Pupillen weiteten sich, als ob sie mich aufsaugen wollten. Bei seinem Lächeln wurden mir die Knie weich. Die Sonne ließ sein Haar golden schimmern.

„Weil ich gewonnen habe“, sagte er leise, zog mich an sich und küsste mich. „Was für ein Idiot!“, murmelte er.